달개비꽃 엄마

달개비꽃 엄마

한승원
장편소설

문학동네

이 책을 하늘 세상에 계시는 나의 어머니에게 바친다.

차례

제1장

내 전생의 젊은 날의 밤에는 늘 허공의 하얀 달빛이
만개한 흰 연꽃들 수런거리는 방죽으로 흐르곤 했다.
(……) 나 지금 이승에서 달빛 옷 입은 백련꽃 향의
여신을 찾으려고 멀리멀리 걸어서 왔다.

—시 「사랑하는 나의 여신」 중에서

달개비꽃

내 생애에는 늘 달빛 치마폭 풍성한 여신이 필요했다. 낳아주고 젖 먹여 키워주고 사랑해주고, 절망하고 좌절하고 방황할 때 위안해주고 치유해주는 구원의 여신.

초가을 양광이 쏟아지는 날 한낮에, 어머니의 금잔디 탐스러운 봉긋한 무덤 앞에 서는 순간 나는 만삭한 여신의 불룩한 배를 떠올렸다. 장례를 치를 적에 어머니의 유골을 넣기 위하여 포클레인을 이용하여 세로로 깊이 판 구덩이는 여신의 연꽃 모양새였다.

무덤 앞에 엎드려 절을 하고 났을 때 흰구름 한 장이 동북쪽으로 흘러가고 있었다. 그 구름이 인도의 흰 코끼리를 닮았다고 생각하며 고개를 숙이니, 금잔디를 밟고 선 내 발 앞으로 국숫발같이 오동통한 달개비 덩굴 한 가닥이 기어나왔다. 그 덩굴의 마디마디에서 피어난 닭의 머리를 닮은 남보랏빛의 꽃 몇 송이가 나를 쳐다보며 웃고 있었다.

몇 해 전, 토굴 마당의 잔디밭에서 달개비, 바랭이풀, 명아주풀, 비름풀, 환삼덩굴 들을 뽑아 동백나무 밑에 쌓아두었는데, 다른 풀들은 시들어 죽어갔지만 달개비풀 혼자만 살아남아서 남보랏빛의 꽃을 피워냈었다.

창조의 여신은 어쩌면 자기처럼 강인한 생명력과 다산성을 가지도록, 그녀의 줄기와 잎사귀는 오동통하게, 꽃은 선정적으로 노란 암술과 수술을 유난히 기다랗게 만들고, 꽃의 속살은 깊고 그윽하게 창조했는지 모른다.

그 오동통한 달개비 풀꽃처럼 강인하게 세상을 산 한 여인, 나의 어머니를 위하여 이 소설을 쓴다. 이 소설은 나의 껍질이자 뿌리인 '어머니 깊이 읽기'일 터이다.

우울증

그해,

내 집에 계시던 어머니가 동두천의 여동생에게로 가신 다음날부터 내 앞에 노인성 우울증이 모습을 드러냈다. 그것은 나의 영혼과 육체의 폐경, 보호막을 잃어버린 상실감과 허전함으로 인한 정서적 불안과 절대 고독이었다. 그 정서적 불안과 절대 고독은, 내가 그것에 빠져들었다고 인지했음에도 불구하고, 거기에서 쉬 헤어나올 길이 없었다. 그것은 몸을 움직이면 움직일수록 아래로만 빠져들어가는 늪의 수렁처럼 나를 슬프게 하고 절망하게 했다.

어머니가 쓰시던 방문을 열고 들어가, 음음한 찬 기운만 담겨 있는 텅 빈 공간 속에 우두커니 서 있곤 했다. 거기 서 있으면 가슴 깊은 곳 어디인가가 이명耳鳴 같은 귀뚜라미 소리를 내며 아렸고, 흐름을 멈추어버린 시간처럼 의식이 막막해졌다. 내 영육 어딘가에 숨어 있던 알 수 없는 뜨거운 울음이 으스스한 전율과 함께 목구멍과 콧구멍과 눈시울로 스멀거리며 올라왔다.

우울에서 벗어나기 위해 바닷가 산책을 하거나 서재에 앉아 책을 읽으면, 마치 외풍이 심한 방에서, 찬바람을 막아주는 두꺼운 겉옷과 내의를 벗고 얇은 홑옷만 걸치고 있는 것처럼 몸이 으슬으슬 춥고 허전했다.

창밖은 검은 구름 덮인 음음한 세상이었다. 그 세상에 함박눈이 내리고 있었다. 함박눈은 어린 시절 어머니가 들려주던 옛날이야기처럼 내려 차곡차곡 쌓이고 있었다. 마른 정원수 가지에 솜사탕 같은 하얀 꽃송이들이 피었다. 고뿔로 인해 목과 가슴이 아프고 답답한데 아프다고 어리광할 사람이 없어졌다. 백 살이 내일모레인 어머니가 칠십대 중반에 들어선 나를 두고 동두천에 사는 당신의 막내딸에게로 가셨다는 사실이 어지러운 꿈만 같았다.

아픈 무릎으로 인해 운신 불편한 늙은 며느리가 차려준 밥상을 앞에 놓고, 숟가락으로 방바닥을 쳐대면서 당신의 돈 훔쳐갔다고, 아들인 나까지 싸잡아 꾸짖는 지청구를 연설하듯 쏟아내곤 하는, 전혀 딴 사람같이 변해버린 어머니.

그 어머니가 택시를 타고 천 몇백 리 저쪽으로 가신 이후 나는 고아가 되었다. 오후 내내 솜이불 속에 들어가 눈을 감은 채 새우처럼 몸을 웅크리고 있었다. 으슬으슬 추워지는 우울한 늙은 넋을 달래려고, 어린 시절에 어머니가 들려주던 옛날 옛적의 이야기를 떠올렸다.

해와 달

"까마아득한 옛날 옛적, 그 시절에는 하늘에 해도 없고 달도 없고 별만 떠 있어서 온 세상이 온통 어슬어슬하고 어두컴컴했더란다. 그 때, 남매를 키우고 사는 한 어메가 있었더란다. 그 어메가 아들딸을 낳기는 한없이 많이 낳았는데, 하나씩 하나씩 시름시름 앓다가 죽어 하늘의 별이 되어버리고 오직, 오빠하고 누이, 남매만 살아남았지.

그 어메는 남매에게 착하고 정직하게 살아야 장차 하늘 높이 뜬 커다란 광명체가 되어 세상을 환하게 밝히게 될 거라고 늘 가르쳤더란다. 남매는 어메의 말씀을 따라 착하게 살면서 부지런히 땔나무를 하고, 틈틈이 글공부도 했더란다.

어느 날, 몸 늘씬하고 얼굴이 예쁘고 착한 어메가 나무숲 칙칙하고 하늘 닿게 높은 열두 고개를 넘어, 먼 타지로 가서 길쌈을 해주고, 떡 열 개를 얻어 집으로 돌아가는데, 앞에 음흉한 호랑이가 나타났구나.

첫 고개를 넘는데 호랑이가 푸른 눈을 부릅뜬 채 앞을 가로막고, '떡 한 개만 주면 안 잡아먹을게', 그래서 그 어메는 떡 한 개를 주고 모면하고, 다음 고개에 올랐을 때 호랑이가 다시 떡 한 개만 주면 안 잡아먹을게, 그리하여 떡 한 개를 더 주고 모면했더란다. 그런데 셋째 고개, 넷째 고개, 다섯째 고개, 여섯째 고개, 일곱째 고개, 여덟째 고개, 아홉째 고개, 열째 고개를 넘는 동안 떡을 한 개씩 빼앗기고 난께 어메는 빈털터리가 되었단다.

어메가 열한째 고개에 올랐을 때, 호랑이가 '젖통 한 개만 떼주면 안 잡아먹을게', 그래서 어메는 젖통 한 개를 떼주고 모면하고, 열두째 고개에 올랐을 때 남은 젖통 떼주면 안 잡아먹을게, 그래서 어메는 집에 있는 남매에게 갈 욕심으로 남은 젖통을 마저 떼주었단다. 그렇지만 호랑이는 약속을 어기고 불쌍한 어메를 잡아먹은 다음 그 어메의 옷을 입고, 어린 남매가 있는 집으로 가서 어메 행세를 하며 그들을 잡아먹으려고 했단다.

어메가 아니고 호랑이인 것을 알아차린 남매는 집밖으로 달아나다 개울가에 있는 하늘 닿게 키 큰 미루나무 꼭대기로 올라가 숨었단다. 그런데, 호랑이가 남매를 잡아먹으려고 그 미루나무를 기어올라왔지야. 남매는 서로를 끌어안은 채 슬픈 목소리로 한울님과 돌아가신 어메에게 살려달라고 빌었구나.

호랑이에게 잡아먹힌 어메의 혼령은 하늘로 올라가자마자, 마침 상처하고 홀아비가 되어 있는 한울님의 새 아내가 되었던가보더라. 한울님은 새 아내가 된 그 어메에게 자기를 닮은 예쁜 별을 일 년에 한 개씩 낳아주라고 청했지…… 어메는 한울님에게 그 청대로 따르겠다고 고개를 끄덕거렸지만, 지상에 남겨두고 온 남매가 걱정되어서 눈물을 흘리며 계속 땅을 내려다보고 있었구나. 그러다가 미루나무 꼭대기에 올라앉아 한울님에게 살려달라고 빌고 있는 자기 아들딸을 발견했구나.

어메는 한울님에게 미루나무에 올라앉은 남매를 살려달라고 애원했구나. 한울님은 재빨리 남매에게 튼튼한 동아줄을 내려보냈고, 남매는 그것을 잡고 하늘로 올라갔단다. 호랑이는 남매를 따라잡으려고, 그들이 하던 것처럼 슬픈 목소리로 한울님께 살려달라고 빌었지야.

호랑이의 음흉한 속셈을 훤히 아는 한울님은 중간에 썩은 부분이 있는 동아줄을 내려보냈구나. 그것을 알 리 없는 호랑이는 음흉한 웃음을 히히 하고 웃으며, 그 동아줄을 타고 남매를 쫓아 높이높이 올라갔구나. 그랬는데, 중간의 썩은 부분이 갑자기 끊어지는 바람에 호랑이는 으악 하고 소리치며 땅으로 떨어졌단다. 하필 똥구멍이 잘라낸 수숫대의 날카로운 끝에 찔려 죽었단다. 그래서 지금도 수숫대 밑동을 잘라내보면 호랑이의 피가 묻어 있어 새빨갛단다.

한울님은 하늘로 올라온 착하고 씩씩한 오빠를 해로 만들고, 얼굴이 하얗고 예쁜 누이는 달로 만들었단다. 그래서 이 세상은 지금 이렇게 밤이고 낮이고 다 광명하게 되었단다. 너희들도 그 남매처럼 씩씩하고 착하게 살아야 장차 세상을 환히 밝히는 해와 달 같은 사람이 될 것이다."

밥

칠십대 중반인 우리 부부로서는 약간의 치매기가 있는 어머니를 모시는 데 한계가 있었다. 늙은 내가 운신이 불편한 어머니를 업어다 화장실의 변기에 앉혀드리고, 다시 방으로 업어다드리는 일을 계속할 수 없었다. 나는 막내 여동생에게 어머니를 모시고 가라고 전화를 했다. 여동생 부부는 우리 부부보다 이십 년이 젊었다. 여동생은 오래전부터 자기가 어머니를 모셔 가겠으니 허락해달라고 졸라왔던 것이다.

막내 여동생은 내가 고등학교를 졸업한 이듬해 겨울에 어머니의 늦둥이로 태어났다. 나는 암황색 점퍼의 지퍼를 내리고 그 속에 귀엽고 예쁜 인형 같은 아기를 담은 다음 지퍼를 올리고 두 팔을 휘저으며 캥거루처럼 겅중겅중 마을을 돌면서 아기 자랑을 하곤 했다.

어머니의 품에서 자라던 초등학생 막내 여동생을 다른 두 동생과 함께 우리 부부가 광주에서 딸처럼 키우고 중학교, 고등학교, 대학교에 보냈는데, 성년이 된 그 여동생은 어머니에 대한 사랑이 지극했다.

삶이 얼마 남지 않은 어머니를 잠시라도 모셔보지 못하면 평생 한이 될 것이라고 나와 제 올케에게 자꾸 통사정하였었다.

살림살이가 더 넉넉한 내가 어머니를 모셔야지, 가난한데다 맞벌이를 하는 처지인 네가 어떻게 모신단 말이냐, 하고 내내 반대를 해왔었는데, 그것은 사실상 하나의 핑계였다. 어머니를 모신다는 것은 세상을 다 가진다는 것이고, 어머니를 누군가에게 넘겨드린다는 것은 그 세상을 모두 넘겨준다는 것이다 싶었다. 어머니는 내 영혼의 보호막인 껍질이고 뿌리였다. 어머니는 늘 내 생명력과 용기와 지혜의 원천이고 훈훈한 여신 같은 위안이었다.

나는 어머니의 체질을 닮았다. 내가 시름시름 앓을 때면, 백 세 가까이 사시는 어머니를 닮아 나도 장수할 것이라고 생각하며 아픔을 견디곤 했다. 내가 평생 써온 소설이나 시, 어린 동생들에게 도움을 준 것도 사실은 어머니에게 칭찬을 받기 위한 것이고, 그것을 그렇게 만드는 힘도 어머니에게서 물려받은 생명력 그 자체라고 나는 생각하며 살아왔었다.

어머니는 그 어떤 경우에도 끼니때 밥숟가락을 놓는 법이 없었다. 독감이나 몸살을 앓을 땐 입맛이 써서 밥을 씹어 목구멍 너머로 넘길 수 없을지라도, 물에 밥을 말아 후룩후룩 삼켜버리곤 하는 것이었다.

고등학교 졸업하던 해부터 삼 년 동안, 교통사고로 장애인이 된 아버지를 대신해서 서투른 솜씨로 농사짓고 거친 바다에서 김 양식을 할 때, 나는 무리한 노동을 분투하듯이 한 결과 늘 몸살을 앓곤 했었다.

몸에 열이 설설 끓고 맥이 빠지고 입이 소태 씹은 것처럼 써서, 어머니가 들이민 밥상을 밀어내고 도리질하면, 어머니는 무어니 무어니 해도 밥이 최고의 약이라고 하면서, 하얀 밥을 물에 말아주며 억지로 삼켜보라고 강요했다.

"악아, 구역질이 나서 울컥 토할 정도만 아니면 눈 딱 감고 삼켜봐라. 일단 삼켜놓기만 하면 밥같이 좋은 약이 없는 법이다."

어머니의 강요에 따라 나는 물에 만 밥을 억지로 삼켰고, 내 몸은 서서히 회복되었다.

그 말씀의 뜻을 체득한 나는 평생 동안 아무리 극악하게 아플 때라도 밥숟가락을 절대로 놓지 않고 살아왔다. 지금의 내 건강함은 어머니의 그 가르침 때문이다.

나의 소설 쓰는 일도 그와 같았다. 쓰고 싶지 않을지라도, 날마다 시간을 정해놓고 일단 책상에 앉아 억지 부리듯 쓰기 시작하면, 모르는 사이에 내 몸속에 숨어 있던 우주적인 율동이 살아나면서, 관성이 생겨 문장들이 물 흐르듯이 써지곤 하는 것이었다.

하직 의식

천 리 밖에 있는 동두천 막내 여동생의 집을 찾아가보니, 어머니를 여동생에게 잘 보내드렸다는 생각이 들었다. 여동생은, 딸이 친정어머니를 모시는 것과 며느리가 시어머니를 모시는 것에는 어떤 차이가 있는가를 극명하게 보여주었다.

화가인 여동생은 하얀 털 달린 민들레의 꽃씨같이 가벼워진 어머니의 이런저런 모습을 캔버스에 형상화하며 살고 있었고, 어머니는 늦둥이 딸이 화가로서 성공하기를 목을 빼고 기다리고 기원하며 살고 있었다. 몇 년 전 내가 모실 때 어머니는 여동생의 개인 미술전람회 팸플릿을 들여다보며 "니가 내 명줄을 이어준다" 하고 중얼거렸었다.

늙은 어머니를 민들레 꽃씨로 형상화한 여동생의 작품들은 많은 것을 시사하고 있었다. 신화 같은 그 그림을 보는 순간 내 가슴에 쏴 하는, 무언가가 터져 흐르는 소리가 들렸다. 아, 어머니는 언젠가, 저 하얀 솜털 꽃씨처럼 어디론가 훨훨 날아갈 터이다.

어머니는 알 수 없는 영감과 직관을 가지고 있었다. 작고한 소설가 이청준이 어머니에게 문안인사를 와서 엎드려 절한 뒤 "아주 강건해 보이십니다, 어르신" 하고 말했을 때, 그때가 마침 이른봄이었는데, 어머니는 그의 두 손을 모아 잡아 어루만지며 말했었다.

"요즘은 마른나무에 물 흐르는 소리가 들려라우."

그 말을 듣는 순간 나는 온몸에 전율이 이는 듯싶었었다.

어머니는 여동생네로 거처를 옮긴 뒤 더욱 높은 세계로, 성스럽고 시적으로 영글어가고 있는 듯싶었다.

어머니의 체구는 전보다 깡마르고 작아진 느낌이지만 순수해지고 견고해지고 깨끗해져 있었다. 숱이 적어진데다 짧게 깎은 머리칼들은 서리 맞은 듯 하얘져 있고, 얼굴에는 보라색이 약간 섞인 듯싶은 암자주색의 저승꽃들이 피어 있고, 눈꺼풀은 처져 있고, 백내장 수술을 한 바 있는 두 눈은 희부연 백태가 끼어 있었다. 얇아진 입술은 마비로 인해 왼쪽으로 약간 비틀어져 있고, 비틀어진 쪽으로 침이 흘렀다.

엉덩이에 대상포진이 생겨 고통스러울 터인데도 어머니는 밝은 표정으로 천 리 밖에서 찾아온 늙은 아들을 맞았다. 흐린 눈을 크게 벌려 뜨고 내 얼굴을 쳐다보고, 손바닥과 손가락 끝으로 두 볼을 감싸기도 하고, 이마와 귀와 눈두덩을 쓸어보기도 하고 만지기도 하면서 내 얼굴 살갗에 생긴 주름살과 암자주색의 저승꽃들과 흰 머리칼들을 안타까워했다.

"너는 오래오래 살아야 하는디…… 어여쁜 얼굴에 어째서 이런 것들이 생겼다냐!"

나도 오래전에 대상포진이라는 병을 앓아본 적이 있다. 그 흔적이 나의 왼쪽 눈썹 근처에 곰보 자국 같은 흉터로 남아 있다. 그 병은 몸에 저항력이 떨어졌을 때 몸속에 숨어 있는 바이러스가 활동을 시작하여 신경조직을 따라 흘러다니며 갉아먹고 곪게 하기 때문에 매우 통증이 심한 것이었다. 늙은 사람에게 있어 대상포진 바이러스는, 잠재해 있는 죽음의 인자 역할, 죽음의 길항과 장력의 역할을 하는 것일 터이다.

어머니는 며칠 동안 병원에 입원을 했다가 퇴원했는데, 특별한 치료약이 없으므로, 진통제를 투여하며 자연 치유되기를 기다리는 수밖에 없다고 여동생이 말했다. 치유를 위해서는 어머니의 심신을 안정시키고 고단백의 영양소를 섭취하게 해야 한다고 했다.

나는 대상포진을 앓고 있는 어머니의 생물학적인 생명이 오래지 않아 소멸될 것이라고 생각했고, 갑작스럽게 영면에 들 경우 천릿길을 임종하러 달려올 수 없을 듯싶었으므로, 어머니에게 나의 모습을 마지막으로 보여드리고 나도 어머니의 모습을 내 안에 간직하기 위해 찾아갔다. 이날 나와 어머니의 만남은 영영 이별을 위한 하나의 서글픈 하직 의식이었다.

여동생과 그녀의 남편(매제)은 나와 어머니의 마지막 만남과 하직 의식을 위하여 특별한 준비를 해두고 있었다. 그들은 전통 방식으로 요리를 한다는 한 중국 음식점을 예약해놓았다.

매제는 응접실에서 쪼그려앉아 있는 어머니를 두 팔로 보듬어서 번쩍 들어다가 휠체어에 태우고 뒤에서 밀었다. 백년손님이라는 어려운 막냇사위가 그렇게 모시곤 하는 것을 많이 경험해본 듯 어머니는 어려워하거나 불편해하지 않고 환한 표정을 짓고 있었다. 막냇사위는 어린아이 같은 장모를 늘 휠체어에 태우고 마트 구경, 백화점 구경, 놀이터 구경, 꽃구경, 근처의 절 구경을 시켜드리곤 한 것이었다.

매제는 살갑고 자상하고 온후했다. 햇빛은 찬란했고, 바람결은 살랑살랑 곱고 살가웠다. 어머니를 태운 휠체어를 매제가 앞장서서 밀며 가고, 그 뒤를 나와 여동생이 따랐다. 어머니는 대상포진으로 인해 엉덩이가 아픔에도 불구하고 나와 함께 나들이하는 기쁨과 즐거움을 숨기려 하지 않았다. 어른들을 따라 소풍을 가는 소녀가 되어 있었다.

나보다 스물네 살이 위이신 어머니는 작은아들인 나를 집안의 큰 기둥으로 여겼고 다른 자식들이 있는 자리에서 '우리 집안 영웅'이라고 부르곤 했으므로 나는 그때마다 어색해하고 열없어했다. 당신이 늦둥이로 낳은 어린 자식들을 아버지 대신 키우고 학교에 보내고 시집 장가 보내는 일을 했을 뿐 아니라, 집안의 모든 일을 예측하고 준비하고 치러낸 공적을 그렇게 칭찬하곤 하는 것이었다.

어머니가 당신 입으로 나를 '우리 집안 영웅'이라고 칭찬하는 말은 나에 대한 최고의 상찬이겠지만 다른 형제들에게는 듣기 싫은 시기 질투의 꼬투리일 터였다. 내가 어머니의 사랑을 독차지해버렸으므로, 자기들은 기타의 잉여 자식이라는 생각이 들 것 아니겠는가. 나는 어머니에게 제발 그 말씀은 좀 하지 말아달라고 청하곤 했음에도 어머니는 그 말을 노상 입에 담곤 했다.

나는 어린 시절 고향에서 살 때 어머니의 칭찬을 듣기 위해 부지런히 공부하고, 소를 뜯기고, 송아지에게 먹일 부드러운 꼴을 베어 나르고 땔나무를 해 짊어지고 오곤 했었다. 나는 어머니의 칭찬으로 길들어진 아들이었다.

나는 세상의 '어머니'라는 존재를, 늘 자식들에게 바보처럼 빼앗기고 밑지곤 하면서도 항상 자비롭게 베푸는 자궁 권력자라고 생각한다.

곡신谷神은 현빈玄牝이고, 현빈의 문은 천지근天地根이라고 노자는 말했다. 요즘 말로 해석한다면, 곡신은 그윽한 암컷이고 그 암컷의 문은 우주의 뿌리라는 뜻이다. 우주를 생성시키는 여성성과 모성성의 자궁을 노자는 곡신이라 말한 것이다. 우주를 먹여 살리는 모성성의 대지나 바다나 강이나 늪이나 농토나 도시의 시장 따위도 곡신일 수 있을 터이다.

나는 내 어머니를 곡신이라고 생각한다. 어머니는 나를 비롯하여 많은 자식들을 생산했고, 나는 글쟁이로서 한 생을 살면서 교직에 종사함과 동시에 많은 작품을 썼고, 어린 동생들을 키우고 교육시켜 시집 장가 보내고 분가시켰는데, 그것은 어머니의 우주적인 자궁의 힘으로 인한 것이었다.

어머니는 쉰두 살에 과부가 된 다음 유일하게 경제력이 있는 둘째 아들인 나를 직접적으로 이용했는데, 나는 어머니의 질긴 생명력에 감복하여 자의 반 타의 반으로 이용당하지 않을 수 없었다. 어쩌면 '이용했다'란 말이 적절하지 않을지도 모른다. 이용했다는 말보다는 '당신의 뜻을 따르게 했다'는 말이 적절하지 않을까. 어쨌든지 어머니에 대한 생래적인 부채감을 나는 아주 진하게 지니고 살아왔다.

세상의 모든 자궁의 힘은 불가사의한 신비 그 자체라고 한 생체연구가가 말했다. 자궁은 자기가 담아 키우던 아기를 밖으로 내보낸 다음에도 모체와 그 아기에 관여하고 간섭한다. 모체와 아기가 보이지 않는 끈으로 연결되어 있게 하는 것이다. 자궁은 아기와 모체가 분리되지 않게 하는 호르몬을 배출하여 모체를 간섭한다. 즉 모체로 하여금 아기를 보고 싶게 하고 가까이에 두고 보호하며 젖을 먹여 성장하도록 촉구하는 것이 자궁인 것이다. 내 어머니의 그러한 간섭 호르몬은 내가 어른으로 성장하기까지 내내, 그리고 늙어진 지금까지도 분비되어 나를 당신의 자궁 속에 담고 있기라도 한 듯 간섭하고 지배하여온 것이다.

하늘 저울

어머니는 당신이 낳은 자식들을 고루 잘살게 하려 했다.

내 소설 『아제아제 바라아제』(1985)가 영화로 만들어지고, 그것이 베스트셀러가 되고, '제3세대 한국문학전집'에 들어간 내 책에 대한 인세가 동시에 줄줄이 나왔을 때, 어머니는 교직을 그만두고 그림에 전념하며 사는 막내 여동생을 데리고 와서 조그마한 아파트 한 채를 사주면 늙어 죽을 때까지 그 여동생하고 함께 살겠다고 졸랐었다. 나와 아내는 하릴없이 상계동의 작은 아파트 한 채를 사주었다. 이후 그 아파트는 가난한 화가인 여동생의 삶에 뿌리가 되었다.

그런데 여동생이 결혼을 하자 어머니는 셋방살이하는 형네 집으로 거처를 옮기셨다. 형네의 셋방 두 칸에 비하면 대궐처럼 커다란 단독주택에서 사는 나에게로 오시라고 졸라도 어머니는 노리실을 했다. 성격이 서로 맞지 않아 늘 다투곤 한 까닭으로 큰아들을 싫어하면서도 그 큰아들의 집에서 살고 싶어하는 어머니의 깊은 속을 나는 이해할 수 없었다.

장남인 형네가 셋방살이를 하는 한 우리 부부는 불편하고 면목이 없었다. 우리 집안에서는 진보적인 생각을 하곤 하는 어머니의 요청으로 모든 제사를 합동으로 지냈다. 어머니는 조선이란 나라는 제사만 지내다가 망했다면서, 여러 조상님들의 제사를 어느 한날을 잡아 한꺼번에 한사코 조촐하게 지내라고 명했다. 그것을 제일로 반긴 것은 종손인 형과 형수였다.

셋방살이를 하는 형님네는 당신의 아들이 운영하는 조그마한 식당에서 한밤중에 그 합동 제사를 지냈다. 그 제사를 지낸 뒷날 어머니가 찾아와서 나에게 말했다.

"식당에서 조상님들 제사를 지내다니 부끄러운 일이다. 만일 느그 형이 집을 사게 되면 나 느그 형네 집에서 살다가 죽을란다" 하고 말했고, 우리 부부는 어머니가 큰아들네의 셋방살이를 면하게 해주고 싶어한다는 것을 알아챘다.

당시 서울의 우이동과 쌍문동에는 연립주택을 짓는 붐이 일어나 있었다. 우리 부부는 쌍문동 우이천변에 새로 짓고 있는 연립주택 한 칸을 형네에게 분양해주었다. 셋방살이하던 형네가 연립주택으로 이사를 한 다음 어머니는 형네 집의 뒷방 한 칸을 차지하고 살았다. 그랬는데, 형이 교통사고로 돌아가시자 과부가 된 형수씨에게 어머니를 맡겨둘 수 없어 나는 고향 장흥으로 이사해 가면서 모시고 갔었다.

어머니가 아직 서울로 오시지 않고 고향집에서 셋째 아들을 보듬고 사시는 동안, 어머니는 가을에 쌀 두 가마니씩을, 당시 광주에서 교직생활을 하며 동생들 셋을 학교에 보내며 살던 나의 집으로 보내주곤 했었다. 어머니는 셋째 아들 희원 부부가 농사짓고 김 양식하는데 드는 자금을 나에게서 빌려가곤 했다. 나는 원고료로 들어온 돈을 모두 털거나, 학교 신용협동조합에서 대출을 받아서 주곤 했다. 어머니는 농사짓고 김 양식을 해서 갚아준다는 것이었지만, 약속대로 갚지 못했다. 희원의 농사와 김 양식이 뜻하는 대로 잘 풀리지를 않은 것이었다.

희원 동생 부부는 농협이나 수협에 빚은 빚대로 지면서도 어머니를 이용하여 나에게서 돈을 가져가곤 했다. 말은 그 동생이 어머니를 모시고 산다고 하지만 사실은 어머니가 동생 부부를 모시고 사는 셈이었다. 그 동생의 살림살이가 어려워지면, 어머니는 나에게 달려와서 돈을 가져다가 동생에게 잡혀주면서 달래곤 하는 것이었다.

김 양식에도 근대화가 찾아들었다. 마을에서는 김 가공 공장을 대여섯의 작인이 합자로 설치하고 운영하는 붐이 일어났다. 손으로 하던 김 생산이 기업화되고 기계화되고 있었다. 억대의 반자동 가공 공장에 김을 넣어 생산하려면 바다에 김발海苔簾을 백 척쯤 막아야 했다. 그것을 채취하려면 발동선을 지어 타야 했다. 다른 사람들은 다 김 가공 공장에 참여하는데 셋째 아들 희원이 혼자 참여하지 못하고 손으로 하고 있으니 어머니는 슬펐다. 마침 한 가공 공장에서 작인 한 사람을 구하고 있었다.

어머니는 아들 희원을 그 공장에 한 사람의 작인으로 참여하게 하려고 나섰다. 그때 나는 서울에 살고 있었다. 동생들이 시집을 가거나 졸업을 하고 직장을 잡아 나가자, 사십대 초반이던 나는 광주에서의 교직을 그만두고 세 아들딸을 데리고 서울로 이사한 다음 전업작가 노릇을 하며 살고 있었다.

서울로 달려온 어머니는 나에게 통사정을 했다.

"희원이가 김 가공 공장을 하게 좀 밀어주라. 다른 사람들은 전부 공장에서 김을 생산하는데 희원이 혼자 손으로 뜨고 있을 것이냐, 그러면, 나는 그 새끼가 불쌍하고, 남부끄러워 못산다. 형이 이렇게 번듯하니 서울에서 사는데 그 동생이 그렇게 불쌍하게 살면, 너 동네 사람들한테 욕 얻어먹어서도 안 된다. 너 학교에 다닐 때 그 동생이 니 종노릇을 했지 않느냐. 세상 사람들이 다 안다."

나는 광주에 살 때에 희원에게 꾸어준 돈들을 아직 받지 못하고 있었다. 어머니가 희원하고 농사짓고 김 양식한 돈으로 동생들의 등록금을 대준다고 대주지만 사실은 나에게서 꾸어간 돈이 그들의 등록금보다 훨씬 많았다. 그렇지만, 이제는 동생들을 다 독립시킨 터이므로 희원에게 꾸어준 돈을 받을 생각은 접고, 내 자식들 셋 키우고 가르칠 일만 생각하고 있었다. 이제 서울생활을 안정되게 하려면 다시 어느 누구에게 돈을 뜯겨서는 안 되는 것이었다.

그렇지만 어머니는 쉽게 물러서지 않았다. 내가 돈을 손에 잡혀주지 않으면 고향집으로 내려가지 않겠다고 억지를 썼다. 글을 쓰고 있는 내 책상머리에 서서 애달픈 목소리로 통사정을 했다.

"가공 공장 작인으로 들어가려면 이천만원이 있어야 한다. 기계배사들이는 것은 빚내서 하고 나중에 김을 생산해서 갚으면 된다. 이천만원만 잡혀주라. 차후로는 손 안 벌리게 될 것이다. 작년에 김 가공 공장 한 사람들은 다 부자 되었단다. 한 해 겨울철만 잘 건져내면 꾸어간 니 돈 다 갚을 수 있을 것이다."

나는 부엌으로 들어가 아내에게 어머니가 한 말을 그대로 전했다.

아내는 굳어진 얼굴로 "나는 모르요, 당신 알아서 하시오" 하고 말했다. 아내만 허락한다면 이천만원을 만들어드릴 수 있었다. 통장에 삼천만원쯤이 들어 있었다. 장편 연재 원고료와 영화 원작료, 문학전집에 들어간 책의 인세가 모여 있었다. 나는 아내에게 "이번만 속는 셈 치고 해드립시다" 하고 말했다.

어머니는 내가 은행에서 찾아준 이천만원을 책보에 둘둘 말아서 아랫배에 복대 하듯이 감아가지고 고향집으로 내려갔다. 동생 희원이 김 가공 공장 작인으로 참여하면서 농협과 수협에서 낸 빚으로 발동선을 장만하고, 김발 백 척을 막았다는 연락이 왔다.

동생 희원은 첫물에 김을 제법 잘 수확했다. 희원은 생산한 김으로 빚을 모두 갚을 수 있다는 희망을 가지고 열심히 했다. 재미가 나서인지 술도 전보다 덜 마셨다. 그런데 태풍이 왔다.

텔레비전에서 대형 태풍이 오고 있다는 예보를 본 고향 마을 사람들은 모두 바다로 나가서 배들을 미리 모래언덕 위로 끌어올려놓았다. 그랬는데, 막상 태풍은 그 위력이 예상 밖으로 컸다. 집채만한 파도들이 모래언덕 위의 배들을 엄습했다. 주민들은 배의 닻줄을 산기슭의 아름드리 소나무 밑동에다가 묶었다. 그리고 옆으로 비스듬히 누운 채 거친 파도에 두들겨맞는 배를 살려보려고 사력을 다했다. 희원도 마찬가지로 배를 붙들고 집채 같은 파도 속에서 사투를 벌였다.

태풍이 수그러들었을 때 희원의 배는 찌그러진 채 모래 속에 반 이상 묻혀 있었다. 희원은 넋이 나가버렸다. 밀어닥친 집채만한 파도의 모습이 뇌리에서 떠나지 않았다. 막은 백 척의 김발들은 형체도 없이 쓸려나갔다. 논과 밭을 모두 팔아도 갚을 수 없는 빚이 그의 심신을 겁박했다. 새까만 숯덩이 가루 같은 절망과 정신적인 외상이 그의 영혼을 삼켜버렸다. 겁에 질린 그는 밤잠을 이루지 못한 채 마을의 상점에 들랑거리며 빈속에다가 소주만 마셨다.

태풍이 물러간 다음 마을 사람들은 모래 더미를 파헤치고 찌그러진 배를 꺼내 수선을 하고들 있었지만 희원은 바다에 나가려 하지도 않고 술에 젖어 있기만 했다. 어머니가 정신 차리라고 꾸짖으면 희원은 방바닥에 벌렁 드러누운 채 앙가슴을 두들기며 지껄거렸다.

"속에 불이 나서 살 수가 없소. 가슴이 터질라고 하요. 김이고 농사고 뭣이고…… 세상만사가 다 싫소."

다음날 아침 희원은 "어머니, 나 찾으려고 하지 마시오" 하고 집을 나갔다. 어머니가 붙잡으려고 했지만 희원은 바람처럼 어디론가 사라졌다. 어머니는 허위허위 서울의 나에게로 달려와서, 태풍으로 인한 피해와 절망한 희원의 가출에 대하여 말했다.

"희원이는 어디로 가고 없는디, 빚쟁이들은 몰려들고…… 니가 내려와서 뒷수습을 좀 해주라. 세상살이에 자신을 잃어버린 것 같다. 제발 나쁜 마음이나 먹지 않았으면 좋겠다. 빚값으로 논들이 다 넘어갈 것 같으니까 일단은 니가 내려와서 빚을 갚아주고 대신에 논 아홉 마지기를 모두 니 명의로 잡아놓고, 그 자식을 데려다가 농사나 짓고 조용히 살게 좀 해주라. 김 가공 공장 문제는 걱정할 것 없다. 거기에서 탈퇴를 하고 들인 돈 이천만원을 공장 작인들한테서 받아내도록 해라. 기계배는 모래밭에 묻혀 있응께 끄집어내서 수리를 하면 반값은 받을 수 있을 것이다."

불은 어머니가 질러놓고 나에게 꺼주라 하고 있었다. 뭉칫돈을 은행에서 꺼내들고 어머니와 함께 덕도 집으로 내려갔다. 직장생활 하는 동생들에게 전화를 걸어, 희원의 빚을 갚는 데 삼분의 일을 책임지라고 했다.

수소문한 끝에 희원이 관산의 솔치마을에서 머슴살이를 하고 있다는 것을 알아냈다. 나는 동생 경원을 시켜 희원을 찾아 데려온 다음, 모든 빚쟁이들에게 돈을 받아가라고 통보를 했다. 김 종자값과 나일론 발값을 갚고, 이튿날은 회진 수협과 농협에 가서 빚을 갚았다. 나는 채권자들에게서 영수증을 꼼꼼하게 받아 챙겼다. 빚을 갚아준 대가로 희원의 논을 차지할 생각은 없었다. 희원의 마음을 안정시키고, 농사만 지으면서 어머니를 모시고 살게 할 참이었다. 영수증은 간직하고 있다가 훗날 희원의 아들이 성장하면 넘겨줄 참이었다.

그렇지만 모든 일은 어머니와 내가 바라는 대로 되지 않았다. 희원은 바다에 대한 공포와 삶의 절망과 외상에서 벗어나지 못한, 영혼에 커다란 구멍이 뚫린 허깨비 같은 반편이 되어버렸다. 그는 바다 쪽으로는 고개도 돌리지 않았다. 자기 논농사 밭농사 짓는 일에도 재미를 붙이지 않았다. 틈만 나면 마을의 상점에 들어가서 진열장의 소주병을 집어들고 나발불듯이 마셔버렸다. 한두 병으로는 성에 차지 않으니까 구판장으로 가서 소주를 병째 들고 나발을 불었다. 마을 골목길을 돌아다니다가 술이 깨는 듯싶으면 다시 상점으로 가서 술을 들이켰다.

나는 마을 상점에 들러 희원 앞으로 달린 외상술값을 다 갚아주고, 주인에게 "제발 우리 동생에게 술 좀 팔지 마시오" 하고 말했는데, 주인이 짜증을 내며 말했다.

"팔고 말고 할 새도 없어라우. 들어오자마자 술병을 들고 나발불어 버리는디 어떻게 할 것이오?"

닷새 동안이나 덕도 집에 머물면서 희원이 술을 마시지 못하도록 지켜보았지만 밤중에 바람같이 제 발로 걸어나가버리곤 하는 그를 도저히 막을 수가 없었다. 잡지사로부터 원고 독촉을 받고 있던 나는, 제 운명 저보고 짊어지라고 하는 수밖에 별도리가 없다고 생각하며 서울로 갔다.

이후 어머니는 희원의 뒤를 따라다니면서 술을 마시지 못하게 말리다가 지쳤다. 문을 잠가놓고 지키고 있으면 혼자 우두커니 울상을 지은 채 앉아 있다가 문을 박차고 뛰어나가곤 하는 것을 막을 수 없었다. 밤에도 뛰쳐나가 마시고 새벽에도 나가서 마시고 돌아왔다.

마침내 희원은 헛구역질을 했고, 비쩍 말라갔고, 환각 증세를 일으켰다. 시꺼먼 귀신이 자기를 잡으러 온다고 곡간 속에 숨기도 하고, 부엌의 어두운 구석에 숨기도 하고 측간의 구석에 숨기도 했다. 어머니는 희원을 광주기독병원으로 데리고 가서 입원을 시키고 간병을 했다. 열흘 뒤 퇴원을 시켜 집으로 데리고 왔는데, 그는 다시 술을 마셨다. 그러던 어느 날 밤에 방구석에 웅크린 채 단말마의 경련을 일으키고 죽고 말았다.

희원은 아들 둘 딸 하나를 두고 떠나갔다. 나는 그의 관이 무덤 속으로 들어갈 때 마음으로 "네 자식들 걱정 마라. 내가 다 거들고 가르쳐줄게" 하고 그에게 약속을 했다.

어머니가 끌어안고 키워놓은 희원의 딸을 서울로 데리고 가서 미용학원에 보내고, 아들 지웅을 고등학교에 보냈다. 딸은 헤어디자이너가 되었고, 아들은 자동차 정비 기술을 배우더니, 장흥 읍내 터미널 앞의 눈알 땅에 카센터를 내고 한 처녀와 결혼을 했다. 그 아들이 카센터 자리를 잡을 때, 내가 요지의 땅을 사도록 부추기고, 땅주인을 찾아다니며 통사정했다. 부족한 돈을 메우기 위하여 내 명의로 잡아놓은 고향 덕도의 논 아홉 마지기(이천 평)를 팔아주었다. 어머니는 당신이 미처 제대로 지켜주지 못한 셋째 아들 희원의 자식들이 잘살기를 바라고, 나에게 간절하게 당부하곤 했던 것이다. 모든 자식들이 고루 잘살기를 바라는 어머니의 영혼 속에는 이해할 수 없는, 하늘의 저울 같은 균형감각이 들어 있었다.

팥죽

막내 여동생 부부가 안내한 중국 음식점의 홀은 넓었다. 우리는 홀의 한쪽 구석에서 어머니를 중심에 앉히고 둘러앉았다. 먼저 탕수육이 나오고, 다음에 자장면이 나왔다.

"전통 방식으로 한 자장면입니다" 하고 매제가 말했다.

어머니는 탕수육도 자장면도 잘 드셨다. 어머니는 아기가 되어 있었고, 여동생은 작은 접시에 음식을 담아 어머니의 입 앞에 대드렸다. 한쪽 볼이 마비되어 약간 비틀어진 어머니의 입에 들어간 음식의 국물과 찌꺼기들이 한쪽의 입 가장자리로 새나오곤 했다. 여동생은 어머니의 입가에서 흐르는 탕수육 국물과 자장면 국물을 휴지로 훔쳐가면서 연신 음식을 떠넣어드렸다. 그 모습을 보는 나는 코가 시큰했다.

예전 같으면, 당신은 잡수려 하지 않고 아들딸에게, 어서 먹어라, 어서 많이 먹어라 하실 터인데, 이제는 당신의 입에만 음식을 넣고 오물오물 씹어 삼키고 있었다. 어머니가 자장면 잡수시는 것을 보면서 나는 내 어린 시절을 떠올렸다.

중학 삼학년이던 해의 이른봄 어느 토요일에 등록금을 가지러 고향집에 갔었는데, 어머니는 다음날 아침 일찍 김 백 장짜리 백 묶음을 머리에 이고 시오리 밖의 대덕장으로 갔다. 그것 판 돈을 내게 등록금으로 안겨주려는 것이었다. 시오리 길을 걸어가 장바닥에 전을 폈고, 점심때가 다 되었을 무렵에 김을 팔아넘겼다. 어머니는 잔돈 몇 푼을 남기고 그 돈을 모두 내 가방 속에 넣어주었다. 바야흐로 꽃샘추위의 눈보라가 보얗게 몰려왔다.

"아침밥도 시원찮게 먹던디 배 많이 고프지야?"

어머니의 말마따나 나는 배가 출출해 있었다. "아따, 눈 몰려오기 전에 잘 팔아버렸다" 하고 말하며 어머니는 나를 이끌고 팥죽 가게로 갔다. 팥죽 끓이는 솥에서는 김이 뭉게뭉게 피어오르고 있었다.

어머니는 기댈 게 없는 의자에 나를 앉히고 주인아주머니에게 "여기 팥죽 한 그릇만 주시오" 하고 말했다. 볼이 약간 처진 주인아주머니는 다짐을 받듯이 "한 그릇만 줘라우?" 하고 묻고, 팥죽 한 그릇과 싱건지 한 보시기를 주었다. 흰 사발에 담긴 팥죽에서는 김이 모락모락 피어올랐다. 어머니는 내 옆에 앉으면서 주인아주머니에게 "숟가락 한 개 더 주시오" 하고 말했다. 주인아주머니가 숟가락을 어머니 앞에 놓아주었다.

어머니가 팥죽을 나와 함께 떠 잡수시려고 숟가락 한 개를 더 달라는 줄 알았는데 그게 아니었다. 어머니는 차가운 싱건지 국물만 떠 잡수었다.

"배고프다, 어서 먹어라" 하는 어머니의 재촉에 나는 한 숟가락을 떠 입에 넣고 씹었다. 팥죽은 고소하고 향기로웠다.

"어머니도 잡수시요."

내가 말했지만 어머니는 "아니다, 나는 아침 먹은 것이 더부룩하고 신트림만 나온다. 이 싱건지를 먹은께 속이 풀어진다. 너나 어서 묵어라. 차시간 늦겄다" 하고 말할 뿐이었다.

나는 어머니가 거짓말을 하고 있다고 생각하며 한 숟가락을 다시 떠먹었다. 어머니는 싱건지 건더기를 우둑우둑 씹고 국물을 후룩후룩 마시기만 했다. 나는 눈시울이 뜨거워지고 눈물이 코를 통해 입속으로 들어왔다. 눈물로 인해 팥죽 맛이 짰다. 서글픈 마음으로 팥죽 속에 든 새알 같은 건디기를 씹었다.

어느새 묽은 싱건지 한 보시기가 다 없어졌다. 어머니는 "아따, 그 싱건지 맛있소. 한 보시기만 더 주시오" 하고 말했다. 주인아주머니는 큰 사발에다가 싱건지를 떠다 주면서 "뭔 싱건지만 그렇게 묵소?" 하고 무뚝뚝하게 미운 소리를 했다.

어머니는 어색하게 웃으면서 "속이 불편하더니 이 싱건지를 묵은께 풀어지요" 하고 나서, 깨지락거리고 있는 나에게 다시 어서 먹으라고 재촉했다. 어머니에게 다시 팥죽을 좀 잡수라고 말했지만 어머니는 도리질을 하면서 퉁명스럽게 "나는 속이 불편해서 먹기 싫단 말이다. 너나 어서어서 먹어라" 했다.

나는 눈물로 인해 짭짤하게 느껴지는 팥죽 한 그릇을 어떻게 먹은 줄 모르게, 얼굴을 일그러뜨린 채 다 먹었다.

어머니는 돈을 치르고 나오면서 "아이고, 내 새끼, 돼지고기나 한 접시 사 먹여 보내야 하는디 겨우 팥죽 한 그릇만 멕여 보낸다" 하고 안타까워했다. 내가 장흥행 만원 버스에 올라타는 것을 보고, 어머니는 하얀 수건을 머리에 둘러썼다. 꽃샘바람과 함께 눈발이 휘날리고 있었다. 어머니는 싱건지 한 사발만 마신 채로 꽃샘 눈보라를 뚫고 시오리 길을 허위허위 걸어서 집으로 돌아갈 터였다.

불가사의

나는 중학교 일학년 때 장흥읍 원도리에서 세 살 위인 형과 함께 자취를 하며 학교에 다녔다. 그런데 날마다, 해가 뉘엿뉘엿 쥐구멍 속으로 들어갈 무렵이면 가슴이 텅 비면서 쓰라렸다. 어머니가 그리워서였다. 저녁밥을 지어 먹고 나면 공책 종이를 몇 장이든지 뜯어서 어머니에게 편지를 썼다. 밤이 이슥해지도록 편지를 쓰고 나면 어머니 보고 싶음이 좀 가시기는 했지만 완전히 가신 것은 아니었다. 잠자리에 든 다음에는, 고향 뒷산에서 소 치고 꼴 베어 나르고 땔나무를 해 짊어지고 집에 들어서다가 어머니에게 칭찬 듣는 꿈을 꾸었다. 꿈에서

깬 나는 돌아오는 토요일에 오전 수업을 마치자마자 고향집으로 달려가려는 계획을 세우곤 했다.

장흥읍에서 고향 덕도의 집까지는 샛길로 걸어서 팔십 리(삼십이 킬로미터) 상거였다. 차비가 없으므로 책가방을 손에 든 채 걸어서 갔다. 포장되지 않은, 자갈을 깐 차도의 가장자리를 걸으면서 소년인 나는 지루함과 다리 아픔을 잊기 위해 길옆에 서 있는 전신주들을 세었다. 전신주와 전신주 사이의 길을 일흔일곱 걸음에 돌파하곤 했다. 용산면의 긴산 모퉁이와 장쟁이 고랑 길을 굽이굽이 돌아가면서는 전신주 일흔다섯 개를 헤아렸다. 산외동에서 간척지 둑을 타고 회진을 향해 갈 적에는 그 둑에 박힌 전신주 서른네 개를 헤아렸다.

회진포구 선창에 이르렀을 때는 밤이 깊어 있었는데 나룻배에 올라 기다리는 손님이 나 혼자뿐이었다. 나룻배 사공은 나를 향해 "너 뉘집 새낀디 밤중이 다 되어서야 건너려고 하냐!" 하고 취한 목소리로 퉁명스럽게 물었다. 나는 아버지의 이름을 말해주지 않고 입을 굳게 다물고만 있다가, 사공이 덕도의 나루머리에 뱃머리를 대주기 무섭게 어둠 속을 총탄처럼 뚫고 뛰어갔다.

소나무숲 칙칙하고, 가파르고 오불고불한 한재고개를 한 시간가량 달려서 넘어갔다. 한밤중이었다. 가지 색깔의 밤하늘에는 붉은 별, 푸른 별, 노란 별 들이 눈을 깜박거리면서 이 소나무의 가지에서 저 소나무의 가지로 건너뛰곤 했다. 그 별들을 머리에 인 채 숨을 가쁘게 쉬며 재를 넘었다. 조약돌에 미끄러진 내 발소리에 놀란 꿩이 푸드덕 날아갈 때는 머리털 끝이 하늘로 날아올라갔다.

아기들의 돌무덤 많은 서낭골짝에서는 여우가 울었다. 여우는 아기의 시신을 뜯어먹고 산다고 했고, 혼자 고개를 넘는 사람을 홀려 잡아먹기도 한다 했으므로, 나는 두려움에 전 채 식은땀을 흘리며 고갯길을 걸었다. 여름철에도 그렇게 걸어다니고 한겨울에도 그렇게 했다.

냇가 골짜기 길을 타고 내려가 집의 사립 앞에 이르면, 캄캄하게 불이 꺼져 있고 모두가 잠들어 있는 집안을 향해 "어메!" 하고 소리쳐 부르곤 했는데, 잠에서 깨어난 어머니는 맨발로 달려나오면서 "워따, 어메, 내 새끼야, 거기서 여그가 어디라고 또 걸어서 왔냐!" 하고 나를 얼싸안은 채 방으로 이끌었다.

삼십대 후반의 어머니에게서는 후끈 향긋한 유향이 날아왔다. 이때 나는 땀에 흥건하게 젖어 있었다. 선잠에서 깨어난 아버지는 나를 보자마자 엄하고 무뚝뚝한 목소리로 지청구부터 했다.

"저 새끼가 또 왔네…… 토요일 일요일에는 공부를 해야지 여기까지 걸어왔다가 또 내일 걸어서 갈 것이냐?"

어머니는, 아버지가 무서워 몸을 움츠리는 나를 등뒤의 이불 속에 묻어놓고, 내 얼굴을 만지고 등을 토닥였다. 아버지는 등잔불을 밝히고 나서, 어머니가 내 얼굴을 쓸어 만지는 것을 보면서 미운 소리를 했다.

"당신, 한석봉이 어머니 이야기 몰라요? 새끼들을 잘 키우려면 한석봉 어머니를 본받아야 돼요. 한석봉이 어머니는 십 년 기약하고 서당에 보낸 아들이 십 년을 다 채우지 못하고 오니까, 불을 꺼버리고 떡 썰기와 글씨 쓰기 내기를 한 다음, 삐뚤삐뚤하게 글씨를 쓴 아들을 회초리로 때려 당장 쫓아 보냈어요. 그런데 당신은 그렇게 오냐오냐하기만 하니까 저 새끼가 일주일 만에 한 번씩 팔십 리 길을 걸어서 보르르 달려오곤 하는 것이요. 참을성이 그렇게 없어서 장차 무엇이 될라는지. 내일 아침 일찍이, 또 걸어왔던 팔십 리 길을 되짚어서 장흥까지 걸어가야 할 것 아니여?"

한심해하는 아버지를 향해 어머니는 "아이고…… 오죽이나 에미가 보고 싶으면 그 먼길을 걸어서 여그까지 이렇게 왔겠소? 걸어서 다녀가는 데 차비가 드는 것도 아니고……" 하고 역성을 들었다.

아버지는 버럭 역정을 내며 "걸어서 다니면 신은 안 떨어진가? 신도 돈이여!" 하고 말했다. 아버지의 지청구에 주눅이 든 나는 고개를 숙인 채 어머니의 허벅다리 밑에 두 손을 찌르고 있었다. 어머니는 "여그까지 걸어오느라 얼마나 시장하냐" 하면서 삶은 고구마를 내어주었고, 나는 그것을 어머니의 유향에 버무려 달게 먹었다.

이튿날 아침, 나는 일어나자마자 장흥 읍내까지 갈 준비를 서둘러야 했다. 아버지는 나를 그냥 빈 몸으로 보낼 수 없다면서, 쌀과 보리 몇 됫박씩을 자루에 담아 멜빵을 만들어주고, 어머니는 깍두기를 단지에 담아주었다. 아버지는 반찬단지를 새끼줄로 얽어 끈을 달아주었다.

나는 곡식 자루 위에 책가방을 얹어 짊어지고 반찬단지를 들고 아버지 어머니께 하직 인사를 하고, 팔십 리를 걸어서 장흥 읍내의 자취방을 향해 걸어갔다. 나는 가다 쉬고 또 가다 쉬기를 거듭하면서 싸묵싸묵 걸었다. 그 토요일 일요일, 이틀 동안의 강행군으로 인해 사흘 동안 다리 몸살을 앓곤 하면서도 나는 일주일에 한 차례씩 아니면 이 주일에 한 차례씩 어머니를 보러 왕래하곤 했었다. 열세 살, 열네 살, 열다섯 살의 소년을 그렇게 강행군하게 한 그것은 대관절 무엇이었을까.

아이 같은 어머니

"장모님이 이 집 음식이 맛있다고 잘 잡수셔요."

매제의 말이 나를 깨어나게 했다.

매제는 자기 장모가 하도 자장면과 탕수육을 좋아하시니까 일주일에 한 번씩은 모시고 와서 대접을 한다고 말했다. 유아 같은 장모를 막냇사위는 제 친어머니처럼 봉양하고 있었다. 나는 옆에 앉은 매제에게 "매제 고맙네" 하고 진정 어린 목소리로 말했다. 매제는 정색을 하고 말했다.

"아니, 무슨 말씀이십니까, 저희들 정성이 많이 부족합니다."

아들인 내가 모실 때에는 가끔 일어나곤 했던 어머니의 치매 증세는 여동생 부부가 모시면서부터 수면 아래로 가라앉아 있었다. 치매는 환자가 스트레스를 받을 때 심해지는 모양이었다. 어머니는 며느리의 봉양을 받는 것이 불편했던 모양으로 가끔 흥분을 잘했고, 혼자 방안에 앉아 아들과 며느리를 상대로 소리 높여 훈화 투의 연설을 하곤 했었다. 어머니가 연설을 시작하면 그게 한나절 내내 계속되는 것이므로, 내 아내는 마을 노인당으로 피해버리곤 했었다.

"너한테 오셔서는 연설 안 하시냐?"

내가 전화로 물으면 여동생은 "왜 안 하셔요? 가끔 하셔요. 그런데 제가 아양을 떨면 수그러들어요" 하고 말했었다. 여동생은 마치 떼쓰는 귀여운 아기를 키우며 즐기듯이 어머니를 모시는 것이었다. 그것이 어머니의 마음을 편안하게 하는 것이고, 그래서 치매는 심해지지 않는 모양이었다.

집으로 돌아갈 때에도 매제는 어머니를 번쩍 안아들어다가 휠체어에 앉히고 뒤에서 밀었다. 어머니는 즐거운 소풍을 다녀오는 천진난만한 소녀처럼 환한 얼굴이었다. 천 리 밖에서 온 둘째 아들과 함께 맛있는 음식을 적당하게 먹은 포만감으로 인해 행복감에 젖어 있었다.

어머니의 저 행복감은 내가 떠나가면 섭섭함과 슬픔으로 변할 것이다. 만남의 행복과 이별의 섭섭함과 아픔을 어머니는 평생토록 경험하고 살았을 터였다.

망자석望子石

내 영혼의 한 갈피에는 고향 마을 모퉁이의 냇가머리 언덕에 선 채 나를 배웅하고 있는 어머니의 모습이 아릿하고 짠하게 각인되어 있다.

육군 병장인 내가 휴가 나왔다가 귀대하려 할 때, 내 모교에서 교사로 있는 한 후배가 나를 배웅해주려고 왔었다. 나는 어머니에게 잘 다녀오겠습니다, 하직 인사를 하고 집을 나섰고, 어머니는 내 뒤를 발밤발밤 따라나왔다. 그만 들어가시라고 해도 어머니는 기어이 마을 모퉁이의 냇가머리 언덕에까지 와서 멈추어 섰다. 한재고개 꼭대기를 향해 올라가는 도정이 환히 보이는 곳이었다. 나는 다시 허리 굽혀 인사를 하며 "금방 무사히 제대하고 올 테니까 염려 마시고 안녕히 계십시오" 하고 말했다. 그리고 냇물 줄기를 따라 난 오불고불한 계곡길을 걸어서 가파른 한재고개를 올라갔다.

회진 차부까지 따라가주겠다고 고집하는 후배를 앞장서서 가며, 커다란 바윗덩이를 산정으로 밀고 올라가는 부조리의 영웅인 시시포스 신화와 실존주의에 대한 이야기를 열심히 했다. 문학청년이기도 한 그 후배는 나와 사귀다가 고무신을 거꾸로 신어버린 여자친구의 동생이었다. 얼마쯤 뒤 한재고개 꼭대기에 이르렀을 때, 뒤따르던 후배가 나에게 말했다.

"아따, 형님, 뒤 한번 돌아보아드리십시오."

'아, 그렇지' 하고 생각하며 나는 발을 멈추고 뒤를 돌아보았다. 멀리 내려다보이는 고향 마을 모퉁이의 냇가머리 앞 언덕에 하얀 옷 입은 한 여인이 서 있었다. 어머니였다. 어머니는 내가 가파른 고갯길을 오르는 삼십 분쯤을 그렇게 망부석처럼 서서 멀어져가는 아들의 뒷모습을 이때껏 바라보고 있었던 것이다.

나는 가슴이 울컥 뜨거워지는 것을 어찌하지 못한 채 어머니를 향해 두 손을 높이 쳐들고 흔들었는데 어머니는 미동도 하지 않았다. 한재고개는 고향 마을에서 큰 세상으로 나아가는 길목이었다. 수많은 선인들이 큰 뜻을 품고 그 고개를 넘어가고 넘어온 것이었다. 지금도 내 영혼 속에는 큰 세상으로 가는 나를 배웅하는 어머니의 모습이 망부석처럼 생생하게 각인되어 있다.

마당에 가득 널린 도토리

내가 장흥 장동의 산골 초등학교에서 교사로 근무하던 그해 가을의 어느 날 고향 마을에서 당신의 셋째 아들과 함께 사시던 어머니가 혼겁한 채 편지 한 장을 들고 찾아왔다. 아버지가 돌아가신 다음해였다.

편지는 남한산성의 군교도소에서 온 것인데, '귀 자제 한경원이 십팔 개월의 형을 받고 본 교도소에 수감되어 수형생활을 건강하고 안전하게 하고 있음을 알려드립니다'라는 사연을 담고 있었다. 한경원은 어머니의 넷째 아들이었다. 수척해진데다 입술이 부르튼 어머니는 눈동자를 불안정하게 굴리며 떨리는 목소리로 말했다.

"그 착한 것이 대관절 무슨 죄를 짓고 그렇게 감옥생활을 하게 되었다는 것인지, 얼른 니가 올라가서 어떻게 손을 조끔 써라."

나는 그때 강사로 있었는데, 나의 봉급은 당시 일반 교사 봉급의 절반인 오천오백원이었다. 나는 아내와 더불어 신혼살림을 하면서 교사들끼리 조직한 계에 들었는데, 마침 곗돈 타놓은 것 삼만원이 있었다. 나는 그것에다 만원 한 장을 더 꾸어 보태 들고 남한산성의 군인 교도소로 달려가 동생을 면회했다. 동생은 머리를 스님들처럼 깎았는데 몸이 깡말라 있고 얼굴 살갗이 거무튀튀하게 그을어 있었다. 동생은 울면서 자기가 왜 교도소에 입감되었는가를 이야기했다.

대대 훈련중에 난 사고라고, 동생이 말했다.

동생이 참여한 것은 고지 탈환 훈련이었다. 팔부 능선까지 땀을 뻘뻘 흘리며 기어올라간 다음 총에 공포탄을 장전하고 엎드려 소대장의 공격 명령을 기다리며 잠시 쉬었다. 철모가 하도 무거워 벗어서 땅에 놓고 총구를 철모 안에 밀어넣었다. 총구에 흙이 들어가지 않게 하려는 것이었다. 철모에는 위장 그물이 씌워져 있고, 그물에는 풀이 촘촘히 꽂혀 있었다.

공격 명령이 떨어졌을 때, 동생은 왼손으로 총목을 잡아 들어올리며, 동시에 철모를 오른손으로 집어들었다. 그런데 총구 끝의 가늠쇠에 위장 그물 한 가닥이 걸려 있어 총구가 쉽게 철모 밖으로 빠지지 않았다. 왼손으로 총목을 잡아 누르면서 총구에 걸린 그물을 벗기기 위해 당겼다. 순간 왼손의 손가락 하나가 방아쇠를 건드렸는지, 공포탄이 팡 하고 발사되었고, 총구는 불을 뿜었고, 철모 안에 들어 있던 오른손의 엄지손가락은 화염에 익은 채 떨어져나갔다. 동생은 심줄만 달린 채 덜렁거리는 오른손 엄지손가락을 왼손으로 잡은 채 소대장에게로 달려갔다. 동생은 곧 의무대로 이송되어 엄지손가락을 잘라내는 응급치료를 받았다.

그런데, 소대장과 중대장과 대대장은 자기들의 지휘 책임을 면하려고, 동생이 제대할 것을 목적으로 자해 행위를 한 것이라고 사고 처리를 했다. 만일 전시에 후송되기 위하여 스스로 손가락을 자르는 자해사고를 일으켰다면 즉결처분(총살)을 해야 하는 것이었다.

그 결과 동생은 사단사령부의 군사재판에서 십팔 개월의 형을 받고 남한산성 군교도소에 수감된 것이었다.

나는 서울로 나와서 이심 재판에서 동생을 변호해줄 변호사 한 사람을 선임하고, 변호사에게 내 동생이 스스로 손가락을 자르는 행위를 하지 않았다는 사실을 증명해달라고 요구했다.

"제 동생은 군에 입대하기 전에 이발사였습니다. 제대한 다음 사회에 나와서 이발업을 하고 살아야 하는 사람이 왜 제대할 목적으로 자기의 오른손 엄지손가락을 끊겠습니까? 오른손의 엄지손가락이 없으면 가위질을 할 수 없지 않습니까?"

변호사는 동생이 이발사였다는 사실을 증명할 수 있는 서류를 달라고 했으므로 나는 고향집으로 가서 동생의 '이용사 면허증'과 무죄판결을 받을 수 있게 해달라는 편지를 변호사 사무실로 보냈다.

오 일째 되는 날 황혼 무렵에 근무하는 학교로 간 나는, 내가 거처하는 학교 관사 앞마당에 질펀하게 깔려 있는 도토리 알맹이들을 보고 놀라지 않을 수 없었다. 저녁밥 준비를 하던 만삭인 아내가 부엌에서 나오며 애처로운 목소리로 말했다.

"어머니가 날마다 저렇게 따 나르시오."

때마침 학교 후문에서 무거운 도토리 자루를 머리에 인 어머니가 들어오고 있었다. 나를 발견한 어머니는 도토리 자루를 마당에 내던지고 "아이고, 내 새끼 어쩌고 있더냐, 대관절 이째서 민 죄를 시어삿고 그렇게 되었다냐" 하고 교도소의 아들에 대하여 물었다. 퀭해져 있는 어머니의 눈에는 눈물이 가득 고이고 있었는데, 그사이에 더욱 깡말라진 얼굴 살갗은 볕에 거멓게 그을어 있고, 와사증으로 인해 마비된 입은 옆으로 길게 찢어져 있고, 입술이 잿빛으로 부르터 있었다.

교도소에 수감되어 있는 아들의 일을 잊기 위해, 흥얼흥얼 울면서 산을 헤매며 따온, 어머니의 한스럽고 쓰라린 가슴앓이가 묻어 있는,

마당 가득 널려 있는 도토리들 한 알 한 알에 핏빛의 저녁노을이 물들고 있었다.

신산한 삶

아파트 거실 안으로 들어온 다음 어머니와 나는 마주앉았다. 여동생은 과일을 깎아 냈다. 속이 빨간 수박 조각을 손에 들고 잡수시는 어머니의 비틀어진 입술 사이로 불그레한 수박 즙이 흘렀다. 여동생은 휴지를 들고 그것을 말끔하게 훔쳐드리곤 했다.

어머니의 가슴은 한없이 따듯하고 포근하지만, 무서울 정도로 강직한 데가 있었다. 다산성인 어머니는 아버지와의 사이에 십일 남매를 낳았는데 젖먹이일 때 둘을 잃었고, 쉰두 살 되는 해에 아버지를 여의고 과부가 되었다. 그때 시집간 큰딸은 서른네 살, 결혼한 큰아들은 서른한 살이었고 작은아들인 나는 스물여덟 살이었다. 결혼시키지 못한 셋째 아들은 스물다섯 살, 군대 가고 없는 넷째 아들은 스물두 살, 다섯째 아들은 초등학교 사학년, 둘째 딸은 열여섯 살, 셋째 딸은 초등학교 오학년, 막내딸은 초등학교 이학년이었다.

어머니는 아버지의 시신 앞에서 눈물 한 방울 흘리지 않았다. 내가 눈물을 흘리며 울자 차가운 목소리로 나를 꾸짖었다.

"앞으로 아부지 없이 헤쳐나갈 일을 생각하면 눈이 초롱초롱 맑아질 텐데 철든 남자가 어린 동생들 앞에서 울기만 하다니…… 쯧쯧."

그 순간 내 눈에서는 눈물이 사라졌다.

어머니는 내가 혼란에 빠져 있을 때 나를 일깨우는 회초리 같은 말씀을 던져주곤 했다. 스무 살 되던 해, 무슨 일로인가 어머니의 꾸중을 듣고 화를 벌컥 내며 대들자 어머니는 한동안 입을 굳게 다물고 있다가 "승원아" 하고 나를 부르더니 조용하게 타이르듯이 말했다.

"모자란 사람하고 모자라지 않은 사람이 어떻게 다른지 아냐…… 모자란 사람은 모자란 생각이나 행동을 하면서도, 자기가 모자란 짓을 하고 있다는 것을 모르는 사람이고, 모자라지 않은 사람은 자기가 모자라다는 것을 알고 늘 반성하고 고쳐나가는 사람이다."

이후 나는 평생 동안 매사에 나를 성난 얼굴로 깊이 살피곤 했다.

'나는 지금 모자란 생각, 모자란 짓거리를 하고 있지 않는가.'

둘째 딸이 농약을 먹고 자살했는데, 어머니는 나에게 연락도 하지 않고 매장한 다음, 광주로 달려왔다. 어머니는 죽어간 딸의 불쌍한 정상과 장례 치른 이야기를 하고 나서, 늦게 낳은 딸과 아들을 그대로 덕도의 집에 두면 절대로 안 된다면서 디끼고찌로 말했다.

"승원아, 어쩔 것이냐, 니가 동생들을 다 차고 가르쳐라."

과부인 어머니가 의지할 데라고는 둘째 아들인 나밖에 없는 것이었다. 이후 어머니는 나머지 자식들 오 남매를 키우고 가르치는 문제, 결혼시키는 일을 모두 나하고 의논했다. 분가해서 따로 사는 큰아들은 어머니와 동생들의 일에 대하여 자기와는 관계없는 일이라고 윈고개 틀어버린 지 이미 오래였다. 물론 고향 마을 앞에 구멍가게 하나를 내고 사는 큰아들은 경제적으로 무능력하기도 했었다.

광주의 한 중학교로 직장을 옮긴 나는 많지 않은 봉급과 신인 작가의 쥐꼬리만한 원고료에 의지해 살면서 분가하여 사는 남동생 둘의 농사 자금, 김 양식할 자금을 대주고, 어린 동생 셋을 데리고 살면서 그들을 학교에 보냈다. 나는 그들의 아버지 노릇을 한다는 생각으로 분투하듯이 살았는데 그것은 어머니의 뜻에 의한 것이었다.

그리하여 경제적으로 많은 도움을 주곤 하는 처가 어른들과 아내의 눈치를 보며 살아야 하는 처지인 나는 어떠한 일이든지 먼저 아내에게 사정을 말하고 동의를 얻어야 했고, 어머니의 말이라 하면 거절을 못하는 나인 것을 안 아내는 그런 모든 것들을 운명적인 것이라 여기고 순순히 받아들였다. 나는 평생, 바윗덩이를 굴려 산정을 향해 올라가야 하는 형벌을 받은 시시포스가 되어 있었다.

영영 이별 준비

칠십대 중반에 들어선 나는 백 세를 한 해 앞둔 어머니와의 영영 이별을 준비하고 있었다. 그것이 나의 마지막 효도라면 효도이고 불효라면 불효일 터였다. 나는 마지막으로, 신산하고 한스러운 삶을 살아온 어머니의 아름답고 화려했던 처녀 시절과 행복했던 결혼생활과 자식들을 낳고 또 낳으면서 맛보았던 기억들을 되살려드리고 싶었다. 나는 이승과 저승을 함께 살고 있는 당신의 입으로 당신의 신화나 전설 같은 옛 시절 이야기를 해주기를 기대했다. 어머니는 노년으로 접어들면서부터 기분이 좋을 때면, 늘 소설가인 아들 앞에서, 당신의 발랄했던 처녀 시절과 희망이 무지개처럼 화려했던 새각시 시절을 회상하기를 좋아했었다.

나는 어머니가 멀리 떠나갈지라도, 어머니의 희망에 찬 삶들을 내 속에 새겨 담고 싶고 그것을 기록하고 싶었다. 사람은 육신이 소멸될지라도, 자기를 기억해주는 사람이 살아 있는 한 기억 속에서 죽지 않고 살아 있는 것 아니겠는가. 나는 어머니를 영원히 내 속에 오롯이 담아 간직하고 싶었다. 당신이 아름답고 싱싱한 기억들을 다시 되살려주기를 바라면서 물었다.

"어머니, 처녀 시절에 바다에서 낙지랑 문어랑 해삼이랑 숭어랑 빼도라치랑 잘 잡으셨다고 했지요?"

그 말을 듣자마자 어머니는 금방 흥분했다. 저승꽃이 피고 주름살이 무성한 얼굴에 발그레한 생기가 돌았다. 콧구멍이 커지고, 흐릿한 눈을 거듭 깜박거렸다. 쇳소리가 약간 섞인 카랑카랑한 목소리로 말했다.

"그때는 괴기가 참 흔했어야."

어머니는 젊어서부터 유다르게 목소리가 쨍쨍 높은 분이었는데 백살을 눈앞에 둔 그즈음에도 한결같았다.

"한번 바다에 나갔다 하면은 갯바구니가 묵직하도록 잡아왔지야. 우리 아부지가 나보고 항상 '우리 일등짜리 우리 일등짜리' 그러셨다."

나는 어머니의 처녀 시절, 하얀 저고리에 쪽빛 통치마를 입고 머리를 쪼록쪼록 땋아 늘인 열다섯 살 처녀의 아리따운 모습을 머리에 떠올렸다. 그것은 충남 예산중학교에서 미술 선생 하던 때의 막내 여동생의 모습이었다. 여동생은 땋은 머리채를 한쪽 가슴으로 젖혀내리고 하얀 한복 저고리에 주름진 검정 통치마를 입곤 했었는데, 치맛자락은 하얀 성문다리(정강이)에서 찰랑거렸다.

제2장

"처녀 때 나는 온 세상이 그렇게 재밌고 즐거울 수가 없었어야.
모든 것이 다 꽃밭 안개 너울같이 어른어른 황홀했어야."

섬 처녀 점옹

그녀는 혼자 바다엘 나갈 때에는 선머슴 아이처럼 강강술래 가락으로 춤을 추며 걸었다. 얼굴이 탐스럽게 하얗고, 까만 머리채가 흰 저고리 등에서 찰랑거리고, 쪽색 치맛자락 밖으로 뻗어내린 종아리가 늘씬하고, 두 젖가슴이 봉긋한 열다섯 살의 섬 처녀 점옹은 여느 때는 꿈을 꾸듯 황홀한 생각 속에 빠져 살고 있었다. 그 생각은 물새 알처럼 알록달록한 무늬와 결을 가졌는데, 아래쪽에서 보면 푸른색 바다 물너울로 보이고, 위에서 보면 붉은색 꽃밭 너울로 보이고, 왼쪽에서 보면 보라색 고기비늘로 보이고, 오른쪽에서 보면 아침노을에 젖은 구름으로 보이는 홀로그램의 세계였다. 그 세계를 점옹은 흰 나비가 되어 날기도 하고, 솜털 구름이 되어 흘러다니기도 했다.

현실의 세계에 살면서 그녀는 늘 어른어른한 환상의 입체 화폭 같은 세계 속으로 날아가곤 했다. 그런 때에는 가슴이 벅차고 새콤달콤하면서 찌릿한 전율이 일었는데 그녀는 그것을 콧노래로 흥얼거리며 즐겼다. 그 콧노래는 사향노루의 향주머니에서 번지는 향기처럼 직조되곤 했는데, 그것은 무지개처럼 하늘을 가로지르며 날기도 하고, 비둘기의 깃털 같은 빛살 무늬를 만들며 너울거리기도 했다.

달무리

"나는 또래 동무들보다 굉장히 조숙했어야."

간밤에 뜬 황금색 둥근 달은 화환 같은 달무리를 둘렀다. 보얗고 불그죽죽한 달무리였다. 장마처럼 계속되던 달거리가 끝난 날 해질 무렵에 점옹은, 마을 뒷동산 기슭 모퉁이의 칙칙한 소나무숲 속의 음음한 그늘을 휘감으며 흐르는 시내로 가서 저고리와 치마와 속곳을 벗어서 차곡차곡 포개놓고 찬물 멱을 감았다.

차가운 물 때문에 진저리를 치며 자기도 모른 새에 '으흐' 소리를 내고는 아차 했다. 목구멍에서 흘러나오는 으흐 소리를 누군가가 듣고 엿볼세라 몸을 웅크리며 사방을 살폈다. 숲 사이로 하얀빛이 그녀의 몸으로 날아들었다. 뻐꾹새의 청아한 울음소리가 흘러들었다. 노인의 청승스러운 울음 같은 비둘기 소리, 얄망궂은 할미새 소리도 흘러들어 맴을 돌았다.

스스로의 몸을 내려다보면서 어머니가 '삼동갓은 처녀는 부잣집에서 며느리를 삼으려고 탐을 낸다' 하던 말을 떠올렸다. "삼동갓다는 것은 어떻게 생긴 사람을 말해?" 하고 묻자, 어머니는 "키가 헌칠하게 크고, 몸통이 알맞게 오동통하면서 엉덩이가 실팍하고 허리가 약간 잘록하고 다리가 늘씬하고, 얼굴에 잡티가 없이 희고 탐스러운 너 같은 처녀의 몸을 그렇게 말한단다" 했다.

그녀의 왼쪽 젖가슴 밑에서 옆구리 쪽으로 약간 돌아가서 몽고반점 같은 묽은 쪽색의 점 하나가 있는데, 어머니는 그것을 복스러운 점이라고 했다. 그 점은 신령스러운 힘을 가지고 있으므로, 그녀가 어떤 일로 인해 죽을 운명에 처했을 때, 가령 호랑이 같은 흉한 짐승한테 물려 죽게 되었을 때, 못된 악귀가 덤벼들었을 때, 나쁜 살煞이 끼었을 때, 그녀를 살려내는 신통한 힘을 가지고 있다는 것이었다.

그녀의 몸 깊은 곳에 숨어 있는 점 때문에 점옹이라고 이름을 지었다고 어머니는 말했다. 점옹은 자기 이름이 자랑스러웠다. 멱을 감을 때면 젖가슴을 잡아당기고 그 점을 내려다보곤 했다. 이 점이 어떻게 나에게 복을 가져다주고 나를 보호해준다는 것일까. 세상 어디어디에 어떠어떠한 복들이 널려 있는데, 그 복들이 이 점 때문에 나에게로 오는 것일까. 그녀에게 그 반점은 하나의 신앙이었다. 그녀는 그 점 때문에 자기가 이브를 닮았을 것이라고 생각했다. 이 세상의 첫 여자라는 이브도 자기처럼 묽은 쪽색의 반점을 옆구리에 가진 여자였는지도 모른다고 그녀는 생각했다.

목과 어깨와 부풀어오른 젖가슴과 허벅다리와 사타구니의 속살에 물을 끼얹어 씻으면서, 이 세상의 첫 여자 '이브'에 대하여 생각했다.

태초에 하느님은 아담이라는 남자를 자기의 형상을 본떠 만들었는데, 혼자인 아담이 외로워했기 때문에 아담의 갈빗대를 떼어 이브를 만들고 코에 바람을 넣어 활동하게 해주었다고, 예배당의 선교사가 말했다. 아담과 이브가 처음에는 똑같이 벌거벗고 살면서도 부끄러움을 몰랐는데, 선악과를 따먹고 나서부터 그것을 알게 되어, 나무 잎사귀를 뜯어서 옷을 만들어 입고 살게 되었다고 했다.

선악과는 능금처럼 생긴 과일이고 크기가 돌배만큼 하지만 조선 땅에는 없고 이스라엘 땅에만 있다고 했다. 선악과는 어떤 일이 착한 일이고, 어떤 일이 악한 일인가를 구별하는 마음을 생기게 하는 과일이라고 했다. 시기하고 질투하는 마음, 남을 미워하고 속이고 거짓말하거나 복수하려는 마음도 선악과 때문에 생긴 것이라고 했다.

아담과 이브에게 그 선악과를 따먹으라고 가르쳐준 것은 간사한 뱀이라고 했다. 그 뱀은 조선 땅에서도 흔히 볼 수 있는 꽃뱀인데 천성이 아주 교활하다고 했다. 선악과로 인해서 꽃뱀의 교활한 마음이 선악과를 따먹은 아담과 이브의 후손들에게 전이된 것이라고 했다. 예배당에 다니면서 예수님의 가르침에 따라, 하느님을 모시고 받드는 것은 사악하고 교활한 뱀의 마음을 버리고 착하고 정직한 천사의 마음을 가지고 살기 위함이라고 했다. 그녀 몸에 숨어 있는 쪽색의 점이 천사의 착한 마음을 가지고 살도록 지켜줄 것이라고 그녀는 생각했다.

이 세상의 여자들은 하느님의 아들인 예수님이 가르친 대로 마음씨 착하고 정직하게 살면, 태초의 이브처럼 자기만의 씩씩한 미남자 아담을 만나서 평생토록 살 수 있게 된다고 선교사는 말했다.

하느님이 이브를 만들기 위하여 아담의 갈비뼈 하나를 잘라냈기 때문에, 세상의 모든 남자들은 항상 옆구리가 시리고 허전한 법인데 그 허전함은 외로움이라고 했다. 그 외로움을 없어지게 하려면 이브가 아담을 사랑으로 안아주어야 한다고 했다. 여자는 자기 남자의 옆구리에 바싹 붙어서 살아야 평생 평안하고 행복할 수 있다고 했다. 그래서 세상의 모든 여자들은 자기를 사랑해주는 아담 같은 남자 한 사람을 만나게 해달라고 하느님께 기도해야 한다고 했다. 여자가 아담 같은 남자를 만날 수 있는 자격이 생기려면 달거리를 반드시 해야 한다고 했다. 달거리를 하지 않는 젊은 여자는 여자로서의 자격이 없다고 했다.

아, 나를 평생 동안 사랑해줄 나의 아담.

한 남자의 얼굴이 머리에 그려졌고, 가슴이 두근거렸다. 작달막한 키에 하이칼라 머리가 새까맣고, 얼굴이 하얗고 이목구비가 뚜렷하고 목소리가 우렁찬 남자였다. 점옹은 그 남자의 아내가 되고 싶었다.

뎅그렁뎅그렁, 워낭 소리가 숲속으로 흘러들었다. 누군가가 소를 끌고 지나가는 모양이었다. 눈앞에 어린 노른빛의 너울이 어른거렸다. 황혼이 피어나 있었다. 곧 땅거미가 내릴 것이다. 온몸의 살갗에 숭어 비늘 같은 물방울들이 묻어 있었지만 상관하지 않고 속곳을 꿰어 입고 치마와 저고리를 걸쳐 입었다.

숲 밖으로 나간 다음 집을 향해 가면서는 강강술래를 하듯이 겅중거리며 너울너울 걸었다. 찬물 목욕을 하고 나면 새로 태어난 듯 산뜻하고 즐거운데다 그 키 작달막한 남자 아담에 대한 생각이 가슴을 후끈 달뜨게 했다.

꼭두새벽녘에 점옹은 아담에게 시집가는 꿈을 꾸었다. 다홍치마 위에 노랑 저고리를 입고 활옷을 걸치고 족두리를 쓰고, 하얗고 말랑말랑한 왕골 짚신을 신고 초례를 치렀다. 초례청은 하얀 차일 속에 마련되어 있었고, 그 한가운데에는 병풍이 펼쳐져 있고, 병풍 한쪽에는 동백나무 가지 하나가 꽂혀 있고, 다른 한쪽에는 검푸른 소나무 가지 하나가 꽂혀 있었다. 동백나무 가지에는 빨간 꽃송이들이 달려 있었다. 동백 꽃송이 앞에서 신랑과 나란히 서서 혼례식을 치렀다. 신랑인 아담은 키 작달막하지만 하이칼라 머리를 하고 검은 양복을 입고 하얀 와이셔츠에 빨간 넥타이를 하고 있었는데, 한 달 전, 마을 앞에 있는 사장 마당의 제단 위에서 늙은 느티나무를 등진 채 연설을 하던 남자 선생이었다. 초례가 끝나고 그녀는 꽃가마에 올랐다. 그녀를 태운 가마가 출렁거렸으므로 어지러웠다. 여러 해 전에 가마 타고 시집을 가면서 슬피 울던 언니처럼 울려고 했지만 울음이 나오지 않았다. 소리를 내어 울기 위해 안간힘을 쓰다가 잠에서 깨었다. 깨고 난 그녀의 머리에 아담의 얼굴이 선명하게 남아 있었다. 늙은 느티나무를 등진 채 연설을 하던 남자 선생. 그녀의 가슴이 심하게 두근거렸다.

새벽 어둠

새벽에 측간 가는 버릇이 있는 사람은 속병이 없다고 아버지가 그랬다.

"우리 일등짜리는 하는 짓마다 이쁘다."

'일등짜리'란 육 남매의 자녀들 가운데서 제일 똑똑하고 야무진 자식이라는 말이었다.

점옹은 새벽에 측간 가는 버릇이 싫었다. 측간에 담겨 있는 깜깜한 어둠이 무서웠다. 어둠 가운데서도 축축한 어둠은 둔갑을 하여 도깨비가 되기도 하고 귀신이 되기도 한다고 무당의 딸 잔방례가 그랬다.

측간에 가려고 마당으로 나가는데 얼굴 한쪽이 일그러진 새벽달이 앞마당의 감나무 가지에 걸려 있었다. 새벽달 주위에는 희미한 별들이 떠 있었다. 밤꽃 향기가 가슴속 깊은 곳으로 밀려들었다. 그녀로서는 무어라 말할 수 없는 묘한 향기였다. 뒤란 언덕에 밤나무가 있었다. 가을철이면 알밤을 떨어뜨려주는 키 큰 나무였다.

젊은 과부가 밤꽃 향기를 맡으면 바람이 난다고 무당의 딸 잔방례가 그랬다.

"밤꽃 향기가 어째서 그런다냐?"

점옹이 묻자, 잔방례는 "나도 몰라, 울 어메가 그런디, 훗날 시집을 간 다음에 알게 될 거라더라" 하고 나서 더욱 알 수 없는 말을 했다.

"집 근처에 밤나무가 있으면 부부간에 금슬이 좋아진다더라."

가을이면 알밤을 주우려고 잠을 사로잤다. 자다가 밤 떨어지는 소리를 듣고 나면 가슴이 조마조마했다. 뒷등 움막집에 사는 되셉이와 그의 할머니가 어스름이 채 가시지 않았을 때 귀신처럼 나타나 주워가곤 했다. 점옹은 늘 그들보다 먼저 일어나 줍곤 했는데, 그러려면 잠을 사로자야 했다. 한줌 주우면 그것을 모두 아버지에게 바쳤다. 알밤을 받아든 아버지는 환하게 웃으며 그녀의 등을 토닥여주고, “우리 일등짜리는 셈도 바르다” 하고 말했다.

풀숲에서 반짝 눈을 빛내곤 하는 알밤은 살아 있는 짐승의 눈빛 같았다. 가을이 깊어지면 아버지가 작대기로 밤을 두들겨서 떨어지게 했다. 알밤을 두 됫박쯤 깠다. 아버지는 추석이나 설이나 제사 때에 그 알밤을 깎아서 제사상에 올리곤 했다. 그녀는 아버지 옆에서 그 알밤이 먹고 싶어 군침을 삼키곤 했다.

측간으로 들어서는데 쥐 한 마리가 달려갔다. 온몸에 소름이 돋았다. 쥐를 향해 야옹 하고 고양이 소리를 냈다. 다른 쥐 한 마리가 마당 쪽으로 달아났다.

뒷산에서 여우 울음소리가 들려왔다. 뒷산 기슭에 되섭이네 할아버지의 무덤이 있었다. 여우가 그 무덤 한쪽 편에 구멍을 뚫고 들어가서, 시신을 뜯어먹었다고 했다. 시신을 관에 넣지 않고 대발로 둘둘 말아 되섭이네 아버지가 짊어지고 가서 묻은 무덤이었다. 되섭이네 아버지는 가난하여 나무로 된 관을 사용하지 못한 것을 한스러워하고, 몽둥이를 들고 무덤 앞에서 은신한 채 여우를 잡으려고 했다고 되섭이가 말했다.

점옹은 여우가 무덤에 뚫어놓았다는 구멍을 보고 싶어 환장할 것 같았다. 구멍 옆에 시신이 입은 주검 옷 한 조각이 버려져 있다고 해서 되섭이랑 순이랑 잔방례랑 함께 그 구멍을 보러 갔었다. 구멍은 무덤의 서편 옆구리에 뚫려 있었는데 목침만한 큰 돌로 막아놓았다. 점옹과 되섭이와 순이와 잔방례는 무덤에서 멀리 떨어져서 살피다가 돌아왔다.

되셉이네 아버지는 여우가 무덤 옆구리에 파놓은 구멍으로 들어간 것을 알고 그 구멍 옆으로 바싹 다가가서 몽둥이를 들어올린 채 노렸다고 했다. 여우가 머리를 내밀면 재빨리 후려쳐 잡으려는 것이었다. 한식경을 기다렸을 때 구멍에서 바스락거리는 낌새가 있었다. 되셉이네 아버지는 바짝 긴장을 하고 몽둥이를 잡은 손아귀에 단단히 힘을 주었다. 순간 무덤의 구멍에서 희끗한 것이 머리를 내밀더니 세차게 튕겨나왔다. 되셉이네 아버지는 몽둥이로 힘껏 내리쳤다. 한데 그것은 시신을 감싼 옷자락 뭉치였다. 그가 '아차, 속았다' 생각하며 다시 몽둥이를 잽싸게 들어올렸을 때 구멍 속의 여우는 왝 소리를 지르면서 되셉이네 아버지의 얼굴을 향해 튀어나왔고, 그는 뒤로 벌러덩 넘어졌다. 여우는 흰색이었다. 여우를 놓친 되셉이네 아버지는 원통해하며 땅을 치고 울었다는데, 그 여우는 백년 묵은 하얀 여우이고 꼬리가 아홉 개나 달려 있었다고 했다.

백년 묵은 여우는 총각을 홀리려면 예쁜 처녀로 둔갑해서 수작을 건 다음 숲속으로 유인해 가고, 처녀를 홀릴 때에는 키 작달막한 미소년으로 둔갑하여 수작을 걸어 접근한 다음 간을 꺼내 먹는다고 했다. 간밤 꿈에 본 키 작달막한 아담 선생도 혹시 백년 묵은 여우가 둔갑한 혼령 아닐까. 그녀는 고개를 세차게 저으면서 다시 여우 울음소리가 들리지 않을까 하고 뒷산 쪽으로 귀를 기울였다. 여우 울음소리는 들리지 않고 바다의 울음소리가 들려왔다. 앞개 쪽에서 들려오고 있었다. 앞개에서 바다 울음소리가 들리면 사나흘 뒤에는 비가 온다고 했다. 앞개 쪽 하늘이 번해지고 있었다.

오늘은 낙지와 해삼을 잡으러 가야겠다고 점옹은 생각했다. 힘들게 날품을 들고 온 아버지는 낙지와 해삼을 잡아오는 점옹의 머리를 쓰다듬어주곤 했다.

"아이고, 우리 일등짜리, 갯것 오지게 해오는 것 봐라!"

살아 있는 낙지를 도마 위에 놓고 칼로 탕탕 쪼아 된장을 발라 먹고 해삼을 썰어 먹으면서 점옹을 칭찬했다. 점옹은 아버지에게서 칭찬을 들으면 가슴이 설레었다. 더 많은 칭찬을 듣기 위하여 점옹은 더욱 부지런히 낙지와 해삼을 잡아오곤 했다. 어떤 날은 베도라치나 꼬막이나 바지락을 잡기도 했다. 운이 좋은 날에는 망둥이나 숭어나 농어 새끼를 잡았다.

"우리 점옹이가 바다에 나가는 날에는 숟가락이 무거워진다."

장에 갔다가 돌아온 어머니는 고깃국을 끓이면서 칭찬을 했다. 어머니는 물장사를 하기 때문에 두 손이 쪽 색깔로 물들어 있곤 했다. 손톱들은 반짝거리는 쪽색이었다.

바야흐로 모내기 철이었다. 점옹이네는 논이 한 뙈기도 없으므로 아버지와 오빠들이 이 부잣집 저 부잣집의 모품을 들었다. 하루 품값으로 가을에 쌀 두 됫박씩을 받았다. 어머니는 벌써 밥을 해놓고 장엘 가고 없었다.

꽁보리밥

식구들이 둘러앉아 이른 아침밥을 먹었다. 꽁보리밥이었다. 밥알은 왕모래처럼 뚝뚝하고 거칠었다. 반찬은 신김치와 깍두기와 간장게장이었다. 어머니는 식구들이 잠에서 깨기 전에 장엘 가면서 밥을 지어 놓았다. 점옹은 식구들의 그릇에 밥을 담고, 밥상을 차렸다.

서둘러 밥을 먹고 난 아버지는 물옷을 털어 입고 "점옹이 너도 못밥 얻어묵으러 나오너라. 앞들머리로" 하고 나서, 남동생 홍기를 데리고 나갔다.

못밥은 찹쌀과 멥쌀을 섞고 팥을 넣어 시루에 찐 연보라색의 밥이었다. 모내기하는 날은 부잣집의 인심이 후했다. 모내기에 참여하는 품꾼의 집안 식구들이면 누구든지 쭈뼛거리지 않고 못밥을 얻어먹으러 갔다.

아버지는 못줄을 잡아주고, 홍기는 모쟁이 노릇을 할 터였다. 모내기꾼들에게 모 포기를 배달해주는 것이 모쟁이였다. 모쟁이 노릇을 하고 나서 홍기는 점심때 못밥을 든든하게 얻어먹을 것이었다. 막내 종기는 오동나무 집에서 꼴머슴살이를 했다.

오동나무집은 동네에서 제일 큰 부자인데 성이 구씨였다. 그 집의 모내기를 할 때는 잔치가 난 것처럼 남녀 사십여 명이 구름같이 모여들었다. 밥 짓는 아주머니가 둘이고 그것을 짊어지고 가는 머슴이 둘이었다. 못자리에서 모를 뽑을 때부터 모내기꾼들은 상사소리를 했다. '얼널널 상사뒤여' 하는 소리는 들에 퍼지고, 앞산과 뒷산에서 메아리가 되었다. 점옹은 그 집의 모를 내주는 어머니를 따라가서 못밥을 얻어먹은 적이 몇 번 있었다.

어머니는 두 해 전부터 물장사를 다니느라고 오동나무집 일을 해주지 않았다. 어머니의 물장사는 외할머니가 하던 것을 물려받았다고 했다.

어머니는 쪽물 담긴 호로병들과 응고된 쪽물 가루를 등에 짊어지고 장흥 읍내까지 팔십 리 길을 걸어서 갔다가 걸어서 왔다. 관산장과 대덕장을 보고, 무싯날에는 부자 동네를 돌면서 쪽물을 들여준다고 했다.

"어메, 나도 물장사해볼까?"

중촌으로 시집간 언니가 묻자 어머니는 고개를 저으며, "너는 눈썰미가 없어서 안 된다. 시부모 모시고 애들이나 낳아서 잘 키우고 농사짓고 해의(김)나 건져 묵고 살아라" 하고 말했다.

"어메, 내가 그것 해볼게."

점옹이 말하자, 어머니는 말했다.

"그래, 너는 눈썰미 있고 부지런하고 셈이 많은께 넉넉히 할 수 있을 것이다. 그렇지만 너는 물장사 안 해도 된다. 장흥장에서 니 당사주를 본께, 너는 큰 부잣집으로 시집가서 장차 큰 인물을 낳고 살 팔자라고 하드라. 니 생월생시, 삼월삼질 다음날이 참말로 좋다고 허더라. 강남 갔던 제비 오고 삼라만상이 소생하는 봄 아니냐."

점옹은 설거지를 하고 나서 갯바구니를 들고 집을 나섰다. '니 생월생시가 참말로 좋다고 하더라.' 어머니의 말을 생각하며 겅중겅중 뛰면서 갔다.

앞개

광활하게 펼쳐진 앞개의 짙푸른 바다는 점옹을 반갑게 맞이했다. 갓 건져올린 미역 냄새 나는 바람이 달려와서 점옹의 귀밑의 잔 머리카락들을 헝클어뜨렸다. 귀밑에 가느다란 머리카락들이 많은 처녀는 장차 서방님에게서 사랑을 듬뿍 받는다고 어머니가 말했다. 꽃섬과 장구섬이 검은 짐배처럼 바다 한가운데 떠서 기우뚱거렸다. 먼바다에서 달려온 파도들이 모래밭에 머리를 처박고 재주를 넘으면서 하얗게 부서졌다. 알락도요새들이 재빠르게 물자국을 밟아다니며 먹이를 쪼아먹었다. 썰물이 지고 있기는 하지만 갯벌이 드러나려면 한참을 더 기다려야 했다.

모래언덕에는 연분홍의 갯메꽃들과 선홍빛 해당화들이 벌어져 있었다. 하얀 해당화들도 섞여 있었다. 다가가면 달콤한 젖비린내 같은 향기가 물씬 풍겼다. 산기슭에는 주황색의 산나리꽃과 은초롱꽃들이 피어 있었다. 산기슭으로 달려가서 산나리꽃에 코를 대고 향내를 맡았다. 분향내가 가슴을 뭉클하게 했다. 그 꽃잎에는 순이의 얼굴에 있는 주근깨들이 점점이 박혀 있었다. 한 송이 꺾어 이마 위의 가르마 사이에 꽂았다. 은초롱꽃들을 양쪽 귀에 걸었다. 쪼록쪼록 땋은 머리채 틈에 나팔꽃처럼 생긴 갯메꽃들을 끼워넣었다. 갑사댕기에도 한 송이 매달았다. 그녀의 머리는 현란한 꽃타래가 되었다. 찔레꽃도 한 송이 꺾어 꽂고 싶었지만 싯멀건 가시들 때문에 그럴 수 없었다.

파도를 타고 온 바람이 치맛자락과 머리카락과 꽃들을 흔들었다. 꽃들을 꽂은 자기 모습을 간밤 꿈에 본 아담 선생에게 보여주고 싶었다. 아담을 생각하는 스스로가 열없었다. 모래밭을 내달렸다. 치맛자락이 바람에 날렸고, 쪼록쪼록 딴 머리채가 등허리에 찰랑거렸고, 귀밑머리 몇 오라기가 눈앞에서 하늘거리며 콧등을 간질였다. 귀에 걸었던 꽃송이들이 모래밭으로 떨어졌다. 달리기를 멈추고 꽃송이들을 다시 주워 귀에 걸었다.

눈을 가늘게 뜨고, 푸른 하늘에 어른어른하는 결을 보았다. 바람에 결과 무늬가 있다고 그녀는 느꼈다. 정신을 집중하고 보면 모든 것이 다 보인다고 아버지가 말했다. '나 어릴 때 어른들이 말하기를, 개의 눈에는 눈雪이 보이지 않고 바람은 보인다던데, 그것이 사실인지 지금도 궁금하다.' 그 말을 들은 뒤로 그녀는 바람의 결과 무늬를 보려고 정신을 집중하곤 했다. 개의 눈에 보이는 것이면 사람의 눈에도 보일 터이다.

먼바다에서 달려온 짙푸른 파도 몇 개가 누에 같은 흰 거품을 꽁지에 이고 있었다. 그 파도들이 흰 모래톱에서 하얀 물보라를 일으키며 철썩하고 소리치며 재주를 넘었다. 알락도요새들이 그녀를 피해 날아갔다.

파도가 드높으니 오늘 썰물은 아랫목 무른 기미(펄)가 훤히 드러나도록 많이 질 것이다. 바다는 살아 있는, 알 수 없는 것이었다. 출렁출렁 춤을 추면서 숨을 쉬고, 자기 옆으로 다가오는 사람을 예뻐하기도 하고, 미워하기도 하고, 괜한 사람에게 사나운 심술을 부리기도 하고, 무슨 이야기인가를 소리쳐 들려주기도 하는…… 바다는 물고기나 조개나 해초 말고도 도깨비나 잡귀신을 데리고 산다고, 무당 딸 잔방례가 그랬다. 잔방례 어머니는 귀신을 몰고 다니는 여자라고 했고 모르는 것이 없다고 했다.

야만

되셉이네 할아버지는 앞개 바다에 빠져 죽었다고 잔방례가 말했다. 혼자 허름한 목선을 타고 밤낚시질을 갔는데, 다음날 아침에 빈 목선만 떠 있었고 시체는 모래밭에 밀려 있었다고, 그것을 되셉이네 아버지가 바지게에 얹어 짊어지고 마을 뒷산으로 가서 묻었다고 했다.

무당 딸 잔방례는 점옹이 알지 못하는 것을 아주 많이 알고 있었다. 그녀는, 되셉이네 할아버지가 음흉하고 불량해서 도둑질을 잘했기 때문에, 용왕님이 그의 넋을 빼내간 것이라고 했다. 그 넋을 잔방례 어머니가 바닷속에서 건져올렸다고 했다.

하얀 무명베 끝자락에 쌀 한줌을 담은 놋쇠 밥그릇을 넣고 단단히 묶어서 바다에 던진 다음, 깊이 가라앉은 것을 천천히 잡아당기면서 잔방례 어머니는 비손을 했는데, 넋은 되셉이네 할머니가 잡은 대나무를 타고 내려왔다고 했다. 되셉이네 할머니는 그 대나무를 가지고 마을 뒷산으로 들어갔고, 잔방례 어머니는 대나무에 걸린 넋을 무덤 속으로 들여보냈다고 했다.

되셉이는 심술이 사나웠다. 이마와 뒤꼭지가 볼록 튀어나왔는데, 뒤꼭지는 한쪽으로 약간 비틀어져 있었다. 윗옷을 입지 않고 거무튀튀한 살결과 외틀어진 배꼽을 자랑하듯이 내놓고 유혈목이(뱀)의 꼬리를 잡아 빙글빙글 돌리면서 또래 여자아이들에게 다가가서 목에 걸어주려 했는데, 이때 여자아이들은 기겁을 하고 달아났다. 홑치마만 입은 어떤 여자아이는 돌부리에 걸려 벌렁 넘어진 채 아랫도리 속살을 다 내보이기도 했다. 그 아이가 그 개구쟁이 짓을 자신만만하게 보아란듯이 하기 시작한 것은 선교사에게서 선악과를 따먹도록 가르쳐준 것이 꽃뱀이라는 말을 들은 뒤부터였다. 그런데, 이상하게도 되셉이는 점옹에게 유혈목이를 걸어주려고 덤비지 않았고 수줍어하며 피했다.

그는 점옹이 옆에 있을 때면 용감한 짓을 잘했다. 땅재주를 팔짝팔짝 넘었고, 부잣집의 못자리에 돌을 던지고, 남의 호박에 말뚝을 박고, 미루나무를 타고 꼭대기까지 올라가는 재주를 부렸다. 그런데 점옹이 없고, 순이나 잔방례만 있을 때에는, 개구리와 유혈목이를 작대기로 쳐서 잡아 집으로 가지고 가서 고아 먹는다고 했다.

되셉이네 아버지는 개백정이었다. 마을 사람들은 잡아먹을 개를 그에게 맡겼다. 점옹은 그가 오동나무집 늙은 개의 목에 새끼줄을 매달아서 끌고 냇가로 가는 것을 본 적이 있었다.

늙은 개는 끌려가지 않으려고 네발을 뻗대면서 꽁무니를 뒤로 빼고, 고개를 양옆으로 저어댔지만 되셉이 아버지는 왁살스럽게 이끌었다. 아이들은 질질 끌려가는 개의 뒤를 따라갔다. 되셉이는 네발을 뻗대는 개의 꽁무니를 힘껏 걷어차 몰아주었다. 개는 뒤에서 걷어차는 되셉이의 발길질보다는 앞에서 끌고 가는 되셉이 아버시를 더 무서워하며 고개를 양옆으로 젓고 네발로 버티었다. 개의 두 눈동자는 흰자위가 많아져 있었다.

냇가머리에 늙은 실버들나무가 한 그루 있었다. 바람이 불면 늘어뜨린 가느다란 가지들이 태질하듯이 흔들거렸다. 되셉이네 아버지는 개의 목에 묶은 새끼 끝을 거꾸로 뒤집은 ㅅ 자처럼 벌어진 실버들나무 가지 사이에 끼워넣고 힘껏 잡아당겼다. 개는 자기의 운명을 예측하고 더욱 사력을 다해 네발을 뻗대면서 버티었다. 되셉이 아버지는 코를 실룩거리면서 한 손으로는 개의 목에 묶여 있는 새끼줄을 끌어올리고, 다른 한 손으로는 나뭇가지 사이에 끼워넣은 새끼 끝을 당겼다. 개는 점차로 실버들나무 밑동 옆에까지 끌려갔다. 되셉이 아버지는 끙하고 안간힘을 쓰면서 실버들나무 가지 사이에 걸쳐진 새끼줄을 잡아당겼고, 개의 앞발이 허공으로 들어올려졌다. 허공에 들린 두 앞발을 버둥거리면서 단말마의 비명을 질렀다. 되셉이 아버지는 다시 안간힘을 쓰면서 가지 사이에 걸쳐진 새끼줄을 잡아당겼고, 드디어 개의 뒷다리가 땅에서 떨어졌다. 목이 졸린 개는 혀를 길게 드러낸 채 비명소리도 내지 못하고, 온몸에 경련을 일으키다가 빼드러졌다.

되셉이 아버지는 새끼줄을 실버들나무 밑동에 동여 묶어놓았다. 납작한 바윗돌 위에 엉덩이를 붙이고 앉아 주머니에서 담배쌈지를 꺼냈다. 검누른 때에 전 쌈지 속에서 꺼낸 네모난 종이 한 장에다 써레기 담뱃가루를 놓고 돌돌 말아 침으로 발라 궐련을 만들었다. 부시를 쳐서 불을 일으키고, 궐련에 불을 붙였다. 하늘색 담배연기가 허공으로 날아갔다. 담배연기를 가슴 깊이 들이켰다가 뿜고, 또 들이켰다가 뿜어냈다. 되셉이 아버지는 느긋했다. 다시 한번 담배연기를 가슴속 깊이 들이켰다가 뿜어냈고, 그 담배연기는 그의 쑥대같이 부수수한 머리털 위로 흩어졌다.

아이들은 숨을 죽인 채 담배 피우는 되셉이 아버지와 실버들나무 가지에 매달려 혀를 빼물고 빼드러져 있는 개를 번갈아 보았다. 되셉이 아버지가 앞으로 하게 될 일을 잘 알고 있었다. 개를 잡는 순서는 정해져 있으므로, 아이들은 그 순서에 따라 행해질 일들을 기다리고 있는 것이었다.

되섭이 아버지는 담배꽁초를 냇물 웅덩이에 던져버리고 가느다란 참나무 몽둥이를 집어들었다. 담배꽁초는 실 같은 연기를 날려보내면서 거멓게 눈을 감았다. 그는 참나무 몽둥이를 허벅다리에 기대놓고 두 손바닥에 침을 뱉었다. 몽둥이를 두 손으로 잡았다. 실버들나무에 매달려 있는 개의 등허리와 다리와 옆구리를 몽둥이로 퍽퍽 소리가 나도록 두들겨 팼다. 이미 죽은 개의 몸뚱이를 떡치듯이 두들겨 패는 것을 아이들은 진저리치며 구경했다. 여자아이들은 몸을 웅크리고 으악 하고 소리치며 두 손바닥으로 두 눈을 가렸다. 그러다가 손바닥을 살며시 떼고 얼굴을 찡그리면서 보았다. 징그러워하면서도 개 잡는 것을 진저리치며 즐겼다.

되섭이 아버지가 그렇게 죽은 개의 몸뚱이를 두들겨 패는 이유를 잔방례가 말해주었다. 개고기를 부드럽게 하기 위하여 그렇게 한다는 것이었다.

"울 어메가 그러는디, 개를 무지막지하게 잡는 되섭이네 아부지는 죽은 담에 불지옥에 간다더라."

생전에 손버릇이 나빴던 되섭이 할아버지는 이미 칼지옥엘 가 있다고 했다. 질푸른 바닷속의 한쪽에는 용궁이 있고 다른 한쪽에는 지옥이 있고, 달이 떠가곤 하는 서쪽 하늘 끄트머리에 극락이 있다고 했다.

되섭이 아버지는 개의 몸뚱이 여기저기를 고루 두들겨 팬 다음 잠시 쉬었다가 부시를 꺼내 쳐서 불씨를 만들고, 가랑잎들을 모아 불을 일으켰다. 그 불을 마른 짚에 붙여 개의 털을 그을렸다. 개털 타는 노린 냄새가 코를 찔렀다.

털을 다 태운 뒤에는 개를 판판한 돌 위에 내려놓고 물로 씻은 다음 허리에 차고 있던 식칼로 배를 가르고 창자를 꺼냈다. 뱃속에서 핏물이 흘렀다. 그는 익숙한 솜씨로 목을 자르고, 앞다리 둘, 뒷다리 둘을 따로 분리했다.

점옹은 어머니에게 되셉이 아버지가 개 잡는 이야기를 했다가 코가 빠지도록 지청구를 들었다. 앞으로 좋은 데로 시집가서 예쁘고 심성 고운 아들딸을 낳아 키우게 될 숫처녀가 그런 잔인한 짓을 보고 자라면 절대로 안 된다는 것이었다. 숫처녀는 한사코 곱고 예쁘고 아름답고 향기로운 것만 보고 자라야만 장차 시집을 가서 착하고 예쁜 아들딸을 낳는다고 했다. 어머니의 말씀에도 불구하고 그녀는 내내 진저리치면서 개 잡는 구경을 하고 있었다.

철썩거리는 실푸른 바다 앞에 선 점옹은 잔인하게 개 잡는 광경을 떨쳐버리기 위하여 고개를 살래살래 저었다. 고기를 잡거나 조개를 잡거나 낙지를 잡거나 해초를 뜯으러 바다에 나올 때는 한사코 착하고 순한 마음을 가져야 한다고 점옹은 생각했다. 바다는 보이지 않는 손을 가지고 있어서, 마음보 나쁜 사람이 다가오면 그 사람의 발목을 잽싸게 잡아당겨 심연 속으로 끌어들인다고, 무당의 딸 잔방례가 말했었다. 점옹은 남을 미워하지 않고 착하게 살았으므로 바다가 무서울 것이 없었다.

하느님은 사람이 세상의 모든 것을 잡아먹으면서 살도록 점지했다고 예배당의 선교사님은 말했다. 가축을 키워서 잡아먹고, 바다에서 낙지나 숭어나 해삼 따위를 잡아먹고 사는 지혜를 가르쳐주었다고 했다. 살아 있는 것을 잡아먹을 때는 하느님에게 기도를 하고 허락을 얻어 그렇게 해야 한다고 했다. 점옹은 되셉이네 아버지가 개 두들겨 패 죽이는 것을 보면서 하느님에게 되셉이네 아버지를 용서해주라고 두 손 모아 기도를 했었다.

기도는 아주 편리한 것이었다. 기도하고 나면 마음이 편해졌다. 그녀가 바다에서 낙지를 잡거나 숭어를 잡을 때도 기도를 했다. 잡도록 허락을 해달라고 기도하고, 많이 잡히도록 도와주어서 감사하다고 기도를 하고, 그것을 아버지가 잡숫도록 하는 효도를 하게 해주어 감사하다고 기도했다.

달랑게

괭이갈매기들 한 무리가 물고기 사냥을 하면서 끼룩거렸다. 파도에 동동 떠 노니는 갈매기들도 있었다.

만조의 바닷물은 거무스레한 자국을 남긴 채 빠져나가기 시작했다. 물의 자국에는 하얀 조개껍질과 검푸른 잘피(해초) 잎사귀들이 널려 있었다. 아랫목 진회색의 갯벌이 드러나려면 아직도 더 기다려야 했다.

점옹은 달랑게를 잡아야겠다고 생각했다. 흰 모래밭 여기저기에 달랑게의 구멍들이 뚫려 있었다. 가장 최근에 뚫어놓은 구멍을 선택했다. 손가락 두 개가 한꺼번에 들어갈 만한 크기의 구멍이었다. 하얗고 가는 마른 모래를 두 손으로 움켜다가 구멍에 부었다. 한 움큼을 붓고 다시 한 움큼을 부었다. 구멍이 흰모래로 인해 막혔을 때 잽싸게 파기 시작했다. 흰모래를 파내자 습기 많은 거무스레한 모래가 나타났다. 거무스레한 모래 속에, 그녀가 부어놓은 흰모래 줄기가 드러났다. 흰모래 줄기를 따라 팠다. 흰모래 줄기가 사라질 즈음에 재빨리 움직거리는 것이 있었다. 은색의 달랑게였다. 두 손으로 덮쳐잡으려고 했지만 놓치고 말았다. 달랑게는 움직임이 바람처럼 날랬다.

달랑게는 죽은 소년 소녀들의 혼령이라고 했다. 달려가서 다시 두 손바닥으로 덮쳐서 잡았다. 손아귀 속에 들어온 것을 확인하고, '네가 감히 나를 이기려고?' 하고 중얼거렸다. 손아귀 속에 든 달랑게를 가지고 썰물로 드러난 젖은 모래톱으로 갔다. 거기에 놓아주었다가 달려가서 잡는 놀이를 하기로 했다. 달아날지라도 들어갈 구멍이 없으니 안심이었다. 손아귀를 벌리고 놓아주었다. 달랑게가 달아났다. 달려가서 앞을 손바닥으로 막았다. 달랑게가 반대편으로 달아났다. 달아날 때면 날렵하게 움직거리는 발들이 보이지 않았다. 이 달랑게로 변한 소년의 얼굴은 어떻게 생겼었을까. 어디 사는 아이이고 이름은 무엇이었을까. 그 소년은 홍역으로 죽었을까, 역병으로 죽었을까. 그 소년이 죽었을 때 그의 어머니는 얼마나 슬피 울었을까. 달랑게가 신성해지고, 두려워졌다. 달랑게를 가지고 놀면 죄를 받지 않을까. 외롭고 심심한 달랑게하고 놀아주어서 오히려 고맙게 생각할지도 모른다.

이렇게 놀다가 해치지 않고 놓아주면 된다.

갯벌이 거멓게 드러났을 때 달랑게를 놓아주었다. 달랑게는 흰 모래밭으로 사라졌다. 잘 가거라. 얼른 다시 사람으로 태어나라. 저 달랑게는 나중에 소년으로 태어날까 소녀로 태어날까.

숭어의 화신

허리에 새끼줄을 띠처럼 동이고 치맛자락을 걷어서 새끼줄 속에 끼웠다. 속곳 자락을 하얀 허벅다리 위의 사타구니 가까이로 걷어올렸다. 오목한 오금과 오동통한 종아리가 드러났다.

그녀는 자기가 운명적으로 바다와 친할 수밖에 없다고 생각했다. 어머니는, 푸른 파도 위의 허공으로 날아오른 팔뚝만한 숭어 한 마리가 품안으로 뛰어든 꿈을 꾸고 점옹을 뱄다고 했다. 싱싱하고 발랄한 커다란 숭어의 정령이 들어와서 그런지 그녀의 몸은 열다섯 살임에도 불구하고 열일곱이나 열여덟 살의 처녀처럼 성숙했다.

문득 간밤의 꿈에 보인 아담 선생의 얼굴이 머리에 떠올랐다. 가슴이 두근거렸고 얼굴이 화끈거렸다. 아담 선생의 얼굴이 머리에 그려지면서 가슴이 두근거리는 증세는 며칠 전날의 조저녁부터 생긴 것이었다.

마을 한가운데 있는 사장의 늙은 느티나무 가지 아래에서 계몽 강연이 있었다. 새터마을과 큰동네 사이의 중촌에 있는 '양영養英학교'

의 선생들이 학생 여남을 대동하고 와서 연 순회강연이었다. 연사는 키 작달막하고 얼굴 곱다란 남자 선생이었다. 까만 머리를 곱게 기름 발라 빗어 넘긴 그 선생의 얼굴과 쩌렁쩌렁 울리는 목소리를 대하는 순간 점옹의 머리와 가슴과 온몸의 살갗에서 좁쌀 같은 자잘한 불들이 반짝거리며 줄줄이 켜졌다. 쨍 울리는 그 목소리가 몸속으로 파고 들어오는 듯싶었다. 그것은 후끈한 빛살들이 되었다. 그 빛살이 가슴 한복판에 멍울 하나를 만들었다. 그 멍울이 가슴을 우둔거리게 했다. 점옹은 선교사가 이야기한 아담이 그 남자 선생을 닮았을 것이라고 생각했다.

남자 선생은 소리쳐 말했다.

……사람이 글공부를 하지 않으면 소나 개나 돼지나 닭 들과 다를 바 없고, 깜깜한 밤에 불을 켜들지 않은 채 들길을 가는 것과 똑같이 두렵고 답답합니다. 우리가 가난하게 사는 것도 글공부를 하지 않은 까닭입니다. 우리 덕도 안의 모든 젊은이들은 우리 양영학교에 들어 와서 공부를 하십시오. 언제든지 배우겠다고 들어오는 학생은 모두 받아주겠습니다. 한 달에 돈 오 전씩을 내면 되는데, 돈 대신 보리 두 됫박을 가져다주어도 됩니다. 공부를 잘하는 학생은 돈을 받지 않고 오히려 공책과 연필을 상으로 줄 것입니다……

연설이 끝난 다음에는 학생들 열 사람이 나와서 학도가를 불렀다.

"학도야 학도야 청년 학도야 역사의 태동을 들어보아라…… 청산 속에 묻힌 옥도 갈아야 광채 나고, 낙락장송 큰 나무도 깎아야 기둥

되네…… 공부하는 청년들아 너의 직분 잊었느냐……"

점옹은 그 노래를 외워 불렀다. 양영학교에 다니는 동생 홍기가 부르는 것을 듣고 외워버렸다. 그 밖의 어떤 노래든지 한 번 듣고 다시 한번 들으면 외워 불렀다. 그녀도 홍기와 함께 양영학교에 다니고 싶었다. 그녀를 일등짜리라고 말하곤 하는 아버지에게 기회를 보아 "저도 양영학교 보내주시오" 하고 조르고 싶었다. 양영학교에서 처녀도 받아줄까. 아랫집 순이와 잔방례에게 함께 가자고 할까.

순이는 예배당에 함께 다니는 동무였다. 키가 작고, 얼굴이 대추씨 모양새인데, 주근깨가 지천으로 널려 있었다. 순이는 예배당 다니는 일 말고는, 날마다 땔나무를 하러 다니거나, 돼지풀을 베러 다니거나, 어머니의 밭 매는 것만 도와주곤 했다. 순이는 점옹과 달리 바다에서 갯것 하는 것을 싫어했다. 바다가 무섭다고 했다. 어머니 말이, 순이는 점옹만큼 똑똑하지도 야무지지도 활발하지도 영리하지도 못하고, 늘 부끄러워하고 주저주저하는 아이라 시집을 가더라도 가난한 집으로 가게 될 것이라고 했고, 대추씨 같은 생김새로 인해 평탄하지 못한 사주팔자를 타고났을 것이라고 했다. 잔방례는 장차 제 어머니처럼 무당 노릇을 할 것이라고 했다.

해삼

성게의 가시에 찔리지 않기 위해 짚신의 신들메를 단단히 했다. 무른 갯벌에 들어가더라도 발에서 신이 벗겨지지 않도록 가는 새끼줄로 발등과 짚신 바닥을 동여 묶는 것을 신들메라고 했다.

검푸른 잘피숲이 무성하게 자라 있는 무른 기미로 들어섰다. 갯벌에 발목이 잠기도록 빠졌지만, 들메를 단단히 한 짚신은 벗겨지지 않았다.

기다란 몸의 아래쪽에 검푸른 파래가 돋아 있는 거무튀튀하고 펑퍼짐한 각시여(암초) 가까이로 갔다. 각시여 주위의 짙은 잘피숲을 한 가닥씩 잡아 헤치면서 옅은 물에 잠긴 갯벌 바닥을 들여다보았다. 낙지나 숭어나 베도라치 따위의 물고기들은 재빠르게 달아나므로 발견되면 즉시 잽싸게 두 손바닥으로 덮어 눌러 잡아야 했다. 운이 좋아야 숭어나 농어나 망둥이나 왕새우나 낙지나 해삼이나 꽃게를 잡을 수 있었다.

옥수수만한 암갈색의 해삼 하나가 각시여 뿌리의 잘피숲 사이에 엎드려 있었다. 해삼을 건져 바구니에 담았다. 이것은 아버지의 안줏감이다. 해삼을 먹으면 산삼을 먹은 것처럼 기운이 펄펄 난다고 했다. 아버지는 '아이고, 우리 일등짜리 해삼 잡아온 것 좀 봐라!' 하고 오달져하면서 그녀의 머리를 쓰다듬을 것이다.

파도들은 바다 아래쪽에서 들썽거리고 있었다. 그 파도들은 잘피숲으로 올라오면서 밋밋한 일렁임으로 변해 시선을 기우뚱거리게 했다. 그녀는 잿빛으로 우중충해진 물속을 살폈다. 발을 내디디다가 날렵하게 달아나는 암회색의 그림자 하나를 발견했다. 낙지라고 직감하고 그놈이 달아나는 앞을 두 손으로 막았다. 낙지는 몸을 돌리다가 그녀의 손에 잡혔다. 낙지를 바구니에 담는데 등뒤에서 되셉이네 할머니의 목소리가 들렸다.

"아따, 저 가시내 갯바닥 귀신 다 되었다야!"

허리가 굽은 되셉이네 할머니는 각시여의 아래쪽 깊은 물로 문어를 잡으러 가고 있었다. 무릎에다가 빨간 천을 감고 있었다. 마을 사람들은 되셉이네 할머니를 문어 귀신이라고 했다.

문어는 빨간 천을 좋아한다고 했다. 각시여 틈에 들어 있는 문어는 빨간 천을 탐하고 기어나와 그것을 휘감는데 그때 그것을 잡는 것이었다. 나도 문어를 잡아볼까. 점옹은 먼바다로부터 굼실거리며 들어오는 파도 너울이 무서워 허리와 배가 잠기는 푸른 물속으로는 들어가기 싫었다.

잘피숲만 헤치고 다니면서 물고기를 잡기로 했다. 얕아진 물에 가로누운 잘피숲을 헤쳤다. 사방에 뿔이 나 있는 소라고둥 하나를 잡고, 오동통한 은색의 우렁이고둥도 잡았다. 칼처럼 납작한 베도라치도 두 마리나 잡았다. 베도라치는 미역국을 끓이는 데 넣으면 좋다. 어머니가 오달져하실 것이다. 각시여 옆으로 조심스럽게 다가가서 그 주변의 잘피숲 속을 헤쳤다. 다시 낙지 한 마리를 잡고 옥수수만한 해삼도 잡았다. 바구니가 묵직해졌다. 동생들까지 먹이려면 더 많이 잡아야 한다. 농어나 광어나 도미를 한 마리 잡았으면 좋겠는데 그것들이 보이지 않았다. 그녀의 무릎 앞에서 잘피숲 속으로 퍼덕이며 달아나 숨는 암회색의 그림자가 있었다. 손바닥만한 도미였다. 바구니를 놓아두고 두 손으로 그놈을 움켜잡았다. 빳빳한 지느러미가 손바닥을 할퀴었지만 그녀는 아프다고 엄살을 부리지 않았다. 아이고, 오달지다. 이놈은 아버지가 구워 잡수실 것이다.

밀물이 들어오기 시작했다. 잘피숲이 회색빛 나는 물속에 잠겼다.

되셉이네 할머니도 각시여 앞의 깊은 물에서 어기적거리며 걸어나왔다. 그녀는 점옹의 갯바구니를 들여다보고 혀를 널름거리며 놀라워했다.

"아따, 어메, 뭔 가시내 손이 이렇게도 맵다냐! 어른보다 더 많이 잡었네. 나는 문어 시 마리밖에 못 잡았는디……"

마을로 돌아가는 점옹의 발걸음은 가벼웠다. 점옹은 허리 굽어 걸음이 굼뜬 되셉이네 할머니를 앞장서 갔다. 신명이 났다. 그녀가 밟고 가는 길바닥과 들판과 앞산과 뒷산과 하늘이 너울너울 춤을 추고 있는 듯싶었다.

집에 들어가자 아버지가 그녀가 들고 온 갯바구니에 담긴 갯것을 들여다보고 너털거렸다.

"아이고, 우리 일등짜리……"

문명

식구들과 함께 툇마루에 앉아서 저녁밥을 먹고 있는데, 사립에서 순이의 목소리가 들려왔다.

"점옹아, 예배당에 가자."

점옹은 사립을 향해 "그래, 쫌만 기다려어" 하고 소리쳐 말하고, 서둘러 김칫국에 밥을 말아 먹어버리고 "어메, 아부지, 나 예배당 갔다 올게라우" 하고 선머슴처럼 사립 밖으로 달려나갔다.

점옹은 열 살 때부터 순이와 함께 예배당에 다녔다. 무당 딸인 잔방례는 예수 귀신이 무섭다고 다니지 않았다. 되셉이는 가끔 와서 점옹의 얼굴을 흘끔거리다가 잠만 콜콜 자곤 했다.

예배당은 사장 마당을 지나 너먼골로 가는 잔등에 있었다. 목재로 지은 사간 겹집인데 까만 양철지붕을 얹었다. 마당 옆에는 키 큰 미루나무 두 그루가 하늘을 찌르고 있고, 그 앞과 뒤쪽으로는 다랑이논들이 있었다. 미루나무에는 까치들이 집을 짓고 살면서 깍깍하고 울었고, 주변의 논에서는 개구리들이 예배당의 아이들이 배우는 '가갸거겨고교구규그기가'와 '라랴러려로료루류르리라'를 열심히 외우곤 했다.

양철지붕 한가운데에 나무 십자가가 서 있었다. 예배당 서쪽에 사립과 마당이 있는데, 현관문은 늘 열려 있고 안에는 거무스레한 그늘이 담겨 있었다. 현관 안으로 들어가면 미끄럽게 닦인 암갈색의 마룻바닥이 있고, 동편 바람벽 앞에 교탁이 있고, 그 뒤편 바람벽 한가운데에 십자가에 못박힌 예수상이 걸려 있었다.

저녁 예배를 볼 때는 남포등을 환히 밝혔다.

보통의 수요일과 일요일에는 전도사가 예배를 진행했다. 선교사는 한 달에 한 번씩 와서 며칠 머물다가 가곤 했다. 선교사는 키가 후리후리하고 머리가 놀놀했고, 코가 우뚝한데 끝이 매부리처럼 휘어지고 눈이 파랬다. 지난달에는 선교사가 아이들에게 사탕 세 개씩을 나누어주고, 카드 한 상씩을 주었다. 카드에는 양쪽 이깨에 날개 달린 천사가 울긋불긋한 옷 입은 아이들의 머리를 쓰다듬어주는 그림이 그려져 있었다. 카드에 그려진 아이들의 머리칼은 선교사처럼 놀놀했고, 눈이 파랗고 매부리코였다. 선교사는 어눌한 말씨로 설교를 했고, 목청 높여 찬송가를 불렀다. 아이들에게 눈을 감으라고 한 다음 기도를 뱉어냈다.

예배당에 오는 사람들은 스무 살 미만의 처녀 총각이 대부분이었다. 모두들 눈을 감은 채 전도사의 설교를 듣는데, 점옹은 살며시 눈을 뜨고 주위를 살피곤 했다. 꾸벅꾸벅 조는 아이들도 있었다. 기도가 끝난 다음에는 전도사가 풍금을 치면서 찬송가를 가르쳤다. 예배가 끝나면 한글도 가르쳐주었다. 칠판에 '고노도로모보소 오조초코토포호'를 써놓고 따라 읽으라고 하고, '기니디리미비시 이지치키티피히'를 써놓고 읽혀주기도 했다. 공책 한 권과 연필 한 자루씩을 나누어주고 칠판에 쓴 것을 베껴 쓰라고 했다.

순이는 눈을 감고 조는데 점옹은 눈을 초롱초롱 뜨고 따라 읽고 베껴 썼다. '각낙닥락막박삭 악작착칵탁팍학'도 읽고 쓰고 '골놀돌롤몰볼솔 올졸촐콜톨폴홀'도 읽고 썼다.

글자를 읽거나 공책에 쓰는 공부는 즐거웠다. '사람' '어머니 아버지'라고 쓰고, '개' '소'라고 쓰고, '소나무'라고 쓰고, '개미'라고 쓰고, '참새가 짹짹 운다'고 쓰고…… 그렇게 쓴 것들을 읽는 것은 참으로 희한했다. '여호와 하느님'이라고 쓰고, '아담'이라고 쓰고 '이브'라고 쓰고 '천당'이라고 쓰고, '사랑'이라고 쓰고 나서, 그것들을 술술이 읽었다. 글자들을 읽으면 머리가 환히 밝아지는 듯싶었다. 글 속의 세계, 선교사와 전도사가 이야기해주는 천국 세상은 아름답고 성스럽고 신비로웠다.

전도사는 선교사가 가지고 온 종이 한 장씩을 아이들에게 나누어주고, 자기가 부르는 대로 종이에 받아쓰라고 했다. 점옹은 또박또박 받아썼다. 순이는 점옹이 쓴 것을 훔쳐보고 자기 종이에 괴발개발 그렸다.

조선말 공부가 끝나면 산술을 가르쳤다.

"하나에 하나를 더하면 얼마인가. 둘이다."

"둘에 둘을 더하면 얼마인가. 넷이다."

"넷에 넷을 더하면 얼마인가. 여덟이다."

"여덟에 여덟을 더하면 얼마인가. 열여섯이다."

"열여섯에 열여섯을 더하면 얼마인가. 서른둘이다."

"그럼, 서른둘에서 아홉을 빼면 얼마인가. 알겠는 사람 손들어!"

점옹은 재빨리 열 개의 손가락을 꼽았다가 폈다가 하며 계산을 한 다음 한 손을 들었다. 다른 아이들은 꿀 먹은 벙어리처럼 눈만 끔벅거리고 있었다. 전도사는 점옹을 지적하고 말해보라고 했다. 점옹은 일어나 대답했다.

"스물셋이요."

전도사는 잘했다고 하면서 박수를 쳤다.

재미있는 것은 덧셈구구였다. "하나에 아홉은 열이고, 둘에 여덟도 열이고, 셋에 일곱도 열이고, 넷에 여섯도 열이고, 다섯에 다섯도 열이고, 여섯에 넷도 열이고, 일곱에 셋도 열이고, 여덟에 둘도 열이고, 아홉에 하나도 열"이라는 공식을 외는 것이 즐거웠다.

곱셈구구법은 더욱 재미있었다. "구구 팔십일, 팔구 칠십이, 칠구는 육십삼…… 팔팔은 육십사, 칠팔은 오십육, 육팔은 사십팔…… 칠칠은 사십구, 육칠은 사십이…… 육육은 삼십육, 오륙은 삼십, 사륙은 이십사…… 오오는 이십오, 사오는 이십, 삼오는 십오…… 사사는 십육, 삼사는 십이, 이사는 팔……"

예배당 마당에 새끼줄을 쳐놓고 넘기를 하면서 '내 주를 가까이하게 함은 십자가 짐 같은 고생이나'를 불렀다. 구구법을 외면서 줄넘기를 하기도 하고, '학도야 학도야 청년 학도야' 하고 노래하며 줄을 넘기도 했다.

가슴 두근거림

다음날 아침, 점옹은 '내 주를 가까이하게 함은 십자가 짐 같은 고생이나'를 흥얼거리면서 갯바구니 속에 끝이 닳은 조그마한 호미 하나를 넣어가지고 바다로 나갔다. 홍기 동생은 양영학교에 갔다. 점옹도 양영학교에 다니고 싶었다. 양영학교 생각을 하자 가슴이 두근거렸다. 마을 사장에서 연설을 하던 키 작달막하고 얼굴 예쁘장한 아담 선생이 떠올랐다. 얼굴이 후끈 달아올랐다.

가장자리에 억새풀들이 무성한 길을 강강술래 하듯이 뛰면서 걸었다. 쪽물을 들인 치마에 흰 저고리를 입었는데, 뛸 때마다 등과 허리의 저고리 뒷딘과 치맛말이 맞닿는 곳에서 쪼록쪼록 딴 머리채가 흔들거렸다. 머리채 끝에는 빨간 갑사댕기가 묶여 있었다. 억새풀의 잎사귀들은 칼끝처럼 뾰쪽뾰쪽했다. 그 억새풀 옆에 노란 애기똥풀꽃들이 피어 있었다.

앞개의 무른 기미에서 갯것을 해 나르기 시작한 것은 열 살 때부터였다. 열한 살 되는 해의 봄부터는 여자로서의 성징이 나타났고 달거리를 했다. 달거리할 때 사용하는 개짐을 어머니가 얼멍얼멍하게 짠 부드러운 가는베로 만들어주었다. 열다섯 살인 이제는 완연한 처녀였다. 살결이 섬 처녀답지 않게 백합꽃처럼 희었고, 키가 헌칠했고, 허리가 잘록하면서 길었고, 얼굴이 보송보송했고, 눈동자가 새까맸고 초롱초롱 맑았다. 코가 오똑했고, 입술이 도톰했고, 기다란 목의 양옆으로 쇄골이 알맞게 도도록했고, 젖가슴이 둥둥하게 부풀어올랐다. 그녀는 둥둥한 젖가슴 위쪽을 치맛말로 동여 졸라매곤 했다.

하늘 한복판에 솜털 같은 흰구름 한 장이 북으로 흘러갔다. 그 구름 속에서 아담 선생의 얼굴이 피어났다. 양영학교엘 다니고 싶었다. 그 작달막한 아담 선생을 가까이에서 보며 공부를 하고 싶었다. 숭어, 해삼, 낙지를 잡아다가 주고 아버지에게 학교에 낼 오 전을 달라고 조를까. 장에 갔다가 온 어머니에게 오 전을 달라고 조를까. 처녀일지라도 일등짜리는 양영학교에 다닐 자격이 있다. 동생 홍기하고 함께 다니는 것이다. 오전에만 학교에서 공부를 하고 오후에는 앞개로 갯것을 하러 다니면 좋을 것이다.

점옹은 순간 기막힌 수 하나를 생각했다. 되셉이네 할머니처럼 문어를 잡아다가 말린 다음 어머니에게 장에 내다팔게 하여 오 전을 만들면 어떨까. 그래, 내일부터는 문어를 잡자.

등허리에서 찰랑거리는 머리채 꼬리를 잡아다가 모가지 오른쪽으로 당겨 걸쳤다. 그녀의 반곱슬머리는 숱이 많았다. 그 머리를 그녀는 늘 손수 땋곤 했다. 얼마 전까지는 어머니가 땋아주곤 했지만 이제는 혼자서 땋았다. 머리채 끝에 묶는 갑사댕기는 언니가 시집갈 때 준 것이다. 머리채 꼬리를 입에 물고 뛰었다.

어머니는 점옹을, 앞개가 애처롭게 울던 꼭두새벽녘에 낳았다고 했었다. 새벽 바다 울음소리가 뱃속의 점옹을 밖으로 불러냈는지도 모른다고 어머니가 그랬다. 그 때문인지 그녀는 앞개가 좋았다.

하얀 모래밭에 만조의 물이 철썩거리고 있었다. 흰 모래밭에 앉아 먼바다에서 달려오는 파도들을 바라보았다.

외할머니

가지 색깔의 밤하늘에는 붉은 별, 푸른 별, 노란 별, 싸라기처럼 작은 별들이 반짝거리고 있었다. 어머니는 마당 한가운데 편 멍석 가운데에 누워 하늘을 쳐다보면서 "아이고, 우리 어메는 저 하늘 어떤 별이 되어서 시방 나를 내려다보고 있을 것이다" 하고 말했다. 아버지는 멍석 옆에 모깃불을 피워주고 안방으로 들어갔다. 모깃불 연기가 모기를 쫓아주었다. 모깃불 속에 쑥대가 들어 있는지 쑥의 향기가 가슴속을 환하게 했다.

밤하늘을 가로질러 흐르는 은하수의 양쪽 언덕에 견우와 직녀성이 있었다. 어머니는 견우성과 직녀성이 일 년에 한 번 칠월칠석에 만나곤 한다고 했다. 둘은 너무 금슬이 좋아서, 직녀성은 베를 짜지 않고 견우는 소를 먹이지 않고 서로 보듬고만 있기 때문에, 한울님이 그들을 은하수 강변 양쪽으로 떼어놓았다고 했다. 둘은 칠월칠석 하룻밤의 만남을 위해 울면서 일 년 내내 부지런히 소를 먹이고, 베를 짠다고 했다.

어느 마을에서인가 송아지를 뗀 암소가 슬피 울고 있었다. 암소는 목이 쉬어 있었다.

어머니 오른쪽에 점옹이 눕고, 왼쪽에 종기와 홍기가 누웠는데, 둘은 자고 있었고, 점옹이 혼자 어머니의 이야기를 듣고 있었다.

어머니는 지난해 이맘때에 이미 한 번 했던 이야기를 다시 하고 있었다. 밤하늘의 총총한 별들을 보면 당신의 어머니가 생각나는 모양이었다.

"아이고, 저 소 슬피 울어싸는 것 봐라."

슬픈 목소리로 흥얼거리듯이 말했다.

"우리 어무니는 친정이 강진 칠량 봉황이었단다."

시퍼런 별똥이 하늘을 가로질러 날았다. 그것은 밤나무 저쪽의 뒷산 너머 어딘가로 떨어지고 있었다. 어머니는 푸념하듯 말을 이었다.

"우리 어무니는 어린 시절에 아버지를 잃고 물장사하는 어무니 밑에서 서당에 댕기는 오빠하고 겨우겨우 살았는디, 서당에 댕기는 줄만 알았던 오빠가 동학에 들어갔든가보더라. 동학란이 일어났을 때 우리 어무니가 열일곱 살이었는디, 구름같이 허옇게 일어난 동학군들이 장흥 읍내 너른 석대 들판에, 여기저기 흩뜨려 늘어놓은 짚뭇들같이 많이 죽었다는 말이 돌아서, 외할머니를 따라 장흥 읍내까지 굽이굽이 강변 오십 리 길을 걸어서 갔더란다."

동학군 외삼촌

장흥읍성 남문 앞의 석대들에서 큰 싸움이 벌어졌다. 쑥색 옷을 입은 일본군들이 흰옷 입고 죽창 든 동학군들을 향해 기관총을 휘갈겨 댔고, 동학군들은 들판에 짚뭇처럼 넘어져 죽기도 하고 흰개미떼같이 들을 건너고 산을 넘어 달아나기도 했다. 조선의 관군들은 부상당한 채 절뚝거리며 달아나는 동학군들을 사로잡아 강변으로 끌고 갔다. 강물은 얼어 있었다.

관군들은 이 마을 저 마을의 집집에 숨어 있는 동학군들을 이잡듯이 색출해냈다. 양반이나 부자들에게 빌붙은 사람들로 구성된 민보군들이 관군을 앞장서 다니며 동학에 가담한 자들을 잡아냈다. 골방 속이나 독 안이나 뒤주 속이나 짚더미 속이나 헛간 구석이나 더그매에 숨어 있던 젊은이들이 붙잡혔다. 붙잡힌 동학군 포로들은 까만 머리가 쑥대처럼 헝클어져 있었다. 그들을 다섯 사람씩, 두 손을 등뒤 쪽의 허리에 새끼줄로 묶은 다음 굴비처럼 엮어 이끌고 탐진강 남쪽의 모래밭으로 갔다.

민보군들은 강변의 모래밭에 수없이 많은 말뚝을 박았다. 관군과 포졸들은 동학군 포로들에게 각각 말뚝 하나씩을 등지고 서게 하고, 두 손에 묶은 끈을 말뚝에 동여 묶었다. 바싹 마른 짚으로 삿갓 모양의 우지지(우비)를 만들어 그들의 머리에 씌웠다. 동학군 포로들 앞에 모닥불 여남은 개를 피웠다. 장작은 툭툭 소리를 내며 맹렬하게 타올랐다. 관군과 민보군과 포졸들은 횃불 하나씩을 손에 들고 포로들에게 다가가서 머리에 쓰고 있는 우지지에 불을 붙였다. 바싹 마른 우지지가 탔다. 우지지의 불은 말뚝에 묶인 젊은이들의 옷과 머리와 얼굴을 태웠다. 동학군 포로들은 몸부림치고 발버둥을 치며 비명을 질러대다가 질식해서 죽었다. 우지지가 다 타버린 다음까지도 살아 있는 포로가 있으면 관군들이 칼로 가슴을 찔렀다.

그해 마흔 살의 덕도댁은 열일곱 살인 딸 영엽을 앞세우고 장흥성을 휘감고 도는 탐진강 남쪽 모래밭으로 아들의 시신을 찾으러 갔다.

모래밭에 거뭇거뭇하게 타다 만 시신들이 널려 있었다. 늙은 남정네나 아낙들이 자기 아들이나 남편이나 동생의 시신을 찾으러 다니고 있었다. 덕도댁은 딸 영엽과 함께 시체들 사이사이를 누비고 다니며 먼저 얼굴을 살폈다. 모든 시신의 얼굴은 불에 타고 검붉게 그을려 있어서 어느 것이 자기네 아들인지 알 수 없었다.

덕도댁은 불에 타다가 만 바짓자락과 대님과 버선의 특징을 살폈다. 자기가 길쌈을 해서 입힌 무명베 바지와 대님과 볼을 덧댄 버선을 떠올리고 시체들의 아랫도리를 살폈다. 마침내 흙이 묻어 있는 무명베 바짓자락과 성문다리의 반달 모양의 흉터를 발견했다. 한쪽 발은 피투성이가 되어 있었다. 발에 상처를 입고 절룩거리며 다니다가 붙잡혀 끌려와서 죽은 것이었다. 나중에 들으니 한 무리의 동학군들이 평화마을 대밭으로 피해 들어가다가 창 같은 대나무 등걸에 발을 쑤셔가지고 더 도망치지 못하고 붙잡혔다고 했다.

덕도댁은 불에 검붉게 그을린 아들의 시신을 부둥켜안고 통곡했다. 영엽은 오빠의 시신 앞에 무릎을 꿇고 앉아 부들부들 떨면서 울었다.

인근 마을에서 한쪽 다리를 약간 절름거리는 늙은 인부 한 사람을 사왔다. 인부가 아들의 시신을 지게에 얹어 짊어졌다. 덕도댁은 아들의 시신을 지고 가는 인부를 따르고 영엽은 어머니의 뒤를 따랐다. 강변을 벗어나 산모퉁이로 갔다. 산모퉁잇길 가장자리 마른 풀밭에 아들의 시신을 내려놓게 했다. 인부가 괭이로 언 땅을 팠다. 꽁꽁 언 땅에 부딪친 괭이 날이 튕겼다. 인부가 쉴 때는 덕도댁이 팠다. 딱딱하게 언 지표면을 걷어내고 나자 속땅은 얼지 않아 잘 파였다. 무릎이 잠길 만큼 팠다.

덕도댁은 쪽색의 겉치마를 벗어 파인 구덩이의 바닥에 깔았다. 덕도댁이 아들의 머리를 들고 인부가 다리를 들어 구덩이에 눕혔다. 겉저고리를 벗어서, 검붉게 타고 그을린 아들의 얼굴 위에 덮었다. 속치마를 벗어 아들의 몸 위에 덮었다. 어머니는 이제 흰 누비 속저고리와 속곳 차림이 되었다. 두 손으로 흙을 긁어다가 얼굴을 덮고 배를 덮고 두 다리를 덮었다. 그러다가 반쯤 덮인 아들의 시신을 끌어안고 울었다. "아이고, 아이고, 내 새끼야. 불쌍한 내 새끼야. 너를 어떻게 언 땅 속에 묻을거나, 아이고, 불쌍한……" 하고 통곡했다.

인부가 날이 저물어진다고 말했다. 덕도댁이 몸을 일으키고 구덩이 밖으로 나오자 인부가 괭이로 흙을 긁어다가 덮었다. 큰 멱서리 하나를 엎어놓은 것만한 무덤을 만들었다. 주머니에 들어 있는 엽전을 모두 꺼내 인부에게 주었다.

덕도댁은 인부가 자기 마을로 돌아간 뒤 아들의 무덤을 끌어안고 울었다.

"아이고, 아이고, 불쌍한 내 새끼야, 이 무정한 에미는 너를 이 언 땅에 묻어놓고 혼자서 살겄단다고 집으로 잘도 돌아갈 것이다. 목구멍에 밥을 퍼넣으면서 살 것이다."

덕도댁은 딸 영엽을 앞장세우면서, "죽은 이 한편 산 이 한편이다" 하고 푸념하듯 울었다. 엄동설한의 매서운 추위 속에 속저고리와 속곳만 입은 그녀는 이를 앙다문 채 강변길을 걸었다. 이제부터는 딸 영엽을 위해 살아야 한다고 생각했다. 모녀가 잘사는 모습을 아들의 혼령 앞에 보여주는 것이, 그놈의 혼령을 편히 쉬게 하는 것이라고 생각했다. 바람이 달려왔고, 강에는 거친 물무늬가 일어나고 있었다. 밤하늘에는 붉은 별, 푸른 별, 노란 별 들이 총총했고, 북쪽에서 쌩쌩 고추알바람이 불어왔다. 덕도댁은 '내 새끼야, 불쌍한 내 새끼야' 하고 슬프게 흥얼거리면서 비틀비틀 걸었다.

덕도로 이주

포졸과 민보군이 동학군의 유족들을 두들겨 패서 쫓아내고 집에 불을 지른다는 소문이 돌았다. 머지않아 봉황마을에도 그들이 들이닥칠 것이라 했다. 덕도댁은 친정 덕도로 몸을 피하기로 했다.

깜깜한 밤을 도와 두 여인은 봉황마을을 뒤로하고 천관산 쪽으로 걸었다. 앞에 가는 것은 딸 영엽이고 뒤따르는 것은 덕도댁이었다. 딸은 작은 옷 보따리를 두 손으로 보듬었고, 덕도댁은 아름드리 이불 보따리를 머리에 이고 있었다. 덕도댁은 '아이고, 아이고, 내 새끼야, 불쌍한 내 새끼야' 하고 울며 걸었다.

천관산 모퉁이 굽이굽이를 돌아 회진나루에 이르렀다. 어스름 새벽의 첫 나룻배를 타고 덕도로 건너갔다. 한재고개를 넘어 큰동네로 갔다. 친정 살붙이인 문기 아재를 찾아갔다. 문기 아재의 집 헛간에 이고 온 보따리들을 풀었다. 덕도댁은 손이 달리는 부잣집의 김 건장乾場에서 날품을 들다가 봄이 되자 물장사할 준비를 했다.

문기 아재네 산골 논다랑이 옆에 밭 한 뙈기를 개간해서, 봉황마을에서 간수해온 쪽씨를 심어 가꾸었다. 쪽이 자라는 동안 날품을 들고, 그것이 다 자랐을 때 베었다. 쪽 잎사귀를 동이에 숙성시킨 다음, 조개껍질을 태운 가루를 넣어 물을 만들었다. 그 물을 동이에 담아 짊어지고, 쪽물 앙금을 따로 간직해 가지고 다니면서 혼사를 앞둔 집의 옷감에 물을 들여주기도 하고 팔기도 했다. 그러면서 산모퉁이에 있는 아들의 무덤을 찾아가서 끌어안고 하염없이 울다가 돌아오곤 했다.

딸 영엽은 문기 아재의 농사를 도와주다가 부잣집 아기업개 노릇을 했다. 키 헌칠하고 얼굴 수려한 영엽은 말수 없고 고분고분했으므로 오래지 않아 중매가 들어왔다. 같은 마을 박두삼이었다. 박두삼은 문기의 외사촌 동생이었다. 논밭 한 뙈기 없고, 고기잡이와 김 양식을 하는 가난한 청년이지만 착했다. 물장사 다니다가 열흘 만에 집에 들어온 덕도댁은 박두삼과 영엽의 혼사를 허락했고, 한 날 뒤 찬물 한 그릇을 떠놓고 예를 치렀다.

덕도댁은 영엽이 박두삼의 오막에서 신혼살림을 차린 다음 몇 차례 드나들면서 이부자리와 옷가지들을 마련해주고 물장사를 나갔다. 그런데 그 이후 돌아오지 않았다. 박두삼은 장모인 덕도댁을 찾아 대흥장, 관산장, 장흥장, 강진장을 돌아다녔다. 물장사하는 덕도댁의 생김새를 대면서 수소문을 했지만 찾을 길이 없었다.

영엽은 봄, 여름, 가을 농사철에 품일을 하고, 겨울철 농한기에는 김 양식을 했다. 김 보따리를 머리에 이고 대흥장과 관산장엘 다니고, 장흥장엘 가서 물장사하는 어머니 덕도댁의 생김새를 대면서 수소문을 했다. 강진장과 해남장과 영암장을 가보고, 화순장과 보성장과 순천장도 가보았다.

딸을 낳아 두 살을 먹여놓고, 길을 나섰다. 이 마을 저 마을을 돌고 이 장 저 장을 돌아다니면서 어머니를 찾아 한 해 동안이나 더듬고 다녔지만 허사였다. 집에 돌아오자 곧 아기가 들어섰다. 아기를 낳은 다음 찾아다니기로 하고 집에 머물렀다. 아기를 낳은 다음 어머니 찾기를 그만두었다. 혹 어떤 홀아비를 만나 살림을 차렸을지도 모른다는 생각을 했다. 제발 그랬으면 좋겠다. 불효막심한 그 생각을 굴리면서 아들 둘을 낳고, 그다음에 딸을 낳고 다시 아들 둘을 낳았다. 이제는 어머니를 찾아야 한다는 생각보다는 낳아놓은 자식들을 먹여 살려야 한다는 생각 속에 빠졌다. 남편이 날품을 들어 벌어들인 곡식만으로는 아들딸들의 배를 넉넉하게 채워줄 수 없었다.

물장사

영엽은 어머니 덕도댁이 하던 것처럼 물장사를 하기로 작정했다. 그녀는 어머니가 하던 것을 세심하게 살펴두었었다. 나주까지 가서 쪽풀의 씨를 구해다가 2월 중순에 어머니가 개간해놓은 밭에 뿌렸다.

싹이 나왔고 무성하게 잘 자랐다.

어머니가 쓰던 아름드리 독과 항아리들을 깨끗하게 씻어놓았다가, 장마철에 빗물을 가득 받아 뚜껑을 덮어두었다. 마을 사람들이 바다에서 주워다가 까먹고 버린 석화껍질을 쓸어담아다가 마당 가장자리 마른자리에 쌓아두고 이엉으로 덮어놓았다. 남편에게 소나무 장작을 패달라고 해서 처마밑에 쌓아놓고 말렸다.

한여름 가뭄 때에 마당 가운데다 장작을 거푸집처럼 쌓고 그 속에 석화껍질 담은 큰 항아리를 넣고 불을 피우고, 그 위에 장작 쪽들을 더 얹었다. 장작불을 이틀 밤낮 내내 피웠다. 사흘째 되는 해질 무렵에 영엽은 구워진 석화껍질 가루가 담긴 항아리를 꺼냈다. 불에 익은 석화껍질 가루는 항아리 속에서 산화되어 회백색의 몽근 가루로 변해 있었다.

쪽풀은 돼지풀하고 생김새가 비슷했다. 6월에서 7월에 걸쳐 꽃이 피는 풀이었다. 영엽은 꽃이 피기 전에 쪽풀을 베어야 한다는 것을 어머니에게 들어 알고 있었다. 해가 뜬 다음에 베어도 안 되고, 저녁에 베어도 안 되었다. 반드시 어스름 새벽에 베어야 했다. 쪽풀이 깊은 잠에 빠져 있을 때 베어야 하는 것이었다.

쪽풀은 신들린 풀이고 성스러운 성품을 가지고 있었다. 쪽풀을 다루는 사람은 늘 목욕을 깨끗하게 해야 했다. 남을 미워하는 마음이나 시기 질투하는 마음을 가슴에 품어도 안 되었다. 한사코 깨끗하고 하얀 마음을 가져야 했고, 월경 무렵을 피해야 했다. 측간에 다녀 나오면 몸에서 구린 냄새가 사라질 때까지 찬바람을 쐬어야 하고 손을 깨끗이 씻어야 했다. 쪽풀 더미를 함부로 발로 걷어 밀면 안 되고 반드시 깨끗하게 씻은 두 손으로 들어 옮겨야 했다. 심고 가꿀 때도 정성을 들여야 하지만, 베어다가 담글 때도 정성을 들여야 하는 것이었다. 쪽풀을 만질 무렵에는 초상집엘 가지 않아야 하고, 남편을 멀리해야 하고, 옷을 정결하게 입고 머리를 깨끗하게 감고 곱게 빗어야 했다.

쪽풀을 독에 담고 바닷가의 자갈밭에서 주워 온 동글동글하고 곱게 닳아진 몽돌을 깨끗하게 빗물로 씻은 다음 눌러놓고, 전에 받아서 보관해놓았던 빗물을 부어 쪽풀이 잠기게 해놓았다. 쪽풀이 녹고, 쪽색이 우러나오면 잎을 건져내고 물에 풀려 있는 건더기들을 체로 걸러냈다. 맑은 청록색의 물만 남게 되면 몽근 석화껍질 가루를 알맞게 부었다. 준비해두었던 횃대로 석화껍질 가루 넣은 쪽물을 한참 동안 저어주었다. 얼마쯤 저으면 색의 향연이 일어났다. 처음에는 노란색 비슷한 색을 거쳐 황적색, 황갈색, 연두색, 녹색, 청록색, 파란색, 남색 따위의 변화가 일어났다. 횃대로 저을 때 파라면서 보라색이 나는 거품이 많이 일어날수록 양질의 물인 것이었다.

쪽의 색소와 석화껍질 가루가 가라앉고 물에 얼굴이 비칠 때까지 조바심을 억누르며 기다렸다. 천천히 맑은 웃물을 따라내고, 독 아래쪽에 쌓여 있는 쪽의 침전물을 긁어 헝겊을 깐 시루에 받쳐 물기를 빼냈다. 그렇게 사흘 동안 두면 물기가 완전히 빠지는데 그것을 햇볕에 바싹 말려 항아리에 담아놓았다.

이제는 콩대나 쪽풀 대를 태워 그 재로 잿물을 만들었다. 독들을 방안의 아랫목에 두고 재와 물을 십 대 일로 넣었다. 그 잿물에 쪽 앙금을 부어놓으면 발효가 되었다. 한 달쯤 두고 수시로 저어주었다. 저을 때면 보라색 거품이 맺혔다 풀렸다 했다. 영엽은 그것을 들여다보면서 '어무니, 물발이 섰소!' 하고 속으로 말했다.

영엽은 완성된 쪽물을 어머니가 '꽃물'이라고 말하던 것을 기억했다. 그것은 모든 오묘한 색깔을 품고 있는 까닭이었다. 그녀는 독에서 꽃물을 떠내서 넓적한 동이에 붓고, 미리 빨고 여러 번 물에 담가 헹궈 말려둔 무명천과 명주천을 거기에 담가 주물렀다. 빤한 틈 한 군데 없이 오롯하게 물이 들었다 싶을 때 마당의 참대나무로 만든 빨래 걸이에 널었다. 맨들맨들한 빨래 걸이라야 색깔을 빨아먹지 않기 때문에 천에 얼룩이 지지 않는 것이었다. 그녀는 푸른 색깔을 들이기도 하고, 쪽색을 들이기도 하고, 그윽한 옥색을 들이기도 했다. 마당에는 아름답고 고운 색깔의 천이 펄럭거렸다. 천은 머금었던 쪽을 햇빛을 받고 뿜어냈다.

남은 쪽물 앙금은 바싹 말려서 한두 개의 항아리에 나누어 담아두었다. 남편은 널빤지를 잘라, 호로병 네 개를 넣어 짊어질 수 있는 등지게 좌판을 만들어주었다. 영엽은 호로병에 꽃물을 부어 등지게 좌판에 담아 짊어지고 나섰다. 물들일 줄 아는 사람에게는 쪽물 앙금을 팔고, 당장 물들여주기를 원하는 사람들의 집에 들어가서는 며칠 동안 머물면서 물을 들여주었다. 시집갈 딸의 혼수를 미리 준비하는 부잣집들에서 그녀를 불러들였다.

영엽은 집을 나간 다음 소식이 없는 어머니 덕도댁이 다니던 길을 밟아다니며 물장사를 했다. 어머니가 쪽을 심어 가꾸고, 그것을 베어 쪽물을 만들고 또 쪽물 앙금을 가지고 이 고을 저 고을, 이 집 저 집을 다니면서 팔거나, 짊어지고 다니는 꽃물을 이용해 물들여주기에 미쳐 있었는데, 영엽이 그와 같이 그 길을 더듬어 다니고 있었다.

문어잡이

점옹은 문어를 잡아야겠다고 생각했다. 그것을 잡으려면 빨간 천이 있어야 했다. 종기가 꼴머슴살이 하는 오동나무집 암소의 뿔 밑뿌리에 붉은 천이 감기어 있던 것을 떠올렸다. 오동나무집으로 달려갔다. 종기가 송아지에게 풀을 주고 있었다. 점옹은 종기의 귀에 대고 "저 암소 뿔에 감은 붉은 헝겊 어디서 났냐? 그것 한 발만 구해줄래?" 하고 말했다. 종기가 도리질을 하면서 "안 돼. 저것에는 귀신이 들어 있다네" 하고 말했다.

"뭔 귀신이?" 하고 종기에게 묻는데 구레나룻이 더부룩한 상머슴이 사랑방에서 나오며 점옹에게 물었다.

"붉은 헝겊을 어디 쓸라고 그러냐?"

점옹은 무얼 훔치려다가 들킨 사람처럼 무르춤했다. 상머슴이 점옹의 탐스러운 얼굴과 둥둥한 짓가슴을 흘긋 보고 코를 찡긋하며 말했다.

"저것 상여 내갈 때 쓰는 만사輓詞다."

점옹이 부끄럽고 무참해서 고개를 숙이고 몸을 돌리는데 상머슴이 "너, 혹시 문어 잡으려고 그러냐? 그럼 이것 갖고 가거라" 하면서 외양간 기둥에 걸려 있는 빨간 천을 걷어주었다. 그 천에는 검정 한자들이 쓰여 있었다. 상머슴이 말했다.

"문어 많이 잡으면 나한테 한 마리 주어야 한다?"

빨간 천을 바구니에 넣고 바다로 나가는 점옹은 발이 땅에 닿지 않고, 허공을 걷는 것처럼 눈앞이 어질어질했다. 바구니에 가득차도록 문어를 잡는 상상을 했다. 가슴이 수런거렸다.

썰물이 졌고, 무른 기미가 드러났다. 이날은 여느 때와 달리 썰물이 많이 지는 날이었다. 아랫목의 각시여와 서방여의 밑동이 반쯤 드러났다. 점옹은 신들메를 한 다음 바구니에 넣어온 붉은 천을 오른쪽 무릎에 둘둘 감아 졸라 묶었다. 귀신이 들어 있는 천이므로 문어가 잘 잡힐 것이다. 바구니를 옆구리에 끼고 갯벌로 들어갔다.

넓적한 각시여와 서방여 앞에는 문어를 잡는 개꾼이 둘이나 있었다. 한 여자는 되셉이네 할머니이고, 다른 한 여자는 너먼골 사는 젊은 과부 청산댁이었다. 점옹은 그들 옆으로 갔다. 허리가 잠기도록 깊은 물이었다.

"점옹이도 문어 잡을래?"

되셉이네 할머니가 물었다. 점옹은 "예" 하고 나서 각시여 옆으로 갔다. 틈바구니 하나를 찾아 바싹 다가서면서 붉은 천을 감은 무릎을 ㄱ자로 꼬부려 밀착시켰다.

너먼골의 호리호리한 청산댁이 "점옹이! 문어 잡으려고 하는 것 본께 시집가야겄다야" 하고 말했다. 점옹은 '시집가야겄다'는 말에 연설하던 아담 선생의 얼굴이 떠올라 가슴이 두근거렸다. 밀려온 파도가 다리와 허리를 감고 돌았다. 편평한 바위 바닥을 밟은 발이 균형을 잃는 바람에 휘청 넘어질 뻔했다. 한쪽 팔을 저어 몸의 균형을 잡고 붉은 천 감긴 무릎을 검은 그늘 들어 있는 바위틈으로 좀더 가까이 대 붙였다.

문어는 영리하여 색깔을 분별할 뿐 아니라, 냄새를 안다고 했다. 여자의 냄새도 알고 남자의 냄새도 아는데, 문어는 여자의 냄새를 더 좋아한다고 했다. 물론 늙은 여자보다 젊은 여자를 더 좋아하고, 젊은 여자 가운데서도 처녀를 좋아한다고 했다. 처녀들 가운데서도 얼마 전에 달거리를 치르고 난 예쁜 처녀를 더더욱 좋아한다고 했다. 문어는 상사병이 들어 죽은 홀아비나 홀엄씨의 혼령이 된 물고기라고 했다.

잔방례는 우산도와 덕도 사이에 있는 도리섬에서 소복을 한 채 혼자 헛것(혼령)처럼 사는 홀엄씨의 이야기를 해주었다.

"남자들이 첫눈에 홀딱 반하게 예쁜 그 젊은 홀엄씨는 혼자서 배를 타고 지나가는 남자들에게 손짓을 해 불러들인단다. 그런디, 그 여자한테 홀려, 섬 어귀에 배를 대고 들어간 남자들은 뼈만 앙상하게 남은 반송장으로 변해 배에 실려 둥둥 떠나갔단다. 뒤에 알고 보니 그 홀엄씨는 문어가 둔갑한 귀신이었단다. 그 홀엄씨는 걸려든 남자를 벌거벗겨서 물속으로 들어가자고 홀린 다음 거대한 문어로 변해가지고 남자의 몸을 친친 감고 살과 피를 모두 빨아먹어버렸단디⋯⋯ 만일에 보통 아낙이나 처녀들이 멋모르고 혼자서 그 섬에 들어오면 튼튼하고 씩씩한 미남자가 그들을 홀려서 물속으로 들어간 다음 거대한 문어로 둔갑하여 살하고 피하고를 쏙 빨아먹어버린단다. 도리섬 안에는 산삼도 많고 미역도 많고 전복도 많다고 소문이 났지만, 사람들은 그래서 절대로 도리섬에 들어가지를 않는단다."

사람으로 둔갑한 문어 귀신에 대한 생각을 떨쳐버리려고 점옹은 진저리를 치며 고개를 힘껏 저었다. 파도가 달려와서 점옹의 다리와 허리를 어루만지며 맴돌았다. 문어에 대한 두려움을 떨쳐버리기 위해 아버지를 떠올렸다. 문어를 잡아가지고 가면 아버지가 "아이고! 우리 일등짜리가 이제는 문어도 잡아오는구나" 하고 오달져할 것이다.

붉은 천을 감은 무릎에 정신을 집중시켰다. 대여섯 걸음 떨어져 있는 되셉이네 할머니와 청산댁은 아직 문어를 잡는 기미가 없었다. 파도만 달려와서 춤을 추며 맴을 돌 뿐이었다.

바위틈에 있는 문어가 기어나와 무릎으로 엉겨들지 않자 점옹은 후회했다. 잘피숲으로 가서 베도라치나 문저리나 농어 새끼나 해삼이나 소라를 잡을 것을 잘못한 것 아닐까. 지금이라도 문어잡이를 그만두고 잘피숲으로 갈까. 무른 갯벌로 낙지를 잡으러 갈까. 아니다. 조금만 더 참고 기다리자. 문어는 낙지나 해삼보다 훨씬 가치 있는 것이다. 병약한 사람을 살리는 보약이다. 아버지도 문어를 더 좋아하실 것이다.

그때 점옹의 붉은 천 동여맨 무릎에 무엇인가가 철썩 붙어 강력한 빨판으로 살갗을 빠는 느낌이 있었다. 온몸에 전율이 일면서 소름이 돋았다. '문어다!' 하고 생각하자마자 한 손을 물속으로 들이밀었다. 문어의 머리가 손에 잡혔다. 문어는 그녀의 무릎을 감싸고 떨어지지 않았다. 문어의 빨판에 이빨이 달려 있는 듯싶었다. 그녀는 으악 하고 소리치며 문어를 힘껏 떼어내자마자 물 밖으로 들어올렸다. 그녀의 두 손바닥을 합쳐놓은 것만큼 큰 문어였다. 문어는 많은 발들을 한꺼번에 벌리며 저항을 했다. 점옹은 그것을 재빨리 바구니에 담았다.

"어따, 어메, 저 가시내 문어 잡는 것 보소!" 하고 청산댁이 탄성을 질렀다.

"처네하고 같이 오면 못 잡아!" 하고 되셉이네 할머니가 볼멘소리를 했다.

점옹의 바구니는 잡아 담은 커다란 문어로 인해 묵직해졌다. 문어는 머리를 쳐들고 바구니의 시울로 기어나오려고 기를 썼다. 바구니의 시울로 기어오르려는 문어와 그것을 바닥으로 내려놓으려는 점옹의 손과의 싸움이 이어졌다. 점옹은 빨간 천을 동여맨 무릎을 각시여의 다른 틈바구니 앞에 들이밀어놓은 채 계속 바구니에 든 문어를 감시했다.

다시 문어 한 마리가 점옹의 빨간 천이 감긴 무릎에 달라붙었다. 점옹은 반사적으로 문어를 잡아올렸다. 이번 문어도 손바닥 둘을 합쳐놓은 크기였다. 점옹은 가슴이 심하게 두근두근했다. 문어는 여덟 개의 발을 사방으로 벌려 치켜들고 발악을 했다.

"아따, 저 가시내 문어 잘 잡는 거!" 하고 청산댁이 질시 어린 탄성을 질렀다.

"이제 고만 잡고 너는 얼른 나가거라" 하고 되셉이네 할머니가 점옹에게 퉁명스럽게 말했다.

점옹은 그 말들을 못 들은 체하고 이번에는 세 걸음을 옮겨 서방여의 바위 틈새에 빨간 천 동여맨 무릎을 들이밀었다. 바구니의 시울로 기어오르려 하는 문어들을 살피면서 얼마쯤을 더 기다렸을 때 무릎에 또다시 문어 한 마리가 붙었다. 점옹은 이제 익숙한 솜씨로 그 문어를 떼어 물 밖으로 올렸다.

"하이코메, 저 가시내!"

청산댁이 투덜거렸다. 그들은 아직 문어를 한 마리도 잡지 못했다.

"오늘 저 가시내 땜에 한 마리도 못 잡게 생겼네!"

되셉이네 할머니가 구시렁거렸다.

"인제 너는 고만 가거라!"

청산댁이 점옹을 향해 말했다.

해가 쥐구멍 속으로 들어가고, 밀물이 밀려들었다. 문어 다섯 마리가 들어 있는 바구니를 들고 나오는 점옹의 가슴은 설레었고 눈앞이 어질어질했다. 아버지의 얼굴이 떠오르고, 사장 나무 밑에서 연설하던 작달막한 아담 선생의 얼굴도 떠올랐다.

마을을 향해 갔다. 개꾼들은 점옹의 바구니에 담긴 문어를 들여다보고 눈을 크게 뜨고 혀를 널름거렸다. 어떤 개꾼은 "아이고, 나는 점옹이보다도 못 잡었네" 하고 부끄러워했다.

집에 들어가자, 아버지는 어김없이 점옹이의 머리를 쓰다듬어주면서 "아이고, 우리 일등짜리! 어허허허허!" 하고 수염이 하늘거리도록 너털거렸다. 점옹은 자기도 모르는 사이에 아버지에게 말했다.

"아부지, 나 이것 말려서 팔아 양영학교 다니면 안 될까라우?"

아버지는 대번에 "아이고, 그래라. 양영학교에 가면 우리 딸이 틀림없이 일등을 할 것이다" 하고 말하면서 문어를 손질했다. 까서 뒤집은 문어의 머리 안에 댓가지를 넣어 활등처럼 만든 다음 아랫부분을 묶었다. 그것들을 빨랫줄에 달아놓았다. 고양이가 물어가지 못하도록 해놓은 채 햇볕에 말리려는 것이었다.

그날 밤 설핏 잠이 들었다가 깨니 장에 물장사하러 갔던 어머니가 돌아와 있었다.

어머니는 점옹이 잡아온 문어들을 보고 들어와 "아이고, 먼 일이라냐!" 하고 나서 "어린것이, 그 시퍼런 물에 들어가서…… 그러다가 파도에 휩쓸리기라도 하면 어쩔라고…… 다음에는 절대로 문어 잡지 마라고 하시오" 하고 말했다.

아버지는 어머니에게 "작은 놈 한 마리만 썰어서 회를 쳐 먹고, 나머지 문어들은 모두 손질해서 장대 꼭대기에 걸어놓았네" 하고 말했다. 어머니가 말했다.

"잘 말려놓으면 내가 장에 가서 팔라요."

점옹이 양영학교에 가고 싶어한다는 아버지의 말을 들은 어머니는 "처녀들은 아무도 안 다니는디 점옹이 혼자서 다니겠다고라우? 먼 일 생기면 어쩌게라우?" 하고 걱정스러워했다.

"하도 간절히 원하는 것이니께 어쩌는가 보게 한번 보내보고 싶네."

어머니가 말했다.

"당신 알아서 월사금을 잡혀주이보시오."

아버지가 말했다.

"저 아이는 똑똑하고 영민한께 보내주면 일등을 해서 공짜로 다닐 수 있을 것이네. 첫 달 월사금만 한번 대주어보세."

점옹의의 머리에 그 키 작달막한 아담 선생의 얼굴이 그려졌다.

양영학교

과부가 많이 맡으면 병난다는, 비리면서 음험한 향기를 풍기던 밤꽃이 졌고, 모내기도 끝이 났다. 마을 사람들은 산기슭의 밭과 뒷등의 밭에 참깨나 콩을 심기도 하고 고구마순을 놓고 물을 주기도 했다. 하늘은 푸르렀고, 쨍한 햇살이 쏟아지고 있었고, 남쪽 하늘에서 하얀 뭉게구름이 피어오르고 있었다. 뒷산에서 우는 뻐꾹새 소리가 마을과 들판을 울렸다.

점옹은 흰 저고리에 진한 쪽색의 통치마를 입은 채 머리를 곱게 땋고 머리채 끝에 빨간 갑사댕기를 팔랑거리도록 묶었다. 아버지가 새로 삼아준 짚신을 신고 집을 나섰다. 점옹의 짚신 날에는 다른 사람들의 짚신과 다르게 하얀 왕골이 섞여 있었다. 점옹은 맵시 고운 왕골 짚신을 자랑하고 싶었다. 그녀는 자꾸 왕골 짚신을 내려다보곤 했다. 왕골 짚신 앞부리로 앙증스러운 발가락들이 드러났다.

쪽색 치마가 바람에 팔락거렸다. 점옹은 쪽색 치마가 자랑이었다. 순이나 잔방례는 흰색 치마를 입었다. 그들의 어머니는 물들이는 재주가 없었다. 그녀의 오른 손아귀에 아버지가 집어준 오 선이 들어 있었다.

양영학교의 노란 초지붕 둘이 보였다. 만일 그녀가 학교에 들어간다면 유일하게 치마를 입고 머리를 길게 땋은 처녀 학생이 될 것이다. 그녀는 춤을 추듯이 너울거리며 걸어갔다.

여느 여염집보다 크고 웅장한 노란 초지붕을 얹은 사간 겹집 두 채,

그것이 양영학교 건물이었다. 논과 밭 한가운데 우뚝 서 있는 그 건물에는 담도 울타리도 없었다. 백여 평가량 되는 마당은 밭과 맞닿아 있었다.

점옹이 주저주저 두리번거리며 학교 마당에 들어섰을 때 풍금 소리에 맞추어 부르는 학생들의 노랫소리가 동편 건물에서 들려왔다. 발소리를 죽이며 둘러 살피다가 '직원실'이라는 한글 표찰을 발견했다. 그 표찰을 향해 걸어가는데 출입문이 열리고 한 남자가 나왔다. 그녀는 깜짝 놀라 얼어붙은 듯 섰다. 그 남자는 그녀가 늘 머리에 그리곤 한 아담 선생이었다. 두 사람의 눈이 마주쳤다. 점옹은 가슴이 두방망이질을 했고 얼굴이 붉어졌다. 동백기름을 바른 선생의 까만 머리는 햇빛을 받아 반짝거렸다.

아담 선생은 "아이고, 이뻐라" 하고 찬탄부터 하고 나서 점옹의 두 눈을 뚫을 듯이 바라보며 "이쁜 낭자가 무슨 일로 오셨어요?" 하고 물었다. 점옹은 얼굴을 붉히면서 한 손으로 큰동네 쪽을 가리켰다. 아담 선생이 다시 물었다.

"큰동네에서? ……누구 심부름을 왔어요?"

점옹은 말없이 손에 쥐고 있는 종이돈을 내밀었다. 종이돈 끝이 하늘하늘 떨었다. 아담 선생은 점옹의 뜻을 읽고 반색을 하며 말했다.

"학교에 다니려고 온 거요?"

점옹은 눈물을 글썽거리며 고개를 끄덕거렸다. 아담 선생은 믿어지지 않는다는 듯 "참말로, 이쁜 낭자가 학교에 다니려고요?" 하고 다짐을 받듯이 되물었다.

점옹은 눈물을 보이기 싫어 다시 고개를 끄덕거리고 나서 아래로

숙였다. 아담 선생은 양영학교 창설 이래 처음으로 맞이하게 되는 처녀 학생이 반갑고 고마운 듯 "아이고, 잘 왔네" 하고 탄성 어린 목소리로 말했다. 그 목소리가 격앙되어 있었다. 아담 선생은 점옹의 물새처럼 깨끗하고 예쁜 모습에 가슴이 들떠 있었다.

"그럼, 이리로 들어오시오."

직원실에는 작은 책상 다섯 개가 있었다. 아담 선생은 맨 가장자리 책상 앞에 점옹을 세우고 입학 서류를 작성했다. 이름이 뭐냐고 물어서, 점옹은 떨리는 목소리로 박점옹이라 대답하고, 아버지 성함이 무어냐 물어서, 박두삼이라고 답했다. 나이는 몇 살이냐고 물어서 열다섯 살이라고 답하고, 가족 상황을 물어서, 언니는 시집을 가고, 큰오빠와 작은오빠는 결혼하여 분가를 했고, 남동생이 둘인데 하나는 양영학교에 다니고 다른 하나는 꼴머슴살이를 한다고 말했다. 아담 선생이 눈을 크게 벌려 뜨고 학교 다닌다는 남동생 이름을 물었고, 점옹은 박홍기라고 대답했다.

아담 선생은 스스로 격앙된 감정을 숨기지 못하고, 그녀에게 공책 한 권과 연필 한 자루를 주고, "우리 학교에는 낭자처럼 예쁜 처녀가 처음이어!" 하며 점옹의 얼굴을 속속들이 살폈다. 해밝은 얼굴 살갗에는 티끌 하나 없었다. 얼굴이 달걀형이었고, 쌍꺼풀인 눈은 맑게 빛났고, 입술이 도톰했고 목은 길고 코는 오뚝했다. 아담 선생의 눈길이 얼굴 여기저기를 살피자 점옹의 얼굴은 빨개졌다. 아담 선생은 말을 계속했다.

"전부가 남자 학생들뿐인데…… 처녀는 하나도 없는데, 뻣뻣한 남학생들하고 같이 어울려 공부할 수 있겄어?"

점옹은 고개를 끄덕거렸다. "쫌 있다가 교장 선생님 허락받고, 오늘부터 들어가 공부할 테여, 내일부터 학교에 나올 테여?" 하고 물었다.

점옹이 망설이고 있자, 아담 선생이 "아따 박점옹이, 눈빛이 아주 초롱초롱한 것을 보니 공부를 잘하게 생겼네" 하고 나서 그녀의 머리를 쓰다듬어주었다.

점옹은 아담 선생의 손이 머리에 닿았을 때 진저리를 쳤다. 그의 손에 닿은 머리칼에서 찌릿한 전율이 일어났고 그것이 겨드랑이와 가슴한복판으로 퍼져갔다. 동시에 가슴에서 뜨거운 김이 솟구쳐올랐고, 그것이 얼굴을 화끈 뜨겁게 달구었고 가슴이 두근거렸고 숨이 가빠졌다. 눈에 눈물이 그렁그렁 어렸다. 두 손으로 얼굴을 가린 채 울어버렸다. 아담 선생이 당황하여 "아니, 왜 울어? 내가 무얼 잘못했는데?" 하고 물었다. 점옹은 황급히 도리질을 하면서 손바닥으로 눈물을 훔치며 "아니라우, 아니라우" 하고 말했다. 아담 선생은 허공을 쳐다보면서 허허허허 하고 웃었다. 그녀의 깨끗하고 순수한 정서와 아릿한 체취가 알 수 없는 세찬 바람이 되어 그를 엄습한 것이었다.

신명

펭귄처럼 꼿꼿이 앉은 머리털 새하얀 어머니는 지치지 않고 쨍쨍한 목소리로 이야기하고 있었다. 흥분해 있었다. 신명이 나 있었다. 나는 어머니의 신명과 흥분 상태가 치매에 해롭지 않을까 걱정되어, 수박한 쪽을 들어 권하며 말했다.

"수박으로 목 좀 축이십시오."

나는 섭동攝動을 생각했다. 그것은 태양계의 행성이 다른 행성의 인력으로 인하여 궤도에 영향을 받는 일을 말하는 것이다. 어머니라는 별과 아버지라는 별은 자기 궤도를 유영하다가 서로에게 인력을 미친 것이고, 그로 인해 서로의 궤도가 조금씩 달라진 것이고, 그리하여 평생을 나란히 흐르게 된 것 아니겠는가. 그것은 어쩌면 운명적인 율동인 것이다.

어머니는 떨리는 손으로 수박 한 쪽을 받아들고 입에 넣었다. 어머니의 비틀어진 입술 가장자리로 불그레한 수박 즙이 흘렀고, 여동생은 휴지로 그것을 훔쳤다.

어머니의 두 발등에는 퍼런 정맥이 암소의 앞발굽 모양을 그리고 있었다. 그것은 내 발등에도 있었는데, 언제인가 어머니는 그것을 가리키며 "핏줄이 이렇게 소발굽 같으면 뚜벅뚜벅 잘산단다" 하고 말했었다. 어머니의 두 발의 발톱들에는 선홍색 매니큐어가 발려 있었다. 손톱들에도 그것이 발려 있었다. 내 눈길이 그 발톱과 손톱으로 가 있는 것을 발견한 여동생은 "초하가 제 외할머니의 발톱 치장을 이렇게 해드린대요" 하고 말했다. 초하는 어머니의 외손녀인데 대학생이었다.

나는 어머니로부터 아버지의 내력에 대하여 더 사실적으로 듣고 싶었다. 진즉 어머니에게 대강은 들어서 알고 있는 내력이었지만, 그것을 치매기가 약간 있는 어머니에게서 다시 듣고 싶었다. 나는 어머니를 자극하기 위해 다소 억지스럽게 질문을 했다.

"그때 스물네 살인 아버지는 키가 작달막했을 터인데, 얼마나 미남자였으면, 열다섯 살 처녀인 어머니는, 아버지가 어떤 내력을 가진 남자인지 확실하게 알아보지도 않고 그렇게 반했어요? 아버지는 그때 장가를 가서 아내가 있었지 않아요? 요즘으로 치더라도, 정말 큰일 날 일이었잖아요? 외할머니 외할아버지는 재취 자리에다가 일등짜리라는 딸을 시집보내고 싶었을까요? 저는 상식적으로 이해할 수가 없어요."

어머니는 고개를 약간 숙이면서 군침을 꿀꺽 삼켰다. 어머니는 새각시 시절에 '어린 처녀로서 유부남인 한웅기와 연애를 걸어서 잘사는 전처와 이혼을 하게 하고 결혼을 했다'는 구설에 시달려온 정신적인 외상이 있었다. 어머니는 단호하게 목소리를 높여 말했다. 이제야말로 흥분하고 있었다.

"나는 참말로 결백하다. 절대로! ……나는 유부남인 느그 아부지하고 연애를 걸어갖고 잘사는 전처하고 이혼을 하게 하고 결혼한 것이 아니다. 내 자식들 앞에서, 특히 우리 막냇사위 앞에서 하늘에 맹세를 하고 말한다. 내 이야기를 들으면 납득이 갈 것이다."

방안에는 긴장감이 감돌았다. 어머니는 빨간 수박 쪽을 거듭 씹어 삼키고 말을 이었다.

아담 선생

점옹의 가슴속에 담긴 남자, 아담 선생은 새터마을의 한웅기였고 유부남이었다. 한웅기 선생은 물 찬 숭어 같은 처녀 점옹의 눈물을 보는 순간 가슴속에서 뜨거운 바람이 솟구쳐오르는 듯한 전율이 일었고, 그 전율은 겨드랑이와 정수리로 퍼져나갔다. 그 전율은 평생 처음 느껴본 감정이었다. 스물네 살인데다 유부남인 그는 속으로 진저리를 쳤다. 열다섯 살의 과년해 있는 점옹은 쪽색 통치마에 흰 저고리를 입고 있었고, 얼굴이 희고 탐스러웠고, 몸은 늘씬했고, 눈은 초롱초롱 맑았고, 코는 오뚝했고 모가지는 길었고 도드라진 쇄골은 저고리의 동정 밖으로 드러날 듯 말 듯했고, 쪼록쪼록 땋은 머리채는 등허리에 늘어뜨려져 있었고 끝에는 빨간 갑사댕기가 묶여 있었다.

점옹을 앞에 앉혀놓은 채 한웅기는 자기의 아내 김순실을 떠올렸다. 김순실은 키가 장대처럼 크고 허리와 다리가 길고 호말처럼 몸집이 굵었다. 그는 오래전부터 순실과 딴 방 거처중이었다. 순실의 친정은 한마을에 있었다. 순실의 오빠들은 둘이었는데, 모두가 힘이 센 씨름꾼이었다. 아버지 또한 젊어서는 씨름판에서 황소를 끌어온 바 있었는데, 이제는 해수로 골골거렸다.

순실은 씨름 장사가 나온 집안의 딸답게 체구가 컸지만, 머리는 우둔했다. 길쌈이나 마름질이나 바느질을 할 줄 몰랐고, 볼이 터진 버선을 발이 들어가지도 못하게 기워놓곤 했다. 남편의 옷이나 시부모들의 옷 다림질마저 제대로 하지 못하고 시어른들 몰래 친정으로 가지고 가서 해오곤 했다. 끼마다 밥을 죽도 밥도 아니게 하곤 했고, 음식의 간을 씁쓸할 정도로 짜게 했고, 설거지를 하다가 그릇을 깨곤 했다. 그렇다고 해서, 꾸중을 듣고 나면 정신줄을 놓아버린 사람처럼 한자리에서 한없이 멍히 우두커니 서서 먼산을 보고 있곤 했다. 그것을 어른들은 '우두커니 병'이라고 했다.

순실의 눈두덩은 부석부석했고, 눈빛이 흐렸고, 턱이 주걱처럼 기름했고, 입술이 두꺼웠다. 낫을 앞에 놓고 기역자 하나도 그리지 못했고 합산이나 뺄셈이나 곱셈도 못했다. 말이 없었고, 늘 뚱한 표정을 짓고 있었고, 시어머니와 시누이와 남편이 하는 말을 잘 알아듣지 못했고 행동이 굼떴다. 그녀는 키 작은 내림의 집안에서 체구가 말처럼 장대하다는 것이 유일한 장점이었다.

왜소한 집안의 씨種 늘이기

한웅기의 할머니 정씨는 나이 스물한 살이 되도록 아기가 생기지 않았다. 아들 하나를 얻기 위하여 사십 리 밖에 있는 천관사엘 다니면서 불공을 드렸다. 그런 지 여섯 달 뒤에 태기가 있었고, 아들 준일(웅기의 아버지)을 낳았다.

준일은 체구가 다섯 척(백오십 센티미터)이 미처 못 되게 작을 뿐 아니라 나약했고 늘 앓았다. 어려서부터 약탕기를 옆에 끼고 살아야 했다. 웅기의 할아버지와 할머니는 아들 준일에게 농사나 고기잡이나 김 양식하는 법을 가르치지 않기로 했다. 글이나 많이 배워서 풀어먹고 살라고 서당엘 보냈다.

준일은 다섯 살 되는 해부터 서당엘 다녔다. 서당은 한재고개 옆의 서낭골에 있었다. 서당꾼들은 이십여 명이었다. 갯마을, 새터마을, 큰동네, 덕산, 장산마을에서 모여든 아이들이었다. 준일은 가장 나이가 어렸지만 머리는 명석했다. 『천자문』 『동몽선습』 『소학』 『명심보감』 따위를 열두 살 때까지 다 읽어냈고, 열세 살 때부터 『논어』 『맹자』를 차례로 읽었고, 열일곱 살 때부터는 『대학』과 『중용』을 읽고, 열아홉 살 때부터 스물두 살 되는 해까지는 『시경』과 『서경』과 『주역』을 읽었다. 글씨도 잘 썼고 시도 잘 지었고 묵화도 쳤다.

삼경을 읽을 때는 서당 선생이 가르치기 힘들어했으므로 그가 독학하다시피 했는데, 터득이 잘 안 되는 부분을 해독하기 위해서 이름난 선생을 찾아 서당을 바꾸기도 하고, 장흥의 명찰인 천관사와 보림사, 강진의 백련사, 해남의 대흥사의 큰스님들을 찾아가 『시경』과 『주역』을 공부하기도 했다.

사서삼경을 모두 통달한 준일은 스물네 살 되는 해부터 인근 마을로 가서 서당 훈장질을 했다. 총각 훈장인 준일은 몸이 허약하기는 했지만 얼굴이 예쁘장하고 서당 아이들을 학문의 힘으로 휘어잡고 글을 잘 가르쳤다. 서당 아이들은 그의 실력에 압도되었다. 성격은 조용하고 온유했지만, 공부하는 아이들이 게으름을 피우거나 졸거나 글을 외어 바치지 못하면 과감하게 회초리로 종아리를 때렸다.

준일은 훈장 노릇뿐만 아니라 마을 사람들의 사주나 도장비결도 보아주고, 혼서지도 써주고, 택일도 해주고, 『동의보감』을 탐독하고 거기에 쓰인 대로 단방약도 가르쳐주고, 부적도 써주는 바람에 학부모들에게 호감을 샀다.

밥이 귀한 시대였으므로 보릿고개에는 굶는 사람들이 태반이었다. 세상에 태어난 사람들은 어떤 방법으로든지 자기 먹을 밥을 벌어야만 했다. 준일이 몸은 허약하지만 서당 훈장질로 밥은 굶지 않고 살겠다고 생각한 사람들 덕분에 혼처가 생겼다. 가난한 경주 김씨 집안의 처녀였지만, 아버지와 어머니는 감지덕지 받아들여 혼사를 치렀다.

한데 그 김씨 처녀 또한 준일 못지않게 체구가 작고 병약했다. 그래도 다산성의 여자여서 첫아들 웅기를 낳고, 딸 둘과 아들 하나를 더 낳았다. 그 아들딸들의 체구가 준일 부부를 닮아 모두 왜소했다.

웅기의 할머니 정씨는 마을 사람들이 체구 왜소한 아들 준일을 비아냥거리고 희롱하고 만만하게 여긴다는 것을 들어 알고 있었다. 서당 훈장인 준일이 결혼을 한 다음부터 도포를 입고 갓을 쓰고 다니는데, 사람들은 "사람은 안 보이고 걸어다니는 갓하고 도포만 보이네" 하고 희롱하고 깔본다는 것이었다. 준일의 학문이 깊고 높음에도 불구하고 향교에서는 체구 왜소한 그를 받아주지 않았다. 할머니 정씨는 원통했다.

큰손자 웅기도 야무지고 똑똑하기는 하지만, 키가 작달막하므로 마을 사람들은 어린 시절의 웅기를 '쌀개'라고 불렀다.

아들 준일과 손자 웅기의 체구가 작다고 희롱당하는 것이 분하고 한스러운 정씨는 큰손자 웅기만은, 반드시 체구가 큰 내림의 집안으로 장가를 보내서 장대처럼 크고 튼실한 증손자들을 생산하게 해야겠다고 마음먹었다. 웅기의 할아버지와 의논을 한 다음, 체구 크고 힘이 센 내림의 광산 김씨 집안의 키 큰 처녀를 손자며느리로 들이려고 중매쟁이를 들여보냈다.

같은 마을, 광산 김씨 집안의 막내딸 이름은 순실이었다. 그녀의 집안은 논 한 마지기도 없고, 겨우 산밭 한 뙈기가 있을 뿐이었다. 순실의 아버지는 여름에 고기잡이배를 탔고, 겨울이면 김 양식을 하며 살았다. 오빠 하나는 고기잡이와 김 양식을 했고 다른 오빠 하나는 대처에서 머슴살이를 했다. 그들은 씨름을 잘하여 씨름판에서 송아지를 타오곤 했고, 한꺼번에 쌀 두 가마니씩을 짊어져 나르는 장사들이었다. 그렇지만 그들은 모두 글을 읽지 않아 무식했다. 글을 배울 기회가 없어서 못 배우기도 한 것이지만 머리가 그만큼 우둔한 것이었다. 할머니 정씨는 그 집안의 무식을 흉보거나 허물할 수 없었다. 오직 그 집안에서 체구 크고 튼튼한 내림을 취하고 싶을 뿐이었다. 집안의 체질을 바꾸려면 튼실한 며느리를 골라 들여야 하는 것이었다.

웅기의 할아버지와 아버지와 어머니는 할머니 정씨의 뜻에 따라 그 광산 김씨 집안과 혼사를 치르기로 마음을 모았다. 혼사는 신랑 신부의 나이 열여섯 살 되는 해 이른 겨울의 찬바람 맵차게 부는 날 치렀다. 찬바람에는 희끗희끗 눈발이 섞여 있었다.

초례청은 신부의 집 마당에 차려졌다. 대례복을 입고 검은 뿔 달린 관을 쓰고 병풍 앞에 선 신랑 웅기의 머리는 활옷에 족두리를 쓴 신부 순실의 어깨에 겨우 닿을 정도였다. 몇 살 아래의 동생이 손위 누님뻘 되는 여자와 혼례를 치르고 있는 듯싶었다.

순실이 시집온 지 사흘째 되는 날부터 그녀의 모자람이 드러나기 시작했다. 시어머니 김씨의 명에 따라 아침 일찍이 솥에 보리쌀과 쌀을 넣고 밥을 지었는데, 보리와 쌀이 반쯤 익어서 왕모래같이 우둘투둘하고 꺼끌꺼끌했고 아랫부분은 눋고 태워져 있었다. 멸치를 넣어 끓인 시래기된장국은 바닷물처럼 짜고 써서 먹을 수가 없었다.

할머니 정씨는 자기가 앞장서서 얻어 들인 손자며느리의 미욱함이 사립 밖으로 새어나갈세라 "누구든지 어려서는 다 실수를 한두 차례씩 한단다" 하며 가리고 덮었다. 시어머니 김씨는 자기의 시어머니 정씨에게 새며느리에게 밥을 지으라고 맡긴 것을 사죄하고, 말없이 밥과 국을 새로 짓고 끓여 밥상을 차려 올렸다. 김씨가 새로 밥상을 차리는 동안 순실은 부엌 구석에 장승처럼 서 있었다.

순실이 지은 밥과 짜디짠 국을 소와 돼지와 개에게 주었는데 그들도 먹지를 않았다. 주눅이 든 순실은 그날 아침 설거지를 하다가 접시를 깼고, 그 사금파리에 엄지손가락 끝을 베였다.

순실은 서당 훈장질하러 가는 시아버지 준일의 바지저고리와 두루마기를 다림질하다가 바짓자락에 불똥을 떨어뜨려 눋게 하는 탈을 냈다. 시어머니 김씨는 순실에게서 자기 남편의 바지저고리와 두루마기를 잡아채 빼앗으면서 퉁명스럽게, 그러나 자기의 시어머니 정씨와 시아버지의 귀에 들리지 않도록 낮게 꾸짖었다.

"대관절 너는 할 줄 아는 것이 무엇이냐?"

이후 순실은 방안에서 꾸어다 놓은 보릿자루처럼 앉아 있거나 부엌 구석에 우두커니 서 있곤 했다.

웅기는 순실의 하는 짓이 답답하고 안타까웠다. 그녀는 시어른들이 더러워진 옷을 벗어놓으면 그것들을 모두 보듬고 친정으로 갔다가 날이 어두워지면 왔다. 순실의 친정어머니는 그녀가 보듬고 온 옷들을 빨고 다림질해서 해질녘에 시가로 보내는 것이었다.

시할머니 정씨와 시어머니 김씨가 무슨 일을 시키려고 "새악아!" 하고 부르곤 하는데, 친정에 간 며느리가 대답을 하고 나설 리 없었다. 시어른들은 해저물녘에 빨래하여 다림질한 옷을 보듬고 나타난 순실을 보고 답답한 가슴을 한숨으로 달랠 수밖에 없었다.

웅기와 순실은 부엌 안쪽에 있는 골방에서 기거했는데, 그녀는 남편을 위해 이부자리를 펼 줄도 몰랐다. 웅기가 그만 자자고 재촉을 하면 그때서야 굼뜨게 몸을 움직였다.

"당신은 생각이 있소, 없소? 어째서 우리집에서 빨래하고 풀 먹이고 말려 다림질을 하지 않고 친정으로 가지고 가서 하루 내내 있다가 오면서 어른들 속을 상하게 하시오?"

웅기의 말에 그녀는 벙어리처럼 대꾸를 하지 않았다.

웅기는 순실에게 등을 두르고 잠을 청했다. 그녀에게 가까이 다가갈 수가 없었다. 그녀에게서는 시큼한 땀내가 나고 그녀의 속살에서는 오래 묵힌 간장 냄새가 났다.

한번은 툇마루로 나오던 시할머니 정씨가 "어디서 무슨 불내가 난다" 하고 말했다. 무엇인가가 불에 타는 냄새가 난 것이었다. 마당에서 고추의 꼭지를 따던 시어머니 김씨가 고개를 들고 킁킁 냄새를 맡으며 두리번거렸다. 그때 순실은 부엌에서 설거지를 하고 있었다.

웅기는 할아버지를 따라 들에 나가려고 지게를 짊어지려다가 측간 입구에서 희읍스름한 연기가 흘러나오는 것을 보았다. 순간 불이 났다는 예감이 들어 측간 안으로 달려들어갔다. 뒷간 구석에 쌓아놓은 재와 왕겨에서 연기가 솟고 야울야울 불이 타고 있었다. 그 위쪽 천장에는 더그매가 있고, 거기에는 새끼 꼬고 짚신 삼고 멍석 만들 짚뭇이 쌓여 있었다. 그리로 옮겨붙는다면 집 전체가 타게 될 터였다. 웅기는 아내 순실이 알불 들어 있는 아궁이의 재를 왕겨에 버린 것이라고 직감했다. 합수(똥오줌)를 퍼 불을 끄고 있는데 할아버지가 뒤따라 들어와 보고 혀를 끌끌 찼다.

웅기는 부엌을 들여다보고 순실에게 퉁명스럽게 말했다.

"아궁이 재를 긁어다 버릴 때는 다 꺼졌는지 어쨌는지 잘 보아야지…… 집을 홀라당 태워묵을라고 그러요?"

할머니 정씨는 부드러운 목소리로 웅기에게 "니 소리 담 넘어가지 않게 해라" 하고 나서, 순실에게 "아궁이에서 긁어낸 재는 하루 놔두었다가 버리는 법이다" 하고 말했지만, 순실은 부엌방으로 들어가서 하루 내내 나오지 않았다.

웅기는 철이 들어가면서부터, 아내 순실이 미워지고 보기 싫어졌다. 밉고 싫은 정만 쌓여가는 아내 순실을 생각하면 어디론가 휭 자취를 감추어버리고 싶었다. 어떠한 수를 쓰든지, 순실과 헤어지고 싶었다. 할아버지를 졸라 논 한 마지기를 팔아달라고 해서 일본으로 유학을 떠나고 싶었다.

웅기의 속셈을 알 리 없는 할아버지는 손자인 웅기를 들과 바다로 이끌고 다니면서 일을 가르쳤다. 할아버지는 대처에서 서당 훈장질을 하고 있는 아들 준일을 제치고 손자인 웅기에게 살림살이를 물려주려 하고 있었다. 가뭄에 냇물을 논으로 끌어들여 가두는 법, 못자리하는 법, 논밭에 두엄 내다 깔고 소를 부려 쟁기질하여 일구고 씨 들이는 법, 도리깨질하는 기술 따위를 가르치고 삽질과 낫질도 가르쳤다.

"쟁기질을 할 때는 땅을 파는 쟁기보습을 내려다보지 말고, 앞에서

끄는 소의 왼쪽 발을 내다보고 미리 고삐를 잡아당기기도 하고 왼쪽으로 몰기도 해야 한다. 매사가 쟁기질하는 이치하고 똑같다. 세상살이는 먼 앞을 내다보며 살아야 한다."

웅기는 할아버지에게서 쟁기질을 배우다가 문득, 딴생각을 하곤 했다. 멀리 앞을 내다보는 삶, 농투성이로부터 벗어나는 삶을 살고 싶었다. 보통학교를 거쳐 고등보통학교에 입학하여 공부하고 일본 유학을 한 다음 관료가 되고 싶었다. 판사나 검사나 변호사가 되든지 군수가 되어 살고 싶었다. 하다못해 면직원이나 군무원이 되든지, 학교에서 아이들을 가르치는 교사가 되든지, 금융조합 서기가 되어 살고 싶었다. 그리하여 지금의 아내를 버리고 신학문을 공부한 신여성을 아내로 맞아 살고 싶었다. 그는 밤이면 등잔불을 밝히고 은밀하게 통신강의록을 구해다가 일본어 공부, 수학 공부, 영어 공부를 했다.

스무 살이 되는 해의 이른 봄날 저녁에, 회진포구의 한 술집에서 도시물을 먹은 친구들을 만나 술을 마시며 많은 이야기를 들었다. 친구들은 일본과 미국과 영국과 프랑스 등의 선진 문물을 받아들이는 문제, 신학문을 공부하는 문제에 대하여 이야기했다.

광주의 고등보통학교 졸업을 앞둔 한 친구는 곧 일본으로 유학을 간다고 했다. 일본에 가서 어느 학원이든지 입학만 하면 고학을 해서 학비를 벌어가며 학업을 마칠 수 있다고 했다. 일본 도쿄에는 유학생들의 모임이 있는데, 그 모임을 주도하는 학생이 목포 출신 김우진이라 했다. 김우진은 목포 갑부의 아들인데, 경제적으로 풍족한 그는 형편 어려운 유학생들을 여러 가지로 돕는다고 했다. 어떻게 하든지 일본으로 가기만 하면 좋은 길이 생긴다는 것이었다.

술에 취하여 집에 들어온 웅기는 할아버지 방으로 들어가서 무릎을 꿇고 앉아 말했다.

"제가 오래전부터 밤에 통신강의록을 부지런히 공부하는데, 한계가 있습니다. 할아부지, 신학문을 공부하러 일본에 가고 싶습니다. 저한테 기회를 주십시오."

할아버지는 즉시 대답하려 하지 않고, 허공을 쳐다보고만 있었다. 웅기는 말을 이었다.

"들논 한 마지기만 팔아주시면 제가 유학 갔다가 와서 무엇을 하든지 해서 그 몇 배로 논을 사드리께라우. 저에게 투자한다고 생각하시고 뒤를 좀 밀어주십시오. 할아부지, 저 잘해낼 자신이 있습니다."

할아버지는 마른 입술에 침을 바르고 타이르듯이 말했다.

"웅기야, 내가 내 큰손자 영리하고 똑똑한 줄은 오래전부터 알고 있다. 그런디 니 앞에 앉아 있는 느그 할아부지가 지금 몇 살이냐, 내년이면 일흔 살이다. 느그 아부지는 집안 살림이라고는 모르고 시방 먼 동네 서당에서 코흘리개들 모아놓고 훈장질을 하고 있다. 나는 느그 아부지한테 살림을 물려주지 않고 바로 너한테 물려주려고 생각하고 있다. 니가 논 팔아서 일본 유학을 가버리면 누가 너 대신 농사 짓고 바다에서 김을 건져내겄냐? 그 욕심 버리고, 바깥세상사에는 귀 꽉 틀어막고 농사나 짓고 겨울에 김이나 건지면서 살아라. 느그 각시 골방에 처넣어놓고 여기저기 배돌지 말고, 글자도 가르치고 계산하는 법도 가르치고 예법도 가르쳐가면서 오순도순 살아라. 이리 보고 저리 봐라. 이 집안 살림살이, 웅기 니가 아니면 누가 맡아 하겄냐."

웅기는 지지 않고 고집을 부렸다.

"할아부지, 저한테 속는다는 셈 치시고, 눈 딱 감고 한 마지기만 팔아주십시오. 일본 유학 꼭 삼 년 동안만 다녀올랍니다. 법 공부를 해서 검사나 판사나 변호사가 되든지, 장차 군수가 되든지 면장이 되든지 할랍니다. 하다못해 금융조합 서기라도 될랍니다. 농투성이 무지렁이로만 살다가 죽고 싶지 않습니다."

순간 얼굴이 굳어진 할아버지는 책상 서랍을 드르륵 열고 그 속에서 논문서와 인감도장을 꺼내들고 분연한 목소리로, "사람은 누구든지 짧은 혀로 침을 멀리 뱉고 싶은 법이다…… 너 이놈, 애비 에미 잘 만났은께 논 있는 대로 다 팔아가지고 일본 유학 가거라" 하고 나서 봉창문을 열어젖히더니 손에 든 인감과 논문서를 마당으로 내던져버리며 말을 이었다.

"집안 식구들이야 굶어 죽든지 말든지 니놈 앞길만 생각하고 잘 한번 살아봐라."

말을 마친 할아버지는 후유 하고 긴 한숨을 쉬며, 방바닥에 반듯하게 드러누워버렸다. 할아버지의 얼굴은 깊은 주름살과 암자주색 검버섯에 덮여 있었다. 눈과 볼은 우북 들어가고 광대뼈는 튀어나왔다.

웅기는 한동안 고개를 깊이 떨어뜨리고 앉아 있다가 문을 열고 밖으로 나가서 할아버지가 내던져버린 논문서와 인감을 찾아들고 들어와 할아버지 앞에 놓고 무릎을 꿇고 사죄했다.

"할아부지, 제가 헛꿈을 꾸었습니다. 할아부지 뜻대로 조용히 엎드려 농사짓고 어업 종사하고 살겠습니다."

희망

암울한 안개가 가득한 지하 동굴 같은 절망에 빠져 있는 웅기에게 이웃집의 김재계가 희망 한 가닥을 심어주었다.

김재계는 웅기보다 열두 살이 위인데 서울 천도교의 중앙금융관장이었다. 체구가 큰데다, 어린 시절에 서울로 나가 신학문을 공부한 김재계는 고향에 내려올 때마다 신학문을 교육받지 못한 웅기를 불러내곤 했고, 앞에 앉혀놓고 이것저것 묻기도 하고 깨우쳐주기도 했다.

조선 땅을 지배하고 있는 일본국에 대하여 묻고, 조선은 어떻게 해야 일본의 식민 지배에서 벗어나 독립할 수 있는가를 묻고, 젊은이들 사이에 은밀하게 유행하는 사회주의와 천도교와 앞으로의 포부에 대하여 물었다.

웅기의 귀에 독립이란 말과 사회주의란 말이 걸렸다. 대덕 월정리 고모할머니 댁의 한 살 아래 동생 박정로가 가끔 찾아와서 많은 이야기를 해주고 갔다.

나라 안팎의 독립운동 세력은 민주주의 진영과 사회주의 진영으로 갈리어 있는데, 조선이 독립을 하려면 사회주의의 힘을 빌려야 한다고 했다. 조선의 사회는 러시아식의 사회주의 체제로 개조되지 않으면 안 된다는 것이었다. 그래야 조선의 미래가 있다는 것이었다. 일본은 군국 독재의 나라로 조선 땅에서 모든 것을 착취해갈 뿐, 가난하게 사는 백성들을 구제하려 하지 않고, 못사는 사람들을 더욱 못살게 한다는 것이었다. 일본은 조선을 미개한 상태로 둔 채 영구 지배하려고 할 뿐, 조선을 미래가 없는 땅으로 남아 있게 한다는 것이었다. 겉표지를 뜯어내버린 책 한 권을 주면서 깊이 읽어보고 사회주의 운동원으로 가입하라고 했다. 일본 정부에 영합한 소수의 모리배 지주들이 소유하고 있는 농토를 다수의 가난한 노동자들이 빼앗아 나누어 경작하여 고루 나누어 먹는 사회가 되어야 한다는 내용의 책이었다. 박정로는 그 책에 대한 이야기를 아무한테나 하지 말라고 당부했다. 일본 경찰 고등계 형사들은 깨어 있는 조선 사람들 가운데서도 특히 사회주의자들을 철저하게 색출하여 제거하려고 든다는 것이었다.

웅기는 김재계의 말을 들으며 고개를 떨어뜨리고만 있었다. 박정로가 들려준 정보를 가지고 아는 체할 수 없었다. 자기는 다만 식구들을 먹여 살리기 위해 농사를 짓고, 김 양식을 하고 살고 있을 뿐이고, 일본에 유학하여 신학문을 공부하여 관리가 되겠다는 욕망, 남자로서의 큰 야망 따위는 이미 접었다고 대답했다.

김재계의 눈에는 웅기가 영특하기는 하지만 자신감이 없어 보였다. 그는 먼저 아시아를 집어삼키려 하는 섬나라인 일본국에 대하여 말했다. 조선의 농산물이나 지하자원을 영구히 수탈해가는 식민지로 삼으려 하는 일본국과 싸우려면 이 땅의 우매한 백성들이 깨어나야 한다고 했다.

"먼저, 웅기 너부터가 깨어나야 한다."

일본에 대한 가장 큰 저항은 미개한 백성의 계몽과 교육이라고 말했다. 러시아식의 사회주의가 아닌 미국식의 민주주의 방식으로 교육해야 한다고 했다. 젊은이들 사이에 러시아식의 사회주의가 유행하고 있는데, 혹시 거기에 가담하지 말고 오로지 교육을 통한 민중의 계몽

에만 신경을 써야 한다고 했다. 그리고 이 땅의 모든 백성 한 사람 한 사람이 고귀한 한울님으로서 존중받아야 하고 평등한 자유를 누릴 수 있는 인권을 가졌다는 천도교의 교리로 세상을 깨어나게 해야 한다고 했다.

"웅기야, 나는 너에게 기회를 만들어주고 싶다."

김재계는 덕도의 청년 네 명을 서울 우이동에 있는 천도교의 교도 양성소인 봉황각에 입교시켜 교육시킨 다음 그들을 다시 고향으로 데리고 와서 덕도 안의 청소년들을 교육시키겠다는 원대한 계획을 이야기했다.

"유망한 청년 네 사람이 교도 교육을 받고 있는 동안 나는 새터마을의 중촌에 양영학교를 설립할 참이다. 청년들이 교도 교육을 마치면 데리고 와서 양영학교의 교사로 쓸 생각이다. 양영학교 지을 땅도 이미 다 사놨다."

말을 마친 김재계는 잠시 뜸을 들이고 있다가 말을 이었다.

"웅기 네 생각은 어떠냐? 내가 생각하고 있는 네 청년 가운데 웅기 너를 포함시키고 싶다. 양영학교에서는 조선어, 일본어, 한문, 수학, 과학, 농업, 음악, 유희, 수신 과목을 가르칠 것인데, 너는 한문 과목을 맡아 가르치면서 학교 살림살이를 책임지고 해주라. 나는 오래전부터 웅기 너를 내 친조카처럼 생각하고 있다."

웅기는 가슴이 뭉클 뜨거워졌다. 무릎을 꿇고 앉으면서 기꺼이 아저씨의 뜻에 따르겠다고 말했다.

공방살

웅기와 순실 부부의 불화와 딴 방 거처는 순실의 영민하지 못함과 청결하지 못함과 여성스럽지 못함으로 인해 시작되었지만, 부부관계가 깨진 것은 웅기로 인해서였다. 웅기는 밤이면 이불 하나와 베개를 들고 할머니의 방으로 가서 윗목에서 잠을 자곤 했다. 할머니 정씨는 웅기 부부의 딴 방 거처를 가슴 아파하면서, 웅기를 독수공방하는 아내 순실에게 보내려고 달래곤 했다.

"청솔같이 젊디젊은 부부가 이렇게 딴 방 거처를 해서는 안 된다. 뱃속에서부터 모든 것을 잘 배워가지고 세상에 나온 사람은 없다. 나도 시집 막 와서는 모든 것이 서툴렀다. 실수도 자주 하고 어른들에게 꾸중도 많이 들었더니라. 그렇지만 하나하나 배워가면서 살았다. 더 잘 알고 영리하고 똑똑한 니가, 느그 각시가 모르는 것이나, 잘못하는 것을 가르쳐가면서 살려고 애써봐라. 개도 소도 길들여 데리고 사는데, 하물며 사람인데 왜 길들이지 못한단 말이냐, 아무리 미련한 사람도 개나 소나 망아지보다는 나을 것 아니냐?"

웅기는 퉁명스럽게 "할무니는 속 모른 소리 하지 마시오" 하고 말을 할 뿐, 다른 말을 하려 하지 않았다.

순실은 영리하지 못한데다 눈치가 없었고 게을렀고 굼떴고 칠칠치 못했고, 사철 내내 스스로 부지런히 목욕하려 하지 않았다. 빨래를 하고, 보송보송 새물내 나는 옷으로 갈아입을 줄도 모르고, 남편을 받아들이기 위해 뒷물을 할 줄도 몰랐다. 그녀에게서는 늘 시금한 냄새와 누린내와 구린 냄새와 지린내가 났다. 달거리를 전후해서는 잘못 담근 간장이나 젓갈 달이는 냄새가 났다. 그러한데다, 부부가 서로 말을 주고받지 않고, 서로의 속내를 나누지 않으므로 정이 떨어질 수밖에 없었다. 웅기는 차마 할머니와 할아버지에게 순실의 정갈하지 못한 사생활에 대한 말들을 다 할 수가 없었다.

웅기와 순실 부부의 방은 부엌 안에 있었다. 먼저 부엌문을 열고 안으로 들어간 다음 북편 바람벽에 있는 방문을 열고 들어가야만 하는 골방이었다. 골방은 어두컴컴했고, 비좁았고 음습했다.

순실이는 시집온 이래 내내 독수공방을 했다. 혼자 자는 일은 무섭고 외로웠다. 그녀는 밤에 측간에 가는 체하고 살금살금 친정집으로 가서 자고 오곤 했다. 사립 밖의 골목길을 얼마쯤 내려가면 친정집이 있었다. 친정어머니는 순실을 시가로 돌려보내려고 하는데, 순실은 울면서 시가로 가지 않겠다고 고집을 부렸다.

답답한 친정어머니는 큰동네 단골무당한테 달려가서 점을 쳤다. 무당은 순실과 웅기에게 공방살空房煞이 끼어 있다고 말했다. 친정집과 시집 양쪽에 저승 가지 못한 채 떠도는 잡귀신들이 우글거리기 때문이라 했다. 그것을 풀어주는 굿을 양쪽 집에서 하룻밤씩 하라고 했다.

초가을의 어느 날 해질 무렵 순실의 친정어머니는 무당들과 박수무당들을 데리고 웅기의 집 마당 안으로 들어섰다. 그녀는 웅기의 할머니 정씨의 방으로 들어가 무릎을 꿇고 머리를 조아리며 말했다.

"독수공방하는 딸이 안쓰러워 더 못 보겠어서 오늘 당골들을 데리고 왔습니다. 눈 딱 감고 오늘 하룻밤만 참아주시오. 저것들한테 공방살풀이굿을 해주어야 합니다. 두 집안의 잡귀신들이 말도 못하게 많이 득실거린다고 하요. 제발, 허락해주십시오."

순실의 친정어머니는 두 손을 모으고 빌었다.

웅기의 할머니 정씨는 매정스럽게 거부할 수 없어 알아서 하라고 말했다. 웅기의 어머니 김씨는 자기 시어머니 정씨가 허락한 바이니 무어라 토를 달 수 없어 지켜보기만 했다. 마침 웅기의 할아버지와 웅기는 바다에 나갔다가 아직 돌아오지 않았다. 순실의 친정어머니와 그녀의 동서는 마당 한가운데에 멍석을 펴고 굿할 단을 마련한 다음 준비해온 음식을 진설했다.

웅기의 어머니 김씨는 사랑방으로 들어가버렸다.

무당들은 소복을 한 순실을 멍석 한가운데 앉혀놓고, 굿을 하기 시작했다. 박수들이 꽹과리를 치고 징과 장고를 두들기고, 거문고와 해금으로 시나위 가락을 연주했다. 큰무당이 하얀 신태집을 두 손에 들었다. 그것으로 순실의 머리와 얼굴을 쓸며 무가를 불렀다. 박수무당이 미리 준비해온 허수아비를 세워놓고, 가슴 한가운데를 식칼로 찔렀다. 마을 사람들이 하나씩 둘씩 굿을 보려고 마당 안으로 들어왔다. 순실의 친정어머니는 제사상 뒤에 세운 신상 앞에 무릎을 꿇고 앉아 두 손을 비볐다.

날이 어둑어둑해졌을 때 바다에 나갔던 웅기가 할아버지를 모시고 골목길을 올라오는데, 자기의 집 쪽에서 사물 악기 소리와 시나위 소리가 들려왔다. 그는 할아버지를 앞장서서 자기네 집으로 달려갔다.

바야흐로 순실의 친정어머니는 마당 안에 초롱불을 밝히고 있었다. 웅기는 사립 안으로 들어서자마자 짊어지고 있는 지게를 벗어던지고, 무당들에게 "미친 짓거리 그만두지 못하겠어?" 하고 소리쳤다. 그의 장모가 웅기에게 통사정을 하듯이 말했다.

"한서방, 다 자네 부부를 위해서 하는 일인께, 자네도 순실이 옆에 나란히 앉소. 자네하고 순실이한테 공방살이 끼어서 이러는 것이네."

화가 머리끝까지 치민 웅기의 눈에 허수아비의 가슴에 박혀 있는 칼이 보였다. 그는 박수와 무당들에게 다가가서 장고와 징과 꽹과리와 피리와 거문고와 해금을 왁살스럽게 발로 걷어차고 허수아비를 내던졌다. 작대기를 집어들고 무당과 박수들을 향해 미친듯이 휘둘렀다. 무당과 박수들은 겁을 먹고 악기를 챙겨들고 사립 밖으로 달아났다. 뒤늦게 사립을 들어선 할아버지가 웅기에게 "웅기야, 사람은 다치지 않게 해라" 하고 말을 했지만 웅기의 귀에는 그 말이 들어오지 않았다. 웅기는 장모와 순실을 향해 "보기 싫으니 어서 나가요!" 하고 소리를 질렀다.

순실의 친정어머니는 순실이의 손을 이끌고 무당들의 뒤를 따라나갔다. 무당들은 순실의 친정집에서 밤이 새도록 굿을 했다. 순실이를 마당 한가운데 앉혀놓고, 그 옆에 남자 모양새의 허수아비를 세워놓고, 그 허수아비의 가슴에 식칼을 꽂아놓고 굿을 했다. 허수아비는 웅기인 것이고, 가슴에 칼을 꽂은 것은 웅기의 몸속에 공방살을 끼어들게 한 잡귀신을 응징한 것이었다.

천도天道

웅기가 할머니 방 윗목에서 잠을 자려 하는데, 이웃집의 병수가 사립 안으로 들어와서 웅기를 불러냈다. 서울에서 김재계가 내려왔는데 웅기를 불러오라고 했다는 것이었다. 웅기는 득달같이 김재계의 집으로 갔다.

김재계의 아버지는 1894년 겨울, 동학군을 따라갔다가 돌아오지 않았다. 김재계는 서울로 간 다음 재력이 있는 동학도의 후손들과 어울려 살다가 일본에서 돌아온 손병희를 만났다. 손병희는 동학을 새로 일으키려는 큰 뜻을 품고 있었다.

손병희는 충청도 제천에서 동학군을 이끌고 봉기하여 전봉준의 본대를 도와 서울을 향해 진격하다가 공주 우금치에서 일본군의 기총소사를 견디지 못하고 패전했다. 전봉준을 중심으로 한 지도부가 괴멸되고 동학 패잔병들이 산산이 흩어지고, 일본군을 등에 업은 관군들과 민보군들이 동학의 뿌리를 뽑아 없애려고 하자 손병희는 밀선을 타고 일본으로 도주했다. 일본에서 가명을 쓰며 살던 손병희는 동학을 일으키자고 생각하고 귀국하여 뜻있는 동학도의 후손들을 모아 천도교를 창설하고 교주가 되었다. 동학 후손들이 아낌없이 재산을 내놓았으므로, 손병희는 그것을 바탕으로 거대한 종교재단을 만들었다.

북한산 밑 우이천변에 봉황각을 짓고, 각처에서 동학 후손들과 나라를 바로 세우겠다는 뜻을 가진 젊은이들을 끌어모아 교도 훈련을 시켰다. 봉황각에 입교한 젊은이들은 육 개월간의 교도 양성 훈련을 받았다. 일본에서 유학을 하고 온 선각자들이 그 젊은이들을 가르쳤다. 손병희의 사위인 방정환을 중심으로 한 선각자들은 교도들에게 최제우의 『동경대전』과 조선어와 조선 역사를 가르쳤다. 일본을 이기려면 일본을 알아야 한다고 일본어도 가르쳤다. 방정환은 나라를 찾으려면 장차 이 나라의 기둥이 될 어린이들을 올바르게 교육해야 한다고 생각하고, 어린이 헌장을 만들고 그들을 보호하고 각성시키는 색동회 운동을 펼쳤다.

김재계는 덕도 안에 양영학교를 설립하여 청소년들을 계몽시키려는 꿈을 가지고 있었다. 학교를 설립하기 위해서는 그 학교에서 청소년들을 지도할 선생을 먼저 양성해야 한다고 생각했다. 김재계는 웅기에게 말했다.

"웅기야, 나 따라 서울 가자. 봉황각에 입교를 해서 전도 교육을 받게 될 테니까 먼저 한울님을 믿어라. 한울님은 우리 모두의 몸속에 들어 있는 숭엄한 존재이다. 바꾸어 말하면, 그 숭엄한 존재를 품고 있는 우리들 한 사람 한 사람이 한울님인 것이다. 한자로 쓰면 인내천人乃天이다. 우리들은 태어날 때부터 한울님의 정령을 품고 이 세상에 온 것이다. 그 정령은 우리들의 머리털을 타고 뇌로 들어온다. 머리털은 식물의 뿌리처럼 하늘에서 정기를 빨아들인다. 우리가 머리 위에 이고 있는 하늘은 곧 한울님 세상이다. 한울님을 믿는다는 것은 우리 몸이 한울님이라는 사실을 인지하고 산다는 것이다. 한울님인 우리들은 세상에서 가장 위대하고 존귀한 존재인 것이다. 한울님인 우리들은 모두가 평등하고 행복을 추구할 권리가 있고, 어느 누구에게서도 압제를 받지 않고 자유롭게 살아야 하는 존재들이다. 우리는 지금 조선 땅에 들어온 일본 사람들을 우리 한울님의 힘을 빌려서 몰아내야 한다."

김재계는 『개벽』이라는 잡지 몇 권을 주며 깊이 읽으라고 하고 나서, 나라 안팎의 세상 돌아가는 이야기를 해주고 한울님 섬기는 방법을 일러주었다.

"우리 교에서는 아무것도 앞에 내걸지 않는다. 우리는 아무런 말도 앞세우지 않고 그냥 마음으로만 우리 내부의 한울님을 받드는 것이다. 새벽에 일어나 한차례 편안하게 좌정하고 눈을 감은 채 우리 몸속에 들어 있는 한울님의 말씀을 듣는 것이다. 한울님 말씀에 의문이 나면 그 한울님에게 물으면 된다. 그리고 마음이 산란하면 마음으로 주문을 외운다. 주문은 '시천주 조화정 영세불망 만사지'라는 것이다. 마음이 가라앉은 다음에는 마음의 한울님에게 맹세를 하는 것이다. '우리의 사직을 짓밟은 왜놈들을 하룻밤 사이에 몰아내고 사직을 반석 위에 올려놓겠습니다.' 이렇게…… 그다음에 실천할 것은 좀도리쌀 한줌을 떠서 항아리에 모으는 것이다. 좀도리쌀이란 것은 그 집 안주인이 밥을 지을 때 바가지에 퍼 담은 한끼 쌀에서 덜어내는 단 한줌의 쌀을 말한다. 우리 천도교에서는 신도들이 모아놓은 좀도리쌀을 거두어서 교당 운영의 경비로 쓴다."

웅기는 김재계의 권유에 따라 천도교에 입교했다. 아침 일찍이 일어나 가부좌를 한 채 마음으로 주문을 외고, '우리의 사직을 짓밟은 왜놈들을 하룻밤 사이에 몰아내고 사직을 반석 위에 올려놓겠습니다'라는 기도문을 속으로 암송하고, 좀도리쌀을 한줌 떠 항아리에 모으곤 했다. 그것을 어머니 김씨에게 말하고, 실천할 것을 주문했다.

봉황각

한웅기, 박종회, 도영욱, 김주태 등 네 사람은 김재계를 따라 서울로 향했다. 초저녁에 영산포역에서 기차를 탔다. 기차는 어둠을 뚫고 달렸고, 해가 뜰 무렵에 서울역에 도착했다. 역 앞의 식당에서 국밥 한 그릇씩을 먹고 전차를 탔다. 돈암동 종점에서 내렸다. 게다를 신고 개화장을 짚고 다니는 신사들, 기모노를 입은 여자들이 눈에 띄었다.

미아리고개를 넘고 공동묘지를 지나고, 수유리 들판을 질러서 갔다. 신작로 길이 뚫려 있기는 했지만 차는 다니지 않았다. 우이동은 소나무숲 속에 있는 동네였다. 우이천변의 길을 따라 삼각산 기슭으로 갔다. 우이천 좌편 산기슭에 천도교 교도 양성소인 봉황각 건물이 우뚝 솟아 있었다. 붉은 벽돌로 지은 단층 건물이었다.

서무과에서 접수를 하고, 기숙할 방을 배정받고, 저녁 일곱시에 입교식을 했다. 교도 훈련생들은 오십 명이었다. 하이칼라 머리에 콧수염을 기른 단아한 얼굴의 손병희 선생이 훈화를 했다. 한울님의 조화로 태어나고 자란 여러분들은 여러분 각자의 한울님의 조화에 따라 열심히 도를 닦고, 여러분들의 고향에 돌아가 한울님의 뜻을 조화롭게 펼쳐 잃어버린 나라를 구하고, 나라와 민족을 튼튼한 반석 위에 올려놓을 소명을 가지고 있다는 수제의 훈화였다.

교육은 이튿날부터 시작되었다. 새벽 다섯시에 기침을 하고 우이천 물로 소쇄를 하고 체조를 한 다음 교당에서 좌정하고 기도를 하고 나서 아침을 먹었다. 여덟시부터 수신과 『동경대전』과 한문 고전을 공부하고 밤에 묵언기도 수행을 했다. 인간의 몸은 한울님의 조화로 생성된 존재이다. 모든 사람은 한울님 그 자체이므로 평등하다. 한반도 안의 모든 백성들이 스스로의 속에 한울님이 들어 있음을 인식하고 그 한울님의 뜻에 따라 살아간다면 독립을 성취할 수 있다.

일요일에는 학과 공부는 없고 새벽기도 수행만 있었다. 아침 일찍이 김재계가 짚신 한 죽을 사들고 왔다. 호연지기를 기르려면 산엘 올라야 한다는 것이었다. 덕도 청년들 넷은 신들메를 단단히 했다. 김재계를 따라 북한산엘 올랐다. 우이천변을 따라 자드락길이 나 있었다. 그 길은 도선사를 옆에 끼고 장군봉을 향해 뻗어 있었다. 숨을 헐떡거리며 깔딱고개를 넘었고, 장군봉에 이르렀다. 하늘은 쪽빛이었고, 파도처럼 굽이쳐 흐르는 산록은 청록색이었다. 산들을 굽어보면서 심호흡을 했다. 바야흐로 밤꽃이 피고 있었다. 수풀 속에는 은초롱꽃들이 피어 있었다. 비둘기와 할미새들이 울었다.

장군봉 정상에서 김재계는 청년들에게 노래를 가르쳤다. "피가 끓는 이십세기 반도 청년아" 하고 김재계가 선창했고, 네 청년이 따라 불렀다.

한문 선생

여섯 달 동안의 교도 훈련을 마친 네 청년들이 고향 덕도로 내려왔을 때, 새터마을 중촌에 양영학교의 건물 두 채가 건립되어 있었다. 노란 초지붕의 한옥 사간 겹집 두 채였다. 김재계가 사재를 털어 설립

한 것이었다. 김재계는 네 사람의 젊은 교사와 함께 개교 준비를 했다. 풍금과 칠판과 분필과 공책과 연필 따위의 물품들을 사들였다. 목수를 불러다가 선생들이 쓸 책상을 만들었다. 학생들은 맨바닥에 앉은 채 공부할 수밖에 없었다.

이 무렵에 서울에는 선교사들에 의해 이화학당, 정동여학당 등의 사립학교들이 설립되었다. 그 사립학교 운동은 전국으로 퍼져나갔다. 광주에서도 선교사들에 의해 수피아 학당이 설립되었다.

김재계는 교직원회를 구성했다. 서당에서 한학을 많이 공부한 구갑석을 교장으로 앉히고, 한웅기를 한문 선생과 학교 살림살이를 하는 서무계장에, 일본어와 음악과 수학 선생에 도영욱, 조선어 선생으로 김주태, 수신 선생으로 박종회를 임명했다.

김재계는 교직원들과 함께 야간을 이용하여 각 마을을 돌면서 양영학교에서 수학할 학생들을 모집했다. 설립자인 김재계와 목소리 좋고 웅변을 잘하는 한웅기가 연사로 나섰다.

덕도의 서편에는 장산마을과 덕산마을이 있고, 동편에는 큰동네와 갯마을과 새터마을이 있었다. 인구는 이천 명쯤이었다. 다섯 개 마을에서 학생들 오십여 명이 모여들었고 4월 초에 개교를 했다. 이 년제였다. 학생들은 모두가 남학생이었고, 나이는 열 살에서 열이홉 살까지가 대부분이었다. 스무 살이 넘고 이미 장가를 든 학생들도 서넛 있었다.

선생과 학생들 모두가 오전에 수업을 마쳤고, 점심은 각자 집으로 돌아가서 먹고, 오후에는 농사와 고기잡이에 전념했다. 선생들은 오

전에만 선생일 뿐이고, 오후에는 농사꾼이나 어부가 되었다.

웅기는 머슴 한 사람을 부리면서 양영학교에 근무했다. 오후에는 머슴과 함께 농사를 지었다. 이때까지도 웅기는 아내 순실과 딴 방 거처를 하고 있었다.

불행

웅기가 아침 일찍이 할머니의 방에 걸어둔 검정 양복을 입고 양영학교에 나가려 하는데 하얀 와이셔츠가 보이지 않았다. 바람벽에 걸어둔 그것이 어디 갔을까. 아내 순실이 빨아서 어디에 두었을까. 웅기가 순실을 찾으며 불렀는데 대답이 없었다. 그냥 한복을 입고 나가려는데 순실이 사립에서 와이셔츠를 들고 나타났다. 웅기는 짜증이 나 있었으므로 순실에게서 그것을 낚아챘다. 한데 앞자락에 눋은 자국이 있었다. 다리미질을 하다가 숯불덩이 한 개가 떨어진 모양이었다. 웅기는 울화가 치밀어 와이셔츠를 찢어버렸다. 양복을 벗어던지고 한복을 입고 사립을 나가면서 생각했다. 이 여자를 버리지 않으면 안 된다.

웅기가 딴 방 거처한다는 소문은 마을 안에도 퍼지고 양영학교 선생들 사이에도 퍼졌다. 서울에서 가끔 내려오는 김재계도 그 내력을 알고 있었다.

김재계는 웅기의 강경한 태도로 보아, 아내와 화해하고 아들딸 낳고 살기는 틀렸다고 생각했다. 김재계에게는 과년한 사촌 여동생이 있었다. 일학년 종업식을 앞두고 고향에 온 김재계는 웅기를 앞에 불러앉히고 말했다.

"그렇게 부부가 딴 방만 쓰고 살아서 어쩌겠다는 것인가, 한선생?"

김재계의 말에 웅기는 고개를 떨어뜨리고 마른 입술만 빨고 있었다. 김재계가 말을 이었다.

"그럴 바에는 이혼을 하도록 하소. 이십에 자식이라고 하고 삼십에 입신양명이라고 했네. 갈라서려면 하루라도 빨리 갈라서야, 자네 부인도 새로이 다른 남자를 만날 수 있게 될 것 아닌가. 자네 처가에 위자료를 주고 호적 정리를 하고, 두 사람이 각자 새길을 잡아가도록 하소."

웅기는 무릎을 꿇고 "말씀대로 시행하겠습니다…… 그런데 위자료는 얼마쯤을 주어야 할까요?" 하고 물었다. 김재계는 "많이 주면 좋겠지만 자네 형편도 있고 그러니, 아버지, 어머니, 할아버지, 할머니 모르게 처가에다 쌀 한 삼십 가마니 값을 주면서 통사정을 해보도록 하소" 하고 말했다. 김재계는 만일 웅기가 이혼을 한다면, 자기 사촌 여동생 창숙과 맺어주고 싶었다. 웅기는 엎드려 절하고 집으로 돌아왔다. 그때부터 이혼할 준비를 했다. 양영학교에서 받은 봉급을 한 푼도 쓰지 않고 저축했다.

실수

일학년 종업식을 한 날 양영학교 선생들은 모두 삼거리의 주막에서 김재계 선생을 모시고 회식을 했다. 삶은 닭고기와 숭어회와 자반구이들이 넉넉했고, 화주가 들어왔다. 첫번째로 치른 종업식으로 인해 교사들은 들떠 있었다. 서로 술을 권하거니 받아 마시거니 하다가 어깨동무를 하고 노래를 부르기도 하고, 일어나서 춤을 추기도 했다. 웅기는 외롭고 우울했으므로, 고개를 처박은 채 마시고 또 마시기만 했다. 술자리가 파한 다음 어깨동무한 채 '피가 끓는 이십세기 반도 청년아'를 합창하며 주막을 나섰다. 갈림길에서 아쉬움에 젖어 비틀거리면서 헤어졌다. 과도하게 마신 웅기는 의식이 가물거렸다.

웅기를 새터마을 쪽으로 먼저 보내고 난 덕산마을의 김주태가 도영욱과 박종회에게 귀엣말을 했다. 아내와 딴 방 거처중인 웅기를 떠메어다가 그의 아내의 방에 넣어주자는 것이었다. 취한 그들은 앞장서서 가는 웅기에게 덤벼들었다. 체구가 크고 힘이 센 그들은 키 작달막한 웅기의 팔 하나씩을 어깨에 걸쳤다. 웅기는 땅에 발이 닿지 않은 채 이끌려갔다. 웅기는 그들에게 끌려가면서 잠이 들어버렸다. 웅기의 집안 사정을 잘 아는 김주태가 웅기의 아내가 거처하는 골방의 문을 열치고 취한 웅기를 안으로 밀어넣었다. 그들은 방안으로 들어간 웅기가 곯아떨어진 채 뛰쳐나올 기미가 보이지 않자 어른들에게 인사를 하고 돌아갔다.

얼마쯤 뒤 웅기의 아내 순실은 입덧이 났고, 그녀의 친정집 어른들은 이제 되었다고 안도했다.

웅기는 어느 누구를 원망할 수 없었다. 취중에 실수한 자기에게 문제가 있는 것이었다. 이후 웅기는 다시 순실의 방으로 들어가려 하지 않고 할머니 방 윗목에서 자곤 했다. 새로이 주밀하게 이혼할 준비를 했다.

아내 순실이 분만을 했는데 딸이었고 건강했다. 웅기는 아기를 들여다보지도 않았고, 열심히 봉급을 모았다. 쌀 삼십 가마니 값이 되었다. 아기가 두 살 되는 해 봄에 그는 아내에게 이혼을 하자고 말했다. 아내는 울면서 친정집으로 갔다. 웅기는 아내의 뒤를 따라 처가로 가서 장인 장모에게 이혼을 시켜달라고 말했다. 순실은 아기를 안은 채 울기만 했다. 순실의 친정집 식구들은 울화가 치밀었다. 처남이 덤벼들어 웅기를 두들겨 팼다. 장모가 사력을 다해 말려 돌려보냈다. 웅기는 코피를 쏟으며 골목길로 나왔다. 냇물에서 피투성이가 된 얼굴을 씻고 할머니 방으로 들어가 잠을 잤다.

다음날 그는 도영욱과 박종회와 김주태를 주막으로 불러내, 간밤에 처남들에게 두들겨맞은 이야기를 하고 나서 말했다.

"내가 실수하도록 단초를 제공한 자네들이 책임지고 이혼을 시켜주소. 나 그 여자하고는 못 사네. 말귀도 못 알아듣고, 낫 놓고 기역자 하나도 못 그리고, 우두커니 서 있거나 앉아 있기만 하고, 반찬 만들고 밥 짓는 것마저 제대로 하지를 못하는 여자하고 어떻게 살겠는가…… 자네들 이렇게 불행한 나를 그냥 두고 볼 것인가. 그 여자하고 평생 묶어놓을 텐가. 내가 지금 쌀 서른 가마 값을 마련해놓았네. 자네들이 그것 들고 가서 합의이혼을 시켜주소."

김주태가 한동안 생각하다가 웅기에게 말했다.

"부모님께서 맺어준, 운명적인 짝이라고 생각하고 그냥 참고 가르쳐가면서 살면 안 되겠는가?"

웅기는 도리질을 하고 나서 말했다.

"만일 자네들이 내 말을 들어주지 않으면 나 학교 선생질 때려치우고, 어디로 멀리 도망가버릴라네. 차라리 지금 모아놓은 돈 들고 일본으로 유학을 가버릴라네."

박종회가 말했다.

"영욱이, 자네하고 나하고 나서세. 갈라서게 하려면 지금 나서야 하네. 아기 떼어놓고 쌀 서른 가마니 들고 멀리 개가하면 괜찮을 것이네. 쌀 서른 가마니면 흉년 밥그릇 논 한두 마지기는 살 수 있네. 대덕이나 관산 용산의 산골 어디쯤에…… 그 돈 들고 가겠다고 나서면 감지덕지할 홀아비들이 있을 것이네."

도영욱이 고개를 끄덕거렸고, 김주태가 "자네들이 그렇다면 나도 나서야지" 하고 말했다.

그들은 학교 수업이 끝나자 주막에서 술 한 잔씩을 마시고 순실의 친정으로 몰려갔다. 도영욱은 웅기의 장인을 만나 딴 방 거처를 하는 웅기를 실수하게 한 내력을 말하고, 웅기의 결연한 의지를 말했다.

"……웅기는 독하게 맘을 먹고, 이혼을 하기 위해서 쌀 서른 가마 값을 마련해두고 기다리고 있소. 만일 갈라서게 하려면 나이 한 살이라도 덜 먹어서 새길을 잡아가게 해주셔야 합니다."

웅기의 장인은 곳방기를 끼고 도리질을 했다.

"내 딸이 늙어 죽을 때까지 버림을 받고 평생 홀로 살지라도 이혼 못 해주네. 둘이 다 그렇게 딴 방 거처하면서 늙어 죽을 팔자인 모양이지."

허락을 얻지 못하고 돌아온 그들에게, 웅기는 쌀 사십 가마니 값을 주겠다고 사정을 해보라고 졸랐다. 김주태는 찾아가더라도 한 열흘쯤 뜸을 들였다가 찾아가겠다고 말했다.

몇 달쯤 뒤 마을에 소문 하나가 돌았다. 웅기의 처가에서 은밀하게, 딸을 개가시키려고 관산 동촌에 사는 삼십대 후반의 홀아비에게 중매를 넣고 있다는 것이었다. 동촌의 그 홀아비는 머슴살이를 하다가 상처를 했는데, 세 살 된 딸이 하나 있을 뿐이라고 하고, 찢어지게 가난하다는 것이었다. 소문을 들은 웅기는 친구들 셋을 처가로 들여보냈다. 그들이 웅기의 처가로 갔을 때 웅기의 장인은 쌀 쉰 가마 값을 요구했다.

웅기는 친구들에게서 돈을 빌려 오십 가마니 값을 위자료로 물어주고 합의이혼을 했는데, 순실은 그로부터 며칠 뒤의 꼭두새벽녘에 옷 보따리 하나만 들고 매파를 따라 동촌의 홀아비에게로 재가를 했다. 그 옷 보따리 속에는 쌀 삼십 가마니 값만 들어 있었다고 했고, 스무 가마니 값은 그녀의 친정아버지가 챙겼다는 소문이 흘러다녔는데, 그 집에서는 그해 겨울 논 두 마지기를 샀다.

계몽 연설

방과후 직원실에서 교직원 회의가 열렸다. 덕도 안의 큰동네, 덕산마을, 장산마을, 새터마을, 갯마을 등 다섯 개 마을의 순회 계몽 연설을 하러 다니는 문제를 논의했다.

김재계의 양영학교 설립 목적은 무지몽매한 섬 지역민들의 정신을 계도하는 것이었다. 신학문을 배워야 잘살 수 있다는 것이 그 첫째이고, 민족정신을 일깨운다는 것이 둘째 목적이고, 지역 주민들이 근면 성실하게 살도록 해야 한다는 것이 그 셋째 목적이고, 농사 기술, 어업 기술을 연마한다는 것이 그 넷째 목적이었다.

교장은 교사 두 사람과 학생 한 사람을 연사로 쓰자고 말했다. 도영욱이 말했다.

"한웅기 선생과 박종회 선생이 연사로 나서야 합니다. 둘이서 번갈아 연설을 하게 합시다. 한웅기 선생은 목소리가 우렁차고 발음이 또렷또렷하고 설득력이 있고, 박종회 선생의 연설에는 박력이 있습니다."

교장이 "학생도 한 사람을 선정해서 시켜봅시다" 하고 의견을 내놓았는데, 김주태가 말했다.

"학생들 가운데는 연설할 만한 똑똑한 학생이 없습니다."

도영욱이 한웅기의 얼굴을 흘긋 바라보고 나서 말했다.

"얼마 전에 학교에 다니겠다고 찾아온 큰동네 처녀를 연사로 발탁하면 어떻겠소? 그 처녀가 아주 똑똑하고 말씨도 야무지다고 들었습니다."

박종회가 이의를 제기했다.

"교장 선생님의 입학 허락도 받지 않은 아이를 연사로 쓸 수는 없지 않습니까."

김주태가 말했다.

"당장 입학을 시켜버리면 되지 않겠소?"

도영욱이 교장을 향해 말했다.

"교장 선생님이 입학을 허락하시면 데려다가 쓸 수 있을 것 같습니다."

김주태가 말했다.

"연설문을 한웅기 선생이 써서 그 처녀에게 외우도록 해서 당장 연사로 발탁을 합시다. 그럼 많은 처녀들이 우리 양영학교에 들어오려 할 것입니다."

교장이 한웅기에게 물었다.

"그 처녀가 조선어를 읽고 쓸 줄 압니까?"

한웅기가 말했다.

"예배당엘 다니면서 글을 다 깨치고 산술도 잘한다고 했습니다."

교장이 말했다.

"그렇다면 입학을 허락할 테니 불러다가 연설 연습을 시켜 활용하도록 합시다."

한웅기는 박점옹에게서 날아오던 체취와 쨍 울리는 목소리와 초롱초롱한 눈망울이 떠올랐다. 그는 그날 밤 등잔불 아래서 계몽 연설 원고를 썼다. 이튿날 오전 수업이 끝났을 때 한웅기는 박홍기에게 누님을 데리고 오라고 시켰다. 박홍기는 한달음에 달려가서 누님 박점옹을 데리고 왔다.

점옹은 흰 저고리에 쪽색 통치마를 입고 하얀 왕골 짚신을 신고 왔다. 쪼록쪼록 땋은 머리채 끝에는 붉은 갑사댕기가 묶여 있었다.

처녀 학생 연사

소나무숲이 칙칙한 한재고개 위의 하늘은 푸르렀고 해는 서천으로 기울고 있었다. 머지않아 노을이 지고 땅거미가 내릴 터였다. 큰재산에서 뻐꾹새가 울었고 그 소리는 마주선 한재산의 숲속으로 퍼졌다.

그 소리가 한웅기의 가슴을 흔들었다. 선생들 모두가 한재고개를 넘어 덕산마을로 갔다. 한웅기는 박점옹을 앞장세우고 걸었다. 가파른 고갯길이었다. 울창한 소나무숲 사이로 오솔길이 나 있었다.

한웅기는 박점옹에게 일주일 동안 연설을 가르쳤다. 박점옹은 연설 원고를 하룻밤 사이에 줄줄 외어가지고 왔다. 한웅기는 모든 학생들이 돌아가고 난 빈 교실의 교탁 앞에 박점옹을 세우고 연설을 하게 했다. 한웅기는 그녀에게 말했다.

"원고를 줄줄 읽으려고 하지 말고, 저기 빙 둘러선 바람벽들이 사람들이라고 생각하고 한마디 한마디에 힘을 주어 또박또박 말해라. 이 세상에서 너만큼 연설을 잘하는 사람은 한 사람도 없다고 생각하고 자신만만하게 해라. 사실 말해서 너는 연설을 아주 잘하게 생겼다. 키도 헌칠하고 얼굴도 예쁘고 눈도 초롱초롱 맑고, 입술이 두텁지도 얇지도 않고 목소리도 낭랑하고."

처음에는 수줍어서 기어들어가는 소리로 읽어내리듯이 하던 점옹이 몇 차례 거듭 연습을 하고 나서는 목청을 높여 또렷한 말씨로 연설을 했다. 한웅기는 점옹에게 말했다.

"너 바다에 갯것 하러 다닌다고 그랬지? 그러면 모래밭에 서서 밀려오는 파도들을 향해 목청껏 큰 소리로 연설을 해라. 달려오는 파도들이 사람들이라고 생각하고 힘껏 소리쳐 연설을 하는 거야."

그 말대로 점옹은 앞개 모래밭으로 나가서 탁 트인 바다를 향해 선 채 연설을 했다. 느티나무 아래에서 한웅기가 연설을 하던 것을 본떠 심호흡을 하고 나서 천천히 한마디씩 한마디씩을 물방울 떨어뜨리듯

늘어놓았다. 처음에는 파도 소리가 그녀의 목소리를 삼켜버렸다. 그녀는 가슴을 펴고 불어오는 갯바람을 코로 들이켜고, 파도 소리를 제압하겠다고 생각하고 목청 높여 연설을 했다. 두 번 하고 세 번 하고 네 번 하고 다섯 번 하고 열 번 하고 스무 번 했다. 연설문 끝에는 면학가가 들어 있었다. 그녀는 면학가를 목청 높여 불렀다. "소년은 이로하고 학난성하니 일촌에 광음도 불가경이라……" 바다에서 집으로 돌아오면서도 연습을 하였다.

계몽 연설 하루 전날 교장은 한웅기에게 말했다.

"박점옹양을 불러다가 교무실에서 선생님들을 상대로 연설을 한 번 하게 합시다. 그래가지고 잘하면 데리고 다니고, 그렇지 않으면 그만두게 합시다. 잘하는지 확인해보지도 않고 데리고 갔다가 웃음거리만 되면 안 되니께."

한웅기는 박점옹을 교무실로 데리고 왔고, 모든 선생들이 앉아 있는 교무실의 교장 책상 앞에 서서 연설을 하게 했다. 박점옹은 처음에는 수줍어했지만, 막상 자리에 서자, 쨍쨍 울리는 목소리와 또렷또렷한 발음으로 연설을 했다. 연설을 듣고 난 선생들은 모두 잘한다고 칭찬하며 박수를 쳤다.

덕산마을에는 이백여 명의 주민들이 사장 마낭에 보여 있었다. 바야흐로 저녁노을이 지고 있었다. 덕산마을 태생인 김주태가 사회를 보았다. 그는 부교장인 도영욱을 소개했고, 도영욱은 간단하게 인사말을 했다. 이어 김주태가 처녀 학생 연사 박점옹을 소개했다. 박점옹은 단상으로 나아가 마을 사람들을 둘러보았다. 가슴이 떨렸으므로 그녀는 철썩철썩 소리치며 밀려오던 파도를 머리에 떠올리고 심호흡을 하였다. 입술에 침을 바르고 목청 높여 연설을 시작했다.

"친애하는 덕산마을 어르신 여러분, 그리고 저와 비슷한 또래의 남녀 동무 여러분, 세상은 숨이 가쁘게 빨리빨리 변화하고 발전해가고 있습니다. 그런데 우리 주변에는 그 변화 발전을 느끼지 못하고 잠들어 있는 사람들이 아주 많습니다. 여러분은 스스로가 잠들어 꿈을 꾸고 있는 것이 아닌지 성난 얼굴로 자신에게 물어보아야 합니다. 여러 어르신들, 여러 동무들, 우리는 깨어나야 합니다. 우리 청소년들은 눈을 초롱초롱 뜨고 신학문을 공부해야 합니다. 우리는 우물 안 개구리가 되어서는 안 됩니다. 숨가쁘게 돌아가는 세계의 정세를 뚫어보고 부지런히 일해야 합니다. 우리 양영학교의 문은 언제든지 열려 있습니다. 우리 덕도 안에 사는 소년, 소녀, 처녀, 총각들은 어느 누구든지 들어와 공부할 수 있습니다. 저는 큰동네 사는 박점옹인데 며칠 전에 양영학교에 입학을 했습니다. 우리 선생님들은 제가 여자임에도 불구하고 저를 기꺼이 입학시켜주었습니다."

마을 사람들은 숨을 죽이고 점옹의 연설에 귀를 기울였다. 옆사람에게 낮은 소리로 "누구 딸인지 아주 똑똑하네" 하고 중얼거리는 사람도 있었다.

박점옹은 "극락세상 같은 이상사회가 하늘 저쪽 어디에 있는 것이 아닙니다. 우리 덕도에 사는 모든 사람들이 깨어나 신학문을 배우고 부지런히 농사짓고 고기를 열심히 잡아 모두가 다 잘살게 되면 우리 덕도 땅이 곧 이상사회가 되는 것입니다. 여러 어르신들, 그리고 제 또래의 동무들, 우리 덕도를 이상사회로 만들어갑시다" 하는 말을 끝으로 연설을 마쳤다.

다음날에는 장산마을에서 연설을 하고 그다음날은 큰동네에서 연설을 하고 마지막날은 갯마을에서 연설을 했다. 가는 곳마다 사람들은 열렬히 환호했다. 특히 박점옹의 연설을 신통해하면서 주의깊게 들었고, 연설이 끝나고 나면 오랫동안 박수를 쳐주었다.

양영학교 선생들은 순회 계몽 연설이 끝난 다음날 교직원 회의를 열고, 계몽 연설회에 대한 평가를 했다. 모두가 박점옹을 연사로 기용한 것이 대단히 잘한 일이라고 입을 모았다. 교장은 박점옹을 지도한 한웅기의 노고를 칭찬하고 나서 선생들에게 지침 하나를 내렸다.

"각자 사는 마을의 열 살에서 열다섯 살까지의 처녀들에게 입학을 권유해보시오. 처녀 학생에게는 월사금을 받지 않겠다고요."

소문

겨울방학이 끝나고, 봄의 새 학기가 시작되었는데 양영학교 안의 학생들 사이에 열여섯 살인 학생 박점옹과 한웅기 선생에 대한 소문 하나가 떠돌았다. 한웅기와 박점옹이 연애를 걸었다는 것이었다. 학생들이 수군거리고, 마을에 가서 소문을 퍼뜨렸다. 덕산마을에 사는 김주태가 제일 먼저 그 소문을 듣고 웅기에게 말했다.

"한선생, 시방 어떤 소문이 떠돌고 있는지 아는가?"

교장 구갑석도 그 소문을 듣고 웅기를 추궁했다.

"……어떻게 해서 그런 소문이 난 것인가……"

웅기는 당황스럽고 난처했다. 그의 얼굴은 창백해졌다. 웅기의 얼굴을 흘긋 바라보고 난 박종회가 안타깝다는 듯 말했다.

"박점옹이 겨우 한 학기 동안 학교에 다녔을 뿐이고, 순회강연을 몇 차례 한 것뿐인데……"

도영욱이 한심하다는 듯 말했다.

"어찌할 수 없는, 미개한 우리 섬사람들의 한계가 여기 있는 것 아닌가 생각이 됩니다."

묵묵히 듣고 있던 교장이 눈살을 찌푸리고 창문을 바라보았다. 그는 다음날부터 박점옹을 학교에 나오지 못하게 하라고 도영욱에게 명했다.

학교에 나오지 말라는 말을 동생 홍기에게서 전해 듣고 난 점옹은 하늘이 내려앉는 듯싶었다. 방구석에 들어박혀 울었다. 왜 학교에 나오지 말라는 것일까. 아버지가, 어째서 학교에 가지 않고 우느냐고 물어도 대답하지 않고 갯바구니를 들고 바다에 나갔다. 바다를 향해 쪼그려앉아 울었다. 갈매기가 그녀의 머리 위를 선회하면서 끼룩거렸고, 먼바다에서 달려온 파도가 모래밭에서 부서지며 철썩거렸다. 썰물이 지고 문어를 잡았다. 문어도 잘 잡히지 않았다. 집에 돌아오니 집안 분위기가 싸늘했다. 홍기가 아버지에게 떠도는 소문을 말해준 것이었다. 아버지는 쓴 입맛을 다시며 점옹에게 말했다.

"무슨 놈의 세상이 이렇게 야박하다냐! 악아, 양영학교 쪽은 쳐다보지도 말고 시집갈 준비나 해라."

밤늦게 장에서 돌아온 어머니가 "자꾸 조마조마하고 못 미더운 생각이 드는 것을 그냥 두고 보았더니 내가 잘못했소" 하고 나서 아버지에게 "정암 쪽에 얼른 허락하고 날받이를 보내버립시다" 하고 말했다. 윗목 구석에 모로 누운 점옹은 숨을 죽이고 자는 체하고 있었다. 그녀는 가슴이 쿵쿵 뛰었다. 정암의 한 총각에게서 청혼서지가 들어온 것을 알고 있었다. 아담 선생 아닌 정암의 낯모르는 총각에게 시집을 가야 하는 것일까.

아버지가 으흠 하고 목을 가다듬은 다음 어머니에게 말했다.

"그 문제는 너무 쉽게 결정할 것이 아니네. 잠시 두고 한번 생각을 해보세."

어머니는 대꾸하지 않았고, 밤은 깊어가고 있었다.

기로

그날 밤 웅기는 잠을 이루지 못하고 엎치락뒤치락했다. 할머니 정씨가 "왜 그렇게 깊은 잠을 못 자냐? 학교에 무슨 일 있냐?" 하고 물었다. 그는 "아니요" 하고 나서 바람벽을 향해 돌아누웠다. 먼 데서 개 짖는 소리가 들려왔다.

웅기는 세상인심이 야속했고, 안타깝고 조급한 생각이 들었다. 그는 자기를 돌보아주고 이끌어주는 김재계의 사촌 창숙을 알고 있었다. 창숙은 그보다 여덟 살 연하로 열일곱 살이었다. 두 집 건너에 살고 있었으므로 그는 그녀를 잘 알고 있었다. 물동이를 이고 산밑 옹달

샘에서 물을 길어 나르는 것, 냇가에서 빨래하는 것을 자주 보아온 터였다. 창숙은 체구가 크지만 말상인데다 밉상이었다. 얼굴이 길쭉하고 광대뼈와 눈두덩이 불거져 있었다. 입술도 두툼했다. 예쁘고 귀엽고 탐스럽다는 점에서, 박점옹의 얼굴에 비할 바가 아니었다. 박점옹은 키가 헌칠한데다, 목이 길고 눈두덩이 약간 부석부석한 외꺼풀인데 눈동자가 초롱초롱 빛나고, 입술이 약간 도톰하고 코가 오뚝했다. 점옹을 생각하자 그는 불안한 생각이 들었다. 점옹의 부모가 소문을 듣고 서둘러 어디론가 시집을 보내버리지 않을까.

웅기는 김재계가 사촌동생 창숙과 자기를 맺어주려 하고 있음을 진즉에 알아차렸다. 웅기가 이혼을 하도록 조언해준 것도 그런 의도에서였을 터였다. 그렇지만 웅기는 김재계의 유혹에서 벗어나자고 마음으로 결정을 내렸고, 양영학교 교장인 구갑석에게 마음을 털어놓기로 작정했다.

이튿날 웅기는 교장과 단둘이 마주앉아 말했다.

"저는 도영욱, 박종회, 김주태 선생 덕분에 이혼을 했습니다. 아기가 세 살인데 할머니와 어머니에게 맡겨놓을 수 없습니다. 얼른 새 여자를 얻어 아기를 맡겨야겠습니다. 교장 선생님께서 큰동네에 사는 박두삼이라는 분을 한번 만나주십시오. 소문이 난 김에 아주 그 처녀를 아내로 맞아야겠습니다. 그 소문은 한울님의 뜻인지도 모릅니다. 교장 선생님께서 저를 좀 도와주십시오."

교장이 조심스럽게 말했다.

"그 집 딸이 똑똑하다고, 진즉부터 중매쟁이들이 줄을 섰다던디……"

조급해진 웅기가 말했다.

"교장 선생님께서 일단 박두삼씨에게 저의 사정을 말씀해주시고, 교장 선생님의 어머님께서 중매를 서주시면 성사될 듯싶습니다. 그 처녀, 머리가 아주 명석하고, 제 마음에 쏙 듭니다. 이미 마을에 소문이 난 터이므로 그 처녀에게 뒤탈이 없도록 제가 책임을 지는 것이 올바른 도리입니다."

교장은 한동안 생각에 잠겨 있다가 말했다.

"그 점옹이라는 처녀가 좋기는 한데 말일세, 한선생 자네가 재혼인데다가 딸까지도 하나 달려 있다는 것이 커다란 흠이고, 그것이 거절의 요인이 되지 않을까 걱정이네."

웅기는 교장의 두 눈을 응시하며 도전적으로 말했다.

"점옹이, 그 아일 가르쳐보니까 보통으로 영리한 아이가 아닙니다. 그 처녀 아니면 저 새장가 들지 않고 홀아비로 늙어 죽을 작정입니다. 그 처녀하고 저하고는 운명적으로 맺어져야 합니다. 이심전심이라고, 아마 그 처녀도 진즉부터 저에게 마음을 주고 있을지도 모릅니다."

교장은 고개를 끄덕거렸다. 이 사람이 점옹이한테 단단히 반했구나, 하고 생각했고, 입을 굳게 다문 채 두 사람의 혼사를 성사시킬 묘책을 생각했다.

구갑석 교장은 한재산 중턱의 서당에서 웅기의 아버지 한준일과 동문수학을 한 처지인데 한준일보다 열 살이 연하였다. 체구 작달막한 한준일은 『논어』『맹자』를 이미 떼고 『시경』과 『주역』을 읽고 있었고 훈장의 신임을 두터이 받고 있었다. 한준일은 그때 이미 훈장보다 더 많은 책을 읽고 문리에 통달하고 있었지만 겸손했고, 순하고 착했다.

학생들은 훈장에게서 받은 새김을 잊었다든지, 의문 나는 것이 있다든지 하면 한준일에게 물었다. 한준일은 동생한테 하듯 친절하게 가르쳐주곤 했다. 글씨를 잘 썼으므로 훈장은 한준일에게 "네가 석동이한테 글씨를 좀 내려주어라" 하고 명하기도 했다. 구갑석도 이해가 잘 가지 않는 대목들을 한준일에게 묻곤 했고, 글씨를 받기도 했다. 웅기도 제 아버지 한준일을 닮아 착하고 영리하다고 그는 생각했다. 교장 구갑석이 단호하게 말했다.

"한선생, 차라리 잘된 것 같네. 소문이라는 것은 민심의 일단인 것이고, 그것은 하늘의 뜻이네. 자네하고 연애를 걸었다는 소문이 났으면 박점옹이란 학생은 일단 비늘때를 입은 것이고 다른 곳으로 시집가기 힘들게 되었네. 한선생이 지금 유부남인 것도 아니고, 이미 이혼을 한 홀아비인 것이니, 학교 선생들 모두가 나서서 자네와 박점옹의 결혼을 성사시키도록 해야겠네."

웅기는 얼굴이 달아올랐고 가슴이 우둔거렸고 눈앞이 어지러웠다. 도영욱이 들어오다가 듣고 말했다.

"『시경』에, 요조숙녀는 군자의 좋은 짝이라 했습니다."

교장이 웅기에게 말했다.

"명문장에 명필이신 아부지 계시겠다, 청혼서지 쓸 돈 따로 들이지 않아도 되겠네. 말들이 더 무성해지기 전에 얼른 청혼을 해버리소. 매파는 우리 어머니를 세우도록 하소. 성사되면 우리 어머니 오래 사시도록 버선 한 켤레하고 비단옷 한 벌 해드리도록 하고."

청혼

초여름의 화창한 날이었다. 웅기는 데르장날 오전 수업을 마치자마자 갯마을 임실 연안을 거쳐 땅멀이로 가서 십 리 노두를 건너갔다. 고흥반도 쪽에서 남풍이 불어왔다. 십 리 노두는 거대한 이무기처럼 몸을 외틀며 천관산 기슭에 있는 삼산마을을 향해 갯벌을 기어가고 있었다. 보라색의 우람한 천관산이 북편 하늘을 가리고 있었다.

천관산 굽이굽이에는 절들이 많았었다. 데르장이란 말은 '절장場'이란 뜻이었다. 웅기는 데르장의 문방구전에서 화선지 한 죽과 가는 붓, 중간 붓, 굵은 붓 석 자루와 참먹 한 개를 샀다. 웅기는 타관살이하는 아버지에게 관심을 두지 않은 채 살고 있는 불효를 죄송스럽게 생각했다. 서당 학생들에게 먹일 까치참외 스무 개와 흰떡 한 석작(작은 대그릇)을 샀다.

옥당마을로 갔다. 마을 뒷산 기슭에 사간 초집의 서당이 있었다. 서당 앞에 개울이 있고, 물 흐르는 소리가 학생들의 글 읽는 소리와 어우러져 있었다. 학생들은 열다섯쯤이었는데 나무 밑에, 혹은 툇마루 위에 앉아 글을 읽었다. 체구 왜소한 아버지는 까만 유관을 쓴 채 서당 아랫목에 앉아 책을 펼쳐들고 읽고 있었다. 흰 바지저고리가 구중중해져 있었다. 집에 다녀가신 지 오래라 옷이 이미 더러워져 있는 것이었다.

웅기가 방으로 들어가자 아버지 준일은 깜작 놀라 바람벽에 기대고 있던 윗몸을 바로 세웠다. 웅기는 방안으로 들어가서 엎드려 큰절을 했다.

"아니, 네가 웬일이냐? 집안에 무슨 일 있냐?"

한준일은 불안한 듯 눈을 치켜뜨고 아들 웅기의 얼굴을 바라보았다. 그는 외롭고 가엾어 보였다. 웅기는 얼른 입을 열었다.

"무슨 일이 있어 온 것이 아니고, 제 혼서지를 써주시라고 왔습니다."

아버지는 의아해하며 아들의 두 눈을 응시했다. 아들은 죄송해하며, 지난겨울에 순실이와 확실하게 합의이혼했음을 말했다. 아버지는 고개를 끄덕거렸다.

"먼저 아버님께 찾아와서 의논드리고 나서 결정을 했어야 하는데, 가까이 계시지 않고 그래서 그냥 제가 할아버지, 할머니, 어머니의 허락을 얻고 나서 모든 뒤처리를 해버렸습니다. 용서해주십시오."

아버지는 소외감을 어찌하지 못한 채 쓸쓸한 눈빛으로 방바닥에 펼쳐놓은 책의 글자들을 응시하면서 "그 사람하고 갈라서는 것 분명하게 매듭지었다는 말이냐?" 하고 물었다. 웅기는 고개를 깊이 숙이고 말했다.

"저쪽이 서운하지 않도록 해주었습니다. 그리고 이혼하자마자 그 사람 동촌에 좋은 자리가 나서 재가를 했답니다."

아버지가 "그럼, 새로 장가들 자리는 어디 사는 누구 딸이냐? 재취 자리인데다 어린 딸이 하나 있는디도 그쪽에서 꺼리지 않고 허락을 할 것 같으냐?" 하고 물었다.

"큰동네 박두삼씨 둘째 딸인데, 구갑석 선생의 자당께서 중매를 하겠다고 나섰습니다."

아버지는 "구갑석이 자당? ……고맙구나" 하고 나서 한참 동안 뜸을 들이고 있다가 맞은편 바람벽을 건너다보며 다소 무뚝뚝하게 많은 것을 한꺼번에 물었다.

"처녀가 몇 살이고, 생긴 것은? 체구는 얼마나 크고 얼굴은 반반하냐? 여자는 무엇무엇 해도, 영리해야 하고, 또록또록 야물어야 할 것인데? 사람 미련한 것은 개나 소보다 못하다."

웅기는 점옹에 대하여 소상하게 설명하고 나서 말했다.

"제 청혼이 받아들여지면, 내년 이른봄에 혼례식을 치를 생각입니다."

아버지는 고개를 떨어뜨리며 말했다.

"아마 처녀가 네 마음에 드는 모양이구나."

웅기가 말했다.

"딸이 하나 있는 저로서는 벅찬 혼처입니다."

아버지는 수염이 검실검실한 키 큰 학생을 불러 떡과 참외를 주며 고루 나누어 먹으라고 일렀다. 스스로 묵묵히 오랫동안 먹을 갈았다. 커다란 도마만한 까만 벼루에 참먹으로 맴을 그리듯이 갈았다. 웅기가 "제가 갈께라우" 하고 말하고 먹을 받아들고 갈았다.

한준일이 아들을 위하여 할 수 있는 일은 오직 청혼서지를 써주는 것일 뿐이었다. 먹이 알맞게 갈아졌을 때, 붓을 들어 화선지 위에 썼다. 한준일의 올곧고 바른 행서체 글씨는 힘이 느껴지면서도 앙증스럽고 귀여웠다. 그의 순수하고 착한 인품처럼 글씨는 견고하면서도 단아했다.

청혼서지를 받아든 웅기는 발이 땅에 닿는 것 같지 않았다. 허공을 나는 듯이 달려 덕도로 건너와서 곧바로 큰동네 구갑석 교장의 집으로 갔다. 한밤중이었다. 웅기는 청혼서지를 구갑석 교장의 손에 잡혀 주고 새터마을 집으로 갔다. 밤하늘에는 푸른 별, 누른 별, 붉은 별 들이 수런거렸고, 바다에서는 해조음이 바람에 실려오고 있었다. 그의 발소리를 들은 동네 개들이 짖었다.

점옹의 아버지

점옹의 아버지 박두삼은 한꺼번에 두 곳에서 들어온 청혼서지를 앞에 놓고 고심했다. 하나는 정암마을 이창석의 맏아들 기호이고 다른 하나는 새터마을 한준일의 아들 웅기였다.

이창석의 자식들은 쌍둥이를 포함해서 아들만 여덟이라고 하고, 한준일의 자식들은 사 남매라고 했다. 이창석의 아들은 딸 점옹보다 두 살이 많은 숫총각이고, 한준일의 아들 웅기는 점옹보다 아홉 살이 많은데다, 한 번 이혼을 한 바 있고 세 살짜리 딸이 있으며 농사와 어업을 하면서 양영학교 선생질을 하고 있었다. 그는 웅기와 점옹이 연애를 걸었다는 소문이 마을 안에 퍼지고 있다는 사실이 마음에 걸렸다. 점옹이 졸라대서 양영학교에 보내주었던 것인데 그것이 그 소문을 떠돌게 한 것이었다. 소문을 쓸어담아 감출 재간은 없었다. 이제 와서 딸을 학교에 보낸 것을 후회한들 무엇할 것인가.

그의 아내 영엽은 어린 딸이 있는 재취 자리인데다 시누이가 둘이나 있는 집에 딸을 시집보낼 수 없다고 왼고개를 틀었다. 양영학교 교장인 구갑석의 어머니가 가져다준 웅기의 청혼서지를 되돌려주자고 나섰다.

"소문은 날이 가면 잠잠해질 것이오."

박두삼은 아내와 생각이 달랐다. 정암마을 이창석의 아들보다는 한준일의 아들 웅기에게 마음이 갔다.

그가 알고 있는 정암마을의 이창석은 대덕면에서 이름난 씨름꾼이자 장돌뱅이 투전꾼이었고 성정이 범처럼 사나워서 마을 사람들을 휘어잡고, 동네 공사를 혼자서 다 이럭저럭한다고 했다. 만일 마을 공사에서 누군가가 그의 주장에 반대를 하면 주먹질을 하고 땅바닥에 메치곤 한다는 것이었다. 대덕장터에 둔 작은 여자에게도 두 아들이 있다고 알려져 있었다. 우시장의 거간꾼 노릇을 하는데다 농사도 사십여 두락이나 있었다. 아들들도 아버지를 닮아 기가 세고 거칠다는 소문이 나 있었다. 재산을 많이 가지고 살지라도, 사람의 기가 너무 세고 사나워서 인심을 얻지 못하면 세상이 요동치거나 바뀔 때 큰 변을 당하기 일쑤라고 박두삼은 생각했다. 만일 이창석의 아들과 점옹을 결혼시키면, 자연 그쪽에서 점옹이 웅기와 연애 걸었다는 소문을 듣게 될 터인데, 그로 인해 시집살이가 파탄 나게 될지도 모르는 것이었다. 일등짜리인 딸이 소박당하는 것을 어찌 볼 것인가.

박두삼의 마음은 웅기에게 쏠렸다. 전날 저녁에 구갑석 교장과 주막에서 마주앉아 술을 마셨는데, 구갑석은 웅기의 똑똑함을 입이 마르게 칭찬했다.

"키가 작달막하지만 야무지네. 친구들이나 학생들을 포섭하고 장악하는 요령이 있네. 양영학교에서 받은 월급을 모두 모아서 전처한테 위자료로 주고, 깨끗하게 이혼 뒷마무리를 지어서 후탈은 없을 것이니 걱정 말소. 전처는 이미 동촌의 홀아비한테 재가를 해버렸네. 세 살짜리 딸 있는 것은 시누이들하고 시할머니하고 시어머니가 다 키울 것이고…… 웅기가 앞으로 양영학교에서 받은 월급은 저축해서 땅도 사고…… 어떻게 하든지 각시 하나는 잘 데리고 살 것이네. 참으로 좋은 자린께 놓치지 말소."

주막을 나와 헤어지면서 구갑석이 말했다.

"자네 딸하고 웅기가 이미 서로 좋아한다는 소문도 나 있지 않은가, 소문은 세상의 인심인 것이고, 인심은 하늘의 뜻이네. 둘 사이의 인연은 하늘이 확고하게 정해준 것이네. 자네 딸이 양영학교에 다닐란다고 찾아왔는디, 웅기가 자네 딸을 데리고 입학 문제를 이야기했던 모양인디 그때 아마 서로 눈이 맞은 모양이여. 순회 계몽 연설을 하러 댕길 때도 둘이 나란히 다니고, 옆에서 보기가 아주 좋았다네."

박두삼은 아내 영엽에게 말했다.

"나는 정암 이창석이 아들 기호보다는, 새텃몰 웅기가 좋겠네. 점옹이도 웅기를 마음에 두고 있는 모양이네."

영엽이 펄쩍 뛰었다.

"무단한 아이한테, 웅기를 마음에 두고 있나고 뒴너기를 씌우시오?"

박두삼이 말했다.

"우리 동네 사장에 연설하려고 왔을 때, 한웅기가 보통으로 연설을 잘하던가? 그때 점옹이가 웅기를 보고 마음에 두었는지도 모르지. 나는 웅기가 사윗감으로 안성맞춤이다 싶네. 내일 갑석이 어머니한테 승낙을 해주소."

박두삼은 정암마을 청년 이기호에게 미련을 가지고 있는 영엽에게 말했다.

"그 정암 청년은 내림이 안 좋네. 그 청년의 아부지 이창석이, 그 사람 보통 사람이 아니네. 정암마을에서 인심을 잃고 산다네. 자고로 사람은 인심을 잃고 살아서는 안 되네. 인심은 천심이라고 했어. 동학란 때도 인심 잃은 부자들은 다 맞아 죽었었네."

혼례

점옹의 집에서, 청혼에 대한 승낙을 겸한 혼례식 날받이를 웅기의 집으로 보낸 날 밤 점옹은 무지개 꿈을 꾸었다. 하늘에 오색 무지개가 떠 있는데 그녀는 그 무지개를 타고 시집을 갔다. 연지곤지 찍고 족두리를 쓰고 활옷을 입고 삼회장저고리에 다홍치마를 입고 훨훨 날아서 갔다.

웅기와 점옹의 혼사는 점옹의 나이 열일곱 되는 해의 이른봄에 일사천리로 이루어졌다.

혼례식 날받이가 오자 웅기의 할머니 정씨는 서둘러, 이부자리 만들 목화 삼백 근과 무명베 다섯 필, 명주 세 필, 일광단, 월광단 두 필, 항라모시 두 필, 마포 두 필, 쌀 두 가마니, 보리 한 가마니를 점옹의 집으로 보냈다.

이때부터 점옹은 바다에 갯것 하러 다니는 일을 삼가고 어머니의 가르침에 따라 시집에 가서 새각시 노릇 할 준비를 했다.

점옹의 어머니 영엽은 딸의 출가를 위하여 이불 지을 베에 쪽물을 들여 마름질하고 신부의 옷을 지었다. 그녀는 바느질 솜씨가 섬세하고 야물었다. 속속곳, 속곳, 속치마, 자락치마, 속저고리, 겉저고리와 일복으로 입을 통치마와 함부로 입을 물옷, 여름에 입을 삼베 저고리와 모시 저고리와 모시 치마와 모시 속곳과 한겨울에 입을 솜바지와 누비 저고리들을 준비했다. 아기 낳으면 사용할 포대기와 기저귀까지도 갖추갖추 장만했다. 옷들을 다 지은 다음에는 신랑 신부가 덮고 깔 이불과 요, 시할아버지와 시할머니가 덮을 이불과 요, 시아버지와 시어머니가 덮을 이불과 요, 그리고 시누이와 시동생들의 치마저고리와 바지저고리와 버선, 세 살배기 의붓딸의 치마저고리와 버선도 지었다.

교직원들이 혼례식장을 양영학교 마당에 마련했다. 교문에서 식장까지 두 자락의 하얀 무명베를 깔고, 식장 안쪽에는 마호가니 색깔의 풍금을 앉혀놓았다. 도영욱이 풍금 앞에 앉아 축하하는 악곡을 연주했다.

신랑의 가족들은 식장 오른쪽에, 신부의 가족들은 왼쪽에 늘어앉아 있었다. 친척들과, 신랑이 사는 새터마을 하객들과 신부가 사는 근동네 하객들이 구름같이 모여들고 학생들이 가장자리를 에워쌌다. 구식 혼례만 보아온 그들은 한웅기와 박점옹이 치르는 신식 혼례식이 궁금한 것이었다. 덕도 안에서는 풍금을 연주하며 치르는 신식 혼례식이 처음이었다.

신랑의 들러리는 김주태이고 신부 들러리는 도영욱의 아내이고, 사회는 박종회, 주례는 김재계였다. 신랑 쪽의 두 혼주는 바른편 의자에 앉고, 신부 쪽의 두 혼주는 왼편 의자에 앉았다. 풍금 연주가 흐르는 가운데, 교문에서부터 화동 둘이 빨간 동백꽃잎을 흩뿌리며 앞장서 들어오고, 신랑 신부는 화동들의 뒤를 따라 나란히 입장했다. 신랑은 쪽색 대례복에 사모관대를 했고, 신부는 비단옷에 활옷을 입고 족두리를 썼다.

신랑 한웅기와 신부 박점옹은 주례 앞에 나란히 섰다. 점옹은 가슴이 우둔거렸고 눈앞이 어질어질했다. 발이 땅에 닿는 것 같지 않고 무지개 서 있는 허공에 떠 있는 것 같고, 꿈을 꾸고 있는 듯싶었다.

주례가 주례사를 말했다.

"오늘날 조선 땅의 젊은이들은 이 강토와 이 민족을 위하여 해야 할 일이 아주 많습니다……"

신행길

신부의 집에서 첫날밤을 치른 이튿날 아침, 신부 점옹은 족두리를 쓰고 활옷을 입고, 동백꽃으로 장식이 된 가마에 올라앉았다. 가마는 새터마을의 신랑집으로 향해 갔다. 흰 두루마기를 입은 신랑이 앞장서서 가마를 인도하며 갔다. 가마 뒤에는 신부 편의 상객들과 신랑의 우인 대표인 김주태, 박종회, 도영욱이 따르고 있었다. 마을에서 가장 긴 골목 끝에 신랑의 집이 있었다.

그런데, 신부의 가마가 골목길을 올라가고 있을 때 허연 치마저고리 입은 중년의 아낙이 불쑥 나타나서 가마 앞을 가로막으며 그악스럽게 외쳤다.

"세상 사람들아 다 들어보소! 양영학교 선생 한웅기라는 놈은 시살 묵은 딸이 있는 생때같은 각시를 버리고, 삘기 같은 대리 가시내 점옹이하고 연애를 걸어갖고 새장가를 들고 있다네에!"

그러리라는 것을 예상하기라도 했던 듯 가마 뒤를 따르던 신랑의 친구들이 달려들어 외쳐대는 아낙을 둘러쌌다. 아낙은 재빨리 그들을 피하면서 신랑 웅기의 멱살을 훔켜잡고 악을 써댔다.

"너 이놈 본처 박대하고 잘살 줄 아냐?"

그 아낙은 전처의 친정어머니였다. 신랑의 친구들은 신랑에게서 아낙을 떼어내 이끌고 갔다. 아낙은 두 발을 뻗대면서 신랑의 친구들에게 끌려갔다. 그때 한 중년 남자가 한 집의 사립에서 나타나며 신랑과 가마를 향해 악담을 했다.

"아무런 흠결도 없는 본처를 버린 웅기 느그 집안은 천불을 맞을 것이다."

그는 전처의 친정 작은아버지였다. 한씨 집안 청년들이 그 중년 남자의 팔을 붙잡아 그 집 사립 안으로 밀고 들어갔고, 그사이에 신부의 가마는 신랑집을 향해 나아갔다. 신부 점옹은 가마 안에서 그 남자의 목소리를 듣고 진저리를 쳤다.

시할머니 정씨

신부 점옹은 먼저 아랫목에 나란히 앉은 시할아버지와 시할머니에게 큰절을 했다. 체구 작달막한 시할머니 정씨는 절을 하고 난 신부 점옹에게 앉은걸음으로 다가갔다. 하얗게 센 머리를 곱게 쪽찌고, 얼굴에 잔주름살과 암자주색 저승꽃들이 많은 정씨였다. 정씨는 눈을 가느다랗게 뜬 채 점옹의 두 눈을 찬찬히 들여다보고, 두 귀와 이마와 목덜미와 코와 인중과 입매를 뜯어보았다. 혀를 끌끌 차면서 말했다.

"그래! 바로 너같이 탐스럽고 삼동갖은 색시를 만날려고, 뜨거운 피 풀떡풀떡 뛰는 우리 웅기가 똑 십 년 동안 이 냄새나는 늙은이 방 윗목 구석에서 잠을 자곤 했던 모양이다!"

정씨는 흐르는 눈물을 손등으로 훔치고, 점옹의 두 손을 끌어다가 한데 모아 잡고 주무르기도 하고 흔들어대기도 했다. 한 손으로 점옹의 볼을 쓰다듬다가 두 손을 가까이 끌어당기고 점옹의 윗몸을 두 팔로 끌어안았다. 점옹은 가슴이 뜨거워지고 눈에 물이 고였다. 정씨는 말을 이었다.

"내가 날마다 밤마다 관세음보살님한테 빌고 또 빌었더니라. 똑 너처럼 팔등신을, 눈 초롱초롱 맑고 코 우뚝하고 영민한 손자며느리를 점지해달라고…… 꿈속에서도 관세음보살님한테 빌었어야. 악아, 내 손자며늘아기야, 나는 인제 죽어도 여한이 없다. 니가 우리 한씨 집안을 불끈 일으켜놓아라. 꼭 너같이 팔등신인 아들딸들을 죽죽 꼭 열만 낳도록 해라."

정씨가 점옹을 오래오래 끌어안고 있자, 시할아버지가 "이제는 즈그 시아부지 시어무니한테 절하고 시동생들하고도 상면하라고 당신은 인제 좀 물러나시오. 이때까지 기려온 손자며느리에 대한 사랑은 앞으로 천천히 날마다 얼마든지 내려주고" 하고 말했다.

정씨는 점옹의 등을 몇 차례든지 두들겨준 다음 풀어주었고, 점옹은 몸을 일으키고 옆에 앉아 있는 시아버지와 시어머니에게 절을 했다. 시아버지 시어머니는 체구가 비슷하게 왜소했는데, 시어머니는 얼굴이 창백했다. 그들은 말없이 절을 받기만 했다. 점옹은 뒤란 쪽 바람벽을 등지고 앉아 있는 체구 작은 두 시누이와 시오랍 동생한테도 절을 했다. 큰 시누이는 열여섯 살이고, 시아재는 열 살이고, 막내 시누이는 네 살이었다. 체구가 왜소한 그들은 모두 점옹과 맞절을 했다. 툇마루에 서 있는 한 아낙이 안고 있던 아기를 시할머니 정씨 앞에 내려놓았다. 정씨가 그 아기를 안고 점옹에게 말했다.

"이 아기는 그냥 한번 보듬어보는 것으로 상면을 해라. 네가 키워 시집보내야 할 딸인데 이름이 평덕이다."

시어머니가 아기를 안아다가 점옹의 품에 안겨주었다. 점옹은 품에 든 아기의 얼굴을 살폈다. 아기는 노랑저고리에 다홍치마를 둘렀는데 얼굴이 평퍼짐했다. 이 아기에게는 내가 의붓어머니이다, 하고 생각하니 얼굴이 뜨거워지고 가슴이 두근거렸다.

점옹은 어려서, 전처소생의 자식에게 심술궂고 혹독한 의붓어머니에 대한 이야기를 많이 들었었다. 남이 보는 자리에서는 귀엽다며 머리를 쓰다듬지만 아무도 보는 사람이 없는 곳에서는 그 의붓자식의 속살을 꼬집어 비틀어버리는 간사하고 표독스러운 의붓어머니 이야기도 들었고, 한겨울에 자기 자식에게는 솜을 두툼하게 넣어 지은 옷을 입히지만, 의붓자식에게는 하얗고 푸석한 삘기 꽃을 뜯어넣어 옷을 지어 입힌 의붓어머니에 대한 이야기도 들었다. 자기 자식에게는 쌀밥을 주지만 의붓자식에게는 모래알이 들어 있는 꽁보리밥만 먹여 말라 죽게 한 의붓어머니 이야기도 들었다. 나라님이 표독스러운 의붓어머니를 화장해서 뼈들을 맷돌로 갈아버렸는데, 그 가루들이 모기와 각다귀와 눈에 보일락 말락 한 흡혈 벌레들이 되었다는 이야기도 들었었다. 그런데 이제 그녀 자신이 어찌할 수 없이 의붓어머니 노릇을 하게 되어 있는 것이었다.

점옹은 의붓딸 평덕을 품에 안은 채 생각했다. 나는 너를 의붓딸로 괄시하면서 키우지 않고 가슴으로 낳은 딸이라 생각하고 친딸처럼 키워 시집보낼 것이다. 속에서 울컥 뜨거운 울음이 솟구쳤다. 아기의 가슴에 얼굴을 묻었다. 이때껏 두려운 얼굴로 점옹의 얼굴을 살피던 아기가 윗몸을 뒤로 젖히고 두 발을 뻗지르면서 낯가림을 했다.

천불

세상이 곤히 잠들어 있는 한겨울의 밤중이었다. 이날 밤에는 바람이 불지 않았으므로 앞바다의 해조음이 들려오지 않았고, 한재산 골짜기의 여우도 울지 않았다. 그 고요한 밤공기를 타고 "불이여!" 하는 다급한 남자 목소리가 들려왔다. 측간에 다녀오던 웅기의 할아버지가 매캐한 불내를 맡고 두리번거리다가, 사랑채의 남쪽 지붕 한가운데에 붙어 야울야울 타는 불을 발견하고 소리친 것이었다.

"불났다, 불이여!"

웅기가 신혼살림을 차린 부엌 골방에서 잠옷 바람으로 달려나왔고,

점옹도 뒤따라 나왔다. 이웃집의 병수와 영만도 달려왔다. 웅기는 사닥다리를 지붕에 대놓고 "물!" 하고 소리쳤다. 점옹이 동이를 들고 샘으로 달려가서 물을 퍼왔다. 웅기가 동이를 받아들고 바가지로 물을 떠서 불에 끼얹었다. 불은 다행히 속에서 솟아오르는 것이 아니고, 초지붕 겉에서만 타고 있었다.

병수가 멍석 한 닢을 들어다가 웅기에게 주었고 할아버지가 "그 멍석으로 불을 덮어라!" 하고 소리쳤다. 웅기는 멍석을 불 위에 펼쳐 덮었다. 점옹이 다시 동이물을 퍼왔고, 영만이 동이를 웅기에게 올려주었다. 웅기는 멍석으로 덮지 못한 불에 물을 끼얹었다. 점옹은 샘의 물이 다하자 방죽 물을 퍼왔고 웅기는 그 물을 거듭 멍석 위에 뿌렸고 이윽고 불이 잡혔다.

불이 왜 밑에서부터 일어나서 지붕으로 솟구쳐오르지 않고, 지붕 겉에서 먼저 탔을까. 보통의 경우, 불이 나려면 측간의 재에서 일어나 더그매로 타고 올라가서 지붕으로 솟아오르든지, 아니면 부엌의 아궁이 옆의 나무청에서 붙어가지고 천장을 타고 지붕으로 올라가야 하는 것이었다. 그런데 이날 밤의 불은 지붕의 겉에서만 타다 꺼진 것이었다.

불이 완전히 꺼진 것을 확인한 병수와 영만이 자기집으로 돌아갔다. 식구들은 가슴을 쓸어내리면서 각자 방으로 들어갔다. 시할머니 정씨는 부들부들 떨면서 나무아미타불 관세음보살을 거듭 염송했고, 시어머니 김씨는 새파랗게 질린 채 비틀거리며 방안으로 들어가자마자 쓰러졌다. 시어머니는 병약했다. 여느 때 현기증을 일으키곤 했고, 놀라운 일을 당하면 발작을 일으키곤 했었다. 점옹은 시어머니 김씨의 팔다리를 주물렀다.

시할아버지는 방으로 들어가면서 "그것 참으로 묘한 일이다" 하고 중얼거렸다. 웅기는 툇마루에 걸터앉아 밤하늘을 쳐다보았다. 별들이 총총 맑았다. 그는 누군가가 불을 지른 것이라고 생각했고, '천불'이란 말을 떠올렸다. 점옹도 천불이란 말을 떠올렸다. 심증이 가는 사람이 있었다. 갯마을 바닷가에 사는 김달만이었다. 그는 전처 순실의 숙부였다. 김달만은 점옹이 가마 타고 시집오던 날 가마 앞을 막으면서 "느그 집안은 천불을 맞을 것이다" 하고 소리친 그 사람이었다.

사립 앞 골목에서 발소리가 나더니, 아랫골목에 사는 당숙 한재근이 마당 안으로 들어왔다.

"아이고, 웅기 조카, 불을 얼른 잡아서 천만다행이네."

한재근은 할아버지 방문 앞으로 가서 "아따, 아재, 아줌씨, 얼마나 많이 놀라셨소? 우리 웅기 조카 운수가 짱짱한께 더 큰 탈이 안 났구만이라우" 하고 말했다. 할아버지가 방문을 열고 "재근이 조카 오셨는가. 참말로 요상한 불이 났네. 남부끄러운 일이네" 하고 말했다. 한재근은 "바람이 차요" 하면서 할아버지의 방문을 닫아주고 웅기를 향해 말했다.

"조카, 많이 놀랐제? 누군가가 골목길 아래쪽으로 퉁퉁퉁퉁 달려 내려간 지 얼마 안 되어서 윗골목 쪽에서 '불이여' 하는 소리가 들리길래 달려 올라와봤네."

웅기는 그 말을 들은 순간 방화를 한 사람이 순실의 작은아버지 김달만이라고 확신했다. 지붕에 불이 붙은 것을 확인한 김달만은 발소리를 감추지 못한 채 갯마을 쪽으로 도망쳐 갔을 것임에 틀림없다 싶었다. 시어머니의 팔다리를 주무르고 있는 점옹도 같은 생각을 했다. 점옹은 가슴이 심하게 우둔거렸다.

날이 밝았을 때 웅기는 불이 난 사랑채 지붕을 주의깊게 살폈다. 지붕 옆에는 키 큰 늙은 유자나무가 서 있었다. 할아버지는 유자나무를 집안의 귀물로 여겼다. 그 나무가 지붕 쪽으로 비스듬히 서 있어 잎사귀들이 지붕으로 떨어지곤 했다. 그 나무가 지붕을 상하게 하니까 베어버리자고 했지만 할아버지는 안 된다고 했다.

웅기는 유자나무 가지들을 살피다가 낯선 것을 하나 발견했다. 희끄무레한 끈에 묶인 돌멩이와 하얀 봉지였다. 사닥다리를 가져다가 유자나무에 기대 세우고 타고 올라가 가까운 곳에서 그것을 살폈다. 그것은 바닷가에서 볼 수 있는 맨들맨들하게 닳아진 고구마 모양의 길쭉한 돌이었다. 하얀 봉지 속에는 거무스레한 가루가 담겨 있었다. 숯가루였다. 웅기는 그것들을 그대로 두고 마당으로 내려왔다. 사닥다리를 지붕에 기대놓은 채 간밤에 불을 잡으면서 지붕 위에 깔아놓은 멍석을 끄집어내렸다. 멍석 밑에 있던 맨들맨들한 몽돌 한 개가 굴러떨어졌다. 점옹이 그 몽돌을 집어들었다.

점옹의 손에서 몽돌을 받아든 웅기는 순실의 작은아버지 김달만을 어떻게 혼내줄까, 하고 생각했다. 경찰에 발고를 할까. 경찰은 유자나무 가지에 걸려 있는 몽돌과 숯가루 담긴 흰 봉지를 보면 바닷가에 사는 사람이 범인임을 금방 알아낼 것이다. 웅기는 몽돌을 들고 할아버지의 방으로 들어가서 말했다.

"할아버지, 불을 지른 범인이 순실이 작은아버지 김달만인 듯싶습니다. 어떻게 할까요. 경찰에 발고를 하면 금방 잡아다가 족쳐서 실토를 하게 할 것입니다. 증거가 확실하니까요. 또 간밤 우리집에 불이 난 그때에 아랫골목으로 달려간 사람이 있었다고 재근이 당숙이 말했고, 신부 가마가 마을 안으로 들어올 때 가마 앞을 막은 채, 천불을 맞을 것이라고 소리친 것이 그 사람입니다."

그때 문밖에서 듣고 있던 점옹이 들어와서 무릎을 꿇고 앉으면서 머리를 조아리고 말했다. 그녀의 목소리에는 울음이 들어 있었다.

"할아부님, 어린 제가 참견한다고 나무라지 마시고 제 말씀을 참작해주십시오. 전처의 친정 사람들하고 관계된 일입니다. 일이 커지면 철천지원수가 됩니다. 그렇게 되면 앞으로 더 큰 무슨 일이 일어날지 모릅니다. 한사코 조용히 덮어야 합니다."

할아버지는 고개를 끄덕거리며 점옹에게 말했다.

"오냐, 알아들었다. 너는 어서 나가보아라."

점옹은 어른들이 하는 일에 나서서 알은체한 것을 용서해달라고 눈물을 훔치며 사죄하고 문을 열고 나갔다. 점옹이 문밖으로 나간 다음 할아버지는 웅기에게 말했다.

"우리 손부 말이 백번 옳다. 일본 순사들에게 알려서 혼내주는 것은 절대로 안 될 일이다. 일이 커지면 창피한 일이고 인심을 잃게 된다. 일단 큰불로 번져서 집을 다 태워버리는 불행한 일이 안 일어난 것만 해도 다행한 일이다."

웅기는 발고하지 말라고 조용히 덮자고 한 할아버지의 주장과 점옹의 참견이 불만스러웠다.

"가만 덮어버리면 그쪽 집안 사람들이 우리를 깔보고 앞으로 또 어떤 해코지를 할지 모릅니다."

할아버지가 목소리를 낮추어 말했다.

"이 불은 니가 이혼한 사건하고 관계되어 있다. 우리 동네 김씨들이 얼마나 많으냐, 김씨들을 자극하지 말자. 그리고, 나는 일본 순사들을 불러들이기 싫다. 달만이가 순사들한테 잡혀가서 곤욕을 치르는 것도 보기 싫고…… 이 일로 인해서 네가 김씨 집안 사람들한테 인심을 잃게 되는 것도 싫다. 나한테 맡겨라. 내가 찾아가서 혼을 내놓을 것이니, 너는 모른 체하고, 나 하는 대로 보고만 있거라…… 소문 안 나게 조용히 하자."

다음날 꼭두새벽에 웅기의 할아버지는 아랫마을 바닷가에 사는 김달만을 찾아갔다. 그의 집은 앞산 기슭 끝에서 서남쪽을 향하고 있는데, 그 앞으로는 몽돌 깔린 자갈밭과 바다가 펼쳐져 있었다.

키가 장대처럼 큰 김달만은 웅기 할아버지의 얼굴을 정면으로 보지 못하고 안절부절도 못했다. 할아버지는 손에 들고 간 거무스레하게 그을린 몽돌 하나를 그의 앞에 내밀면서 말했다.

"이것이 뭣인지 아는가, 우리집 유자나무에 이렇게 생긴 몽돌 또 한 개가 실에 묶인 채 걸려 있네. 그 다른 한쪽에는 하얀 봉지가 있고, 그 봉지에는 숯가루가 들어 있네."

김달만은 얼굴이 하얗게 굳어진 채 왼고개를 틀면서 볼멘소리를 했다.

"그것이 어쨌단 말이요?"

할아버지는 낮은 목소리로 말했다.

"일본 순사들한테 발고해버리면 자네 몽둥이찜질을 당하고 방화범으로 몰려 콩밥을 묵게 될 것이네. 내가 오늘 회진 주재소에 나가서 발고를 할까, 아니면 나한테 솔직하게 실토를 하고 용서를 빌 것인가. 양단간에 결정을 해서 얼른 대답을 하소. 만일 잘못했다고 빌면 조용히 덮을 것이지만, 안 그러면은 이 길로 회진 주재소로 가서 발고를 할라네. 우리 손자며느리 가마가 우리집 골목을 올라올 때 자네가 했다는 말, '느그 집은 천불을 맞을 것'이라고 한 그 말을 한두 사람이 들은 것이 아니네. 순사들은 유자나무에 걸려 있는 그것을 보자마자 자네를 범인으로 끌고 갈 것이고……"

얼굴이 하얗게 질린 김달만이 할아버지 앞에 무릎을 꿇고 앉으면서 이마를 방바닥에 대고 "아이고, 사둔어르신, 이 무식한 놈이 눈이 뒤집혀서 그만 죽을죄를 지었소" 하면서 두 손을 싹싹 비볐다. 할아버지는 한동안 김달만을 건너다보고 있다가 말했다.

"그래도 우리가 한때는 사돈지간 아니었는가. 그런 사이인데, 차마 자네가 일본 순사들한테 끌려가서 몽둥이찜질당하고 콩밥 먹는 꼴을 볼 수가 없어서 내가 이렇게 찾아왔다는 것을 잘 헤아리소. 우리 웅기가 순실이한테 서운하지 않게 돈을 싸주면서 합의이혼을 했고, 순실이도 재가를 해서 잘살고 있고, 우리 웅기도 시방 잘살고 있고…… 그런께 앞으로는 서로를 더이상 미워하는 일 없이 잘살도록 하세."

개다리소반

부엌의 살강 위에는 검은 옻칠을 한 개다리소반 하나가 있고, 그 옆에는 투박한 분청사기 밥그릇 두 개와 국그릇 두 개와 반찬용 접시 넷, 그리고 숟가락 둘과 젓가락 네 짝이 놓여 있었다. 그것은 평소에 가족들이 사용하지 않았고, 가끔 부리는 놉(인부)들을 위해서도 사용하지 않았다.

부엌일을 익히기 시작하는 점옹은 그것들이 궁금했지만 아무에게도 물을 수 없었는데, 어느 초여름날 아침에야 그 궁금증이 풀렸다. 식구들이 모두 아침밥을 먹고 있는데, 구중중한 해진 옷에 한쪽 다리를 절름거리고, 머리가 부수수한 젊은 남자가 지팡이를 짚어가며, 떠오르는 해를 등진 채 사립 안으로 들어섰다. 그는 음식 얻어먹는 허름한 바가지 하나를 손에 들고 있었다.

안방 툇마루에서 밥을 먹고 있던 시할머니 정씨는 그를 보자마자 "어서 오시게. 얼마나 시장하신가" 하고 나서 부엌에 있는 점옹에게 말했다.

"새악아, 저 양반 사랑방 툇마루로 모시고 밥상 차려느려라. 살강 위에 있는 소반에다가 정성스럽고 깨끗하게 차려라. 소반 옆에 있는 밥그릇이랑 국그릇이랑 숟가락이랑 있지야? 그것들 내려서 차려드려라."

점옹은 그 구중중한 행색의 남자를 사랑방 툇마루로 모셨다. 그는 지팡이를 기둥에 기대놓고 툇마루에 올라앉았다. 점옹은 부엌으로 들어가서 살강 위의 소반, 밥그릇, 국그릇 따위를 내렸다. 그것들을 이용해서 밥상을 차렸다. 밥이 부족하였으므로 점옹은 자기가 먹던 밥을 퍼서 그릇을 채웠다. 밥상을 들어다가 사랑방 툇마루에 놓아주자, 구중중한 행색의 남자는 허겁지겁 달게 먹었다. 국 한 모금, 밥알 한 개, 김치나 깍두기 하나 남기지 않고 모두 먹어치웠다.

이날 아침 점옹은 약간 눌은 누룽지만 긁어서 먹는 둥 마는 둥 했다. 점옹이 숭늉을 떠서 들고 가자, 그 남자가 지팡이를 짚고 절름거리며 사립으로 나가고 있었다. 개다리소반을 들고 부엌으로 오자 시할머니가 물었다.

"그 양반 숭늉이랑 다 마시고 가셨냐?"

점옹이 "숭늉 들고 가니께 벌써 사립으로 나가셔버렸어요" 하고 대답하자 시할머니 정씨가 막 밥상을 물리고 있는 텁석부리 머슴을 향해 "만석아, 니가 싸게 가서 그 양반 모시고 오너라" 하고 말했다.

만석이 골목길로 달려나가서 구중중한 행색의 남자를 데리고 왔다. 그는 큰 잘못을 저지르기라도 한 듯 절절매면서 만석의 뒤를 따라왔다. 시할머니 정씨가 그를 향해 "이 사람아, 밥을 먹었으면 숭늉을 마시고 가야지" 하고 나서 점옹에게 "어서 숭늉 가져다 드려라" 하고 명했다. 숭늉을 마시고 난 그는 시할머니 정씨를 향해 몇 번이든지 굽실굽실 절을 하고 사립 밖으로 나갔다. 정씨가 그의 뒤통수를 향해 말했다. "밥 얻어먹을 데 없으면 언제든지 오소" 하고 짠하다는 듯 혀를 끌끌 찼다. 그리고 점옹에게 말했다.

"소반하고 밥그릇 국그릇 깨끗하게 씻어 살강 위에 다시 올려놓아라."

정씨는 구걸하러 온 거지를 절대로 거지라고 말하지 않았다. 그들이 올 때면 언제나, 그들이 손에 들고 있는 바가지에 밥을 담아주지 못하게 하고, 살강 위의 소반과 밥그릇과 국그릇을 사용하게 했다.

천관사

초가을의 어느 이른 아침 시할머니 정씨는 천관사 부처님에게 손자며느리 점옹을 선보이려고 나섰다. 소복을 한 정씨는 손자며느리 점옹을 앞장세웠다. 다홍치마에 노랑 저고리를 입은 점옹은 시주 쌀 다섯 됫박을 자루에 담아 머리에 이고, 점심때 먹을 김밥 두 덩이를 작은 대그릇에 싸들었다.

시어머니 김씨는 눈을 내리깔고 부엌으로 들어갔다. 김씨는 손자며느리 점옹을 화초처럼 가꾸면서 감싸는 정씨를 싫어했고, 정씨한테 살갑게 정성을 다하는 점옹에게 냉랭하게 대했다. 김씨는 정씨가 좋아하는 절을 싫어했고, 예배당도 싫어했는데, 좀도리쌀을 떠놓고 좌정한 채 천도교의 주문을 외우는 것만은 묵묵히 실천했다. 아들 웅기를 위하는 일이라 여기는 것이었다. 점옹은 시어머니 김씨를 따라 천도교의 한울님을 받들지 않을 수 없었다.

점옹은 여느 때 근엄하면서도 자상하고 다정다감한 시할머니 정씨와 꼿꼿하면서도 차가운 시어머니 김씨 사이에서 운신이 조심스러웠다. 시할머니에게서 날아오는 다사로운 바람과 시어머니에게서 날아오는 차가운 바람은 점옹에게 와서 충돌하곤 했는데 그때마다 점옹의 살갗에서는 미세한 소름이 돋았다.

김씨는 자기 시어머니 정씨와 며느리 점옹 사이에서 소외를 당하는 것이 쓸쓸하고 슬펐다. 김씨는 며느리 점옹과 아들 웅기가 조용히 도란거리는 것도 싫어했다. 김씨는 근엄한 시어머니 정씨 앞에서 늘 고양이 앞의 쥐처럼 몸을 사리며 조신하게 했지만 며느리 점옹에게는 엄했다.

점옹이 시할아버지와 남편 웅기가 방화를 한 김달만을 혼내주는 문제를 놓고 이야기하고 있는 방으로 들어가서 울먹거리며 참견을 한 날 저녁녘에 시어머니 김씨는 부엌에서 점옹을 냉엄하게 다그쳤었다.

"너 요년, 지엄한 어른들이 마주앉아 무겁게 의논을 하는 자리에, 아직 비린내도 덜 가신 붉은 치맛자락인 주제에 불쑥 방문을 열고 들어가서 주둥이를 놀리다니? 너 그것 어디서 배운 방정맞은 버르장머리냐?"

순간 점옹은 김씨 앞에 무릎을 꿇고 앉아 머리를 조아렸다.

"요것이 뭣을 조깐 배웠다고 촉새같이 나서? 너, 앞으로도 그런 방정을 떨래?"

목소리는 낮았지만 말 속에 칼이 들어 있었다. 점옹은 앞으로는 절대로 그런 잘못을 저지르지 않겠다고 사죄를 했다. 그뒤부터 점옹은 김씨를 더욱 무서워하고 조심했다.

점옹은 부엌문 앞으로 가서 시어머니 김씨에게 "어머님, 다녀오겠습니다" 하고 말했다. 김씨는 설거지통에 들어 있는 그릇들을 씻을 뿐 뒤도 돌아보지 않은 채 "할머니 잘 모시고 다녀오너라" 하고 퉁명스럽게 말했다. 앞장서서 사립으로 나가던 시할머니 정씨가 점옹을 재촉했다.

"물때 바쁘겄다. 어서 가자."

점옹은 쌀자루를 머리에 이고 도시락을 한 손에 들고 정씨의 뒤를 따랐다. 정씨의 소복 치맛자락 아래로, 흰 버선발을 감싼 왕골 신의 뒤꿈치와 맵시 고운 신날이 내다보였다. 점옹도 친정아버지가 삼아준 왕골 짚신을 신고 있었다.

정씨는 점옹을 앞장서서 가다 쉬고 다시 가다가 쉬면서 노두머리에 이르렀다. 노두길로 들어서기 전에 정씨는 밭둑 위에 엉덩이를 걸치고 앉으면서 후유 하고 한숨을 쉬었다. 노두길은 아득한 갯벌밭 한가운데로 거대한 이무기처럼 몸을 외틀면서 뻗어가고 있었다. 그 노두길 저편에 보랏빛의 천관산이 짙푸른 하늘을 이고 있었다. 정씨는 숨을 가쁘게 몰아쉬면서 점옹을 향해 말했다.

"새악아, 너도 여기 앉아 잠시 쉬어라."

점옹은 쌀자루를 밭둑에 내려놓고 정씨 앞에 선 채 "저는 다리 안 아픕니다" 하고 말했다. 갯벌밭 건너 아랫목에 청회색 바닷물이 보였다. 바야흐로 밀물이 지기 시작하고 있었다.

정씨의 하얀 머리칼이 햇살을 되쏘았다. 정씨의 마른 손등에는 푸른 핏줄들이 선명하게 드러나 있었다. 얼굴에는 깊은 수름살들이 갑혀 있었다. 정씨가 점옹의 두 손을 한데 모아 잡고 쓰다듬었다.

"너는 어쩌면 이렇게 얼굴도 곱고 손도 이쁘고 탐스럽냐. 키도 헌칠하고, 모가지도 길고, 몸은 오동통하고…… 니가 어떻게 내 손자며느리가 되었냐? ……너는 틀림없이 관세음보살이 환생해서 우리집으로 들어온 것이다. 우리 집안을 불끈 일으키려고."

이 말을 들으면서 점옹은 수줍어 고개를 떨어뜨렸다. 시어머니 김씨에게서 지청구 들은 일을 떠올렸다. 김씨의 말이 백번 천번 옳다고 생각했고, 앞으로는 더욱 조신하게 해야 한다고 생각했다. 바람이 아랫목 쪽에서 불어왔고, 정씨와 점옹의 귀밑 머리카락을 날리게 했다. 치맛자락도 하늘거렸다. 밭둑의 황달 든 콩잎과 다랑이논의 노랗게 익어가는 벼이삭을 흔들어댔다. 하늘에는 흰 구름장들이 북으로 가고 있었다.

"내가 절에 가서 부처님한테 빌어주마. 너하고 느그 서방하고…… 평생토록 강건하고 금슬 좋게 아들딸 많이 낳고 화목하게 잘살게 해주시라고……"

점옹의 얼굴을 쳐다보며 말하는 정씨의 왕골 짚신 발부리에 보라색의 달개비꽃 몇 송이가 활짝 벌어져 있었다.

극락

천관사는 용소동龍沼洞 뒷산 중턱에 있었다. 점옹은 시할머니 정씨를 부축하면서, 굽이굽이 산골짜기를 타고 뻗어간 자드락길을 올라갔다. 산등성이를 감돌아 오르는 길은 가팔랐다. 정씨는 가다가 쉬고 또 가다가 쉬었다. 숨을 가쁘게 쉬고 이마와 목덜미에 솟는 땀을 씻으며 혼신의 힘을 다해 구절양장의 산길을 올랐다.

점옹은 두려운 생각이 들었다. 손자며느리를 부처님께 보여드리겠다는 것이 그렇게도 중한 일일까. 예수님 계시는 예배당은 마을 안에 있는데 왜 부처님의 절은 드높은 산속에 있을까. 그녀는 정씨의 한쪽 팔을 부여잡고 이끌었다. 정씨의 몸은 미세하게 떨고 있었다.

길 가장자리에는 억새풀숲이 무성했다. 억새풀숲은 바야흐로 암자주색의 이삭을 토해내고 있었다. 그 숲 위로는 신성한 코끼리 모양을 한 흰구름이 흘러갔고, 숲 사이에는 들국화가 하얗게 웃고 있었다. 바람이 달려오면 억새풀들이 몸을 서로 비비면서 차르랑차르랑 웃어댔다.

절은 검은 유관을 쓴 산정이 바라보이는 아늑한 자리에 앉아 있었다. 웅장한 대웅전과 극락전과 산신각들이 안존하게 자리를 잡고 있었다. 절 마당에 들어섰을 때 스님들이 정씨와 점옹을 정중하게 맞아들였다.

대웅전에 들어가자 주지 스님이 목탁을 두드리며 염불을 해주었고, 정씨는 숨가빠하면서도 백팔배를 했다. 점옹은 절하는 정씨를 부축해드렸다. 정씨는 부처님들을 향해 무릎을 꿇고 앉아 소원을 말했다.

"부처님, 관세음보살님, 이 아이가 제 손자며느리입니다. 한사코지아비하고 화목하고 강건하게 살면서, 예쁘고 똑똑한 자식들을 줄줄이 낳아 기를 수 있도록 자비와 호혜를 베풀어주십시오."

정씨는 주머니에서 종이돈을 꺼내 복전함에 넣었다. 웅기는 월급을 받아올 때마다 종이돈 한 장씩을 할머니 정씨 손에 잡혀주곤 했는데, 정씨는 그 돈을 모두 복전함에 넣고 있는 것이었다. 점옹은 스님들의 배웅을 받으며 산을 내려가는 정씨를 부축했다.

정씨는 옥당마을의 서당엘 들렀다. 훈장질하는 아들 준일이 정씨를 맞이하고 큰절을 올렸다. 정씨는 아들 준일의 절을 받고 나서 곧 몸을 일으켰다. 아들 준일이 하룻밤 주무시고 가시라고 붙잡았지만, 정씨는 샘물을 한 모금만 떠 마시고, 아들의 얼굴을 보았으니 되었다고 하며 서둘러 길을 나섰다. 십 리 노두를 건너려면 물때가 바쁘다는 것이었다. 해질 무렵부터 땅거미가 질 때까지 비칠거리며 간신히 노두를 건넜고, 캄캄한 밤에야 집에 당도했는데, 정씨의 몸은 파김치가 되어 있었다.

정씨는 너무 무리한 나들이 때문인 듯 집에 들어가서 밥 한술을 뜨는 둥 마는 둥 하고 드러누웠다. 으슬으슬 춥다고 했으므로, 웅기가 약방에서 약을 지어다 달여드렸다. 점옹은 따뜻한 물에 수건을 적셔서 정성스럽게 정씨의 사지와 얼굴과 목을 닦아주고, 팔다리를 주물러드렸지만 차도를 보이지 않고 점차 쇠약해져갔고, 기침을 심하게 하다가 피 섞인 가래를 뱉었다.

웅기는 머슴을 관산 옥당리로 보내 아버지 준일에게 할머니의 위급함을 알렸다. 정씨는 스스로의 삶이 얼마 남지 않은 것을 알고 있었다. 눈을 감은 채 낮은 목소리로 나무아미타불 관세음보살만 염송했다. 이튿날부터는 목이 붓고 음식을 넘길 수 없는 지경에 이르렀다. 정씨는 가족을 불러모으고 속삭이듯이 유언을 했다.

"나는 죽는 것이 아니고 극락으로 갈 것이다. 애비야, 내 손자 웅기야, 내 손부야, 나 죽는다고 울지 마라. 극락으로 가는 나를 위해서는 나무아미타불 관세음보살을 외어주기만 해라. 착하게 살아온 애비야, 너는 슬퍼하지 말고 경만 읽어주라."

말을 마치고 난 정씨는 점옹의 손을 잡고 쓰다듬으며 "악아, 어여쁜 내 손부야, 나 죽으면 극락에 가서 너희 부부의 앞날을 위해 부처님께 빌어주마. 한사코 착하게 살아라. 못사는 사람한테는 음식 아까워하지 말고 늘 넉넉하게 대접하도록 해라. 그러면 너는 틀림없이 장차 똑똑한 자식들을 낳게 될 것이다" 하고 나서 눈을 감아버렸다.

아들 준일은 『천수경』을 펴들고 읽었다. 점옹은 시할머니 정씨의 팔다리를 주물러드리면서 나무아미타불 관세음보살을 염송했다. 새벽녘에 시할머니 정씨는 짚불이 사그라지듯이 영원한 깊은 잠에 빠져들었다. 아들 준일은 눈물을 훔치면서 "수리수리 마하수리 수수리 사바하" 하고 서럽게 경을 읽기만 했다.

시어머니의 죽음

점옹이 셋째 아들을 낳은 임오년의 한여름은 유다르게 가물었다. 몇 해째 내리 가뭄으로 흉년이었는데 이해에도 흉년이 들 모양이었다. 샛바람이 불고, 검은 구름이 끼어 비가 올 듯 올 듯 하면서도 오지를 않고, 가뭄은 계속되었다. 옥당리에서 훈장을 하던 준일이 괴나리봇짐을 짊어지고 돌아왔다. 흉년이 계속되자 학생들이 모이지 않아 서당을 임시 파했다는 것이었다.

들논의 논바닥들은 비쩍 말라 거북이 등처럼 벌어졌다. 한재산 골짝에 있는 두 마지기 논의 벼는 밤낮으로 다니면서 방죽의 물을 퍼다 벼 뿌리에 축여주어야 했다. 시어머니 김씨는 꼭두새벽에 한재산 골짜기의 논으로 물을 푸러 가곤 했다.

웅기는 여느 때처럼 양영학교로 수업을 하러 갔고, 산후조리도 제대로 하지 못한 점옹은 식구들의 아침밥상을 차려주고 시누이와 의붓딸을 데리고 밭으로 김을 매러 갔다. 시아버지 준일은 아침밥을 먹고, 네 살 먹은 둘째 손자를 데리고 한재산 골짜기 논으로 갔다. 방죽에서 물을 푸는 김씨를 집으로 내려보내고 대신 물을 푸기 위해서였다.

허약한 준일은 손자를 업고 가파른 길을 올라가는 데 힘이 들었다. 손자를 땅에 내려놓으면서 "할아버지 힘들다, 걸어서 가자" 하고 말했다. 얼마쯤 걸어서 가던 손자가 다리가 아프다면서 다시 업어달라며 떼를 쓰고 울었다. 준일은 손자를 달래어 손을 이끌며 가기도 하고 업고 가기도 했다. 산골짜기 다랑이논의 논둑에 이르렀는데 방죽에서 물 푸는 소리가 들려오지 않았다. 불길한 예감에 사로잡힌 준일은 손자를 떼어놓고 논 한가운데 있는 방죽으로 달려갔다. 뒤에 남은 손자는 같이 가자고 울었다.

할아버지가 산골짜기의 다랑이논으로 데리고 간 손자가 나였다. 나는 네 살 적에 소복 차림을 하고 물에 빠진 여인의 주검을 보았다. 그 주검은 방죽 물에 엎드려 있었다. 나의 할머니 김씨였다. 현기증이 심한 할머니가 물을 푸다가 실신하여 방죽에 빠져 익사한 것이었다. 사람들이 몰려와서 하얀 치마저고리를 입은 할머니의 주검을 건져올리던 것이 짙은 안개 속의 일인 양 기억 속에 아물거린다.

나는 열 살 전후에 할아버지 방에서 자면서 한문 공부를 했는데, 외출한 할아버지는 주막에서 풍월을 하다가 어둑어둑해졌을 때 술에 취해 돌아오곤 했다. 내가 사립으로 달려나가서 마중 인사를 하면, 할아버지는 나를 두 가랑이 사이에 끼고 등뒤에서 내 윗몸을 껴안은 채 어기적거리며 "너, 이놈, 니놈 때문에 느희 할머니 잃어버렸어야 이놈아" 하고 서글퍼하곤 했었다.

시할아버지, 시할머니, 시어머니를 거푸 여윈 점옹은 스물여덟 살의 젊은 나이에 큰 집안의 안주인이 되어 살림살이를 해야 했다. 셋째 아들을 낳은 지 한 달 뒤의 일이었다.

시어머니의 장례를 치르는 오 일 동안, 돼지 두 마리를 잡고 끼마다 쌀과 보리를 섞어 밥을 지어 상두꾼과 마을 사람들을 대접했다. 흉년이 계속되고 있는 터라 동네 사람들은 벌떼같이 모여들어 음식을 먹어댔으므로 밥은 끼마다 부족했다. 장례를 치르고 났을 때는 곡간의 곡식이 모두 동이 났다. 웅기 부부는 빚을 내다가 살림을 하지 않을 수 없었고 이후 빚을 갚기 위하여 사력을 다해야 했다.

폐교

서울 종로경찰서 고등계 형사들이 갑자기 김재계를 체포하여 물고문, 전기고문을 했다. 천도교 중앙금융관장인 김재계는 손병희와 더불어 전국의 교인들에게 "한울님, 일본 놈들을 하룻밤 사이에 몰아내고 사직을 바로 세우게 해주십시오"라는 기도문을 내려보냈는데, 그것을 친일파 한 사람이 고등계에 발고한 것이었다. 김재계를 수사하고 문초하는 과정에서 그가 전라도 장흥군 덕도의 중촌에 양영학교를 설립하고 지역의 주민들에게 반일 감정을 일으키고 학생들에게 조선어를 가르치고 자주독립사상을 주입, 고취한 사실이 드러났다.

웅기는 그 소식을 접하자마자 집으로 달려가서 맨 먼저 박정로가 가져다준 책과 천도교 잡지 『개벽』을 불살라 없앴다. 그날 저녁 그는 양영학교의 다른 선생들과 함께 장흥경찰서 고등계로 잡혀 들어갔다. 불령선인(불온한 사상을 가진 조선인)이라는 죄였다. 유치장에 갇힌 선생들은 한 사람씩 불려나가서 문초를 받았다. 닷새 밤낮 동안 취조받던 그들은 엿새째 되는 날, 앞으로는 불온한 행위를 하지 않겠다는 각서를 쓰고 풀려났다.

이후 양영학교는 문을 닫았고, 그 자리에 일제의 보통학교 일, 이학년 교과 학습을 하는 간이학교가 들어섰다. 일제는 일본인 선생 한 사람을 보내 어린이들만을 가르쳤다. 이후 웅기는 보통의 시골 남자로서 농사를 짓고 김 양식을 하다가 틈내어 김 장사를 하면서 살아야 했다.

재운

양영학교가 폐쇄된 뒤 농사짓고 김 양식을 하고 사는 웅기에게 외지의 자본력 있는 장사꾼들이 찾아와 동무장사를 하사고 청했다. 덕도 주민들의 김 양식에 필요한 물품(쪽대, 통대, 말목)을 공급하는 장사, 완도에서 양질의 김을 몰아쳐다가 장흥어협에 납품하는 김 장사는 순풍에 돛을 단 듯 잘되었다.

외지 장사꾼들은 웅기의 집에 머물렀고, 그들의 음식 치다꺼리는 점옹이 했다. 장사꾼들은 웅기가 김의 품질을 능숙하게 감별하는 눈을 가졌다는 것을 알고 접근한 것이었다. 웅기가 외지의 동무장사들을 따라 완도에 가서 좋은 김을 골라주면, 그들이 돈을 대고 운반을 했고 어협의 검사대에 올려 높은 등급에 팔았다. 그 김들은 모두 일본으로 실려갔다.

웅기는 돈이 모아지는 대로 농토를 구입했으므로, 몇 년 사이에 논이 열 마지기, 밭이 스무 마지기로 늘어났다. 그는 빈촌인 새터마을에서 가장 농토가 많은 부자가 되었다. 점옹은 데르장에 다니면서 금융조합에 교육보험과 해상보험을 들고, 다달이 돈을 부었다.

해방

해방이 된 지 사흘째 되는 날 밤에 박정로가 웅기를 찾아왔다. 사랑방 뒤편 작은방에서 함께 자며, 박정로는 "형님, 새로운 세상이 열렸습니다. 남로당에 가입하십시오" 하고 말했다.

"앞으로의 세상은 농어민과 노동자들이 주체가 되는 공산당 사회가 될 것이오. 형님이 남로당에 가입하기만 하면 뜻을 가진 젊은이들이 형님 밑으로 모여들 것이오."

박정로는 북쪽에 김일성이 있고, 남쪽에는 박헌영이 있다고 했다. 북쪽 노동당과 남쪽의 노동당이 힘을 합치면 한반도가 공산주의 세상이 될 것이라고 말했다.

"만일 형님이 남로당에 들지 않고 이승만 밑으로 줄을 서게 되면 반동자로 몰리게 되고 숙청을 당하게 될지도 모릅니다. 정신 바짝 차려야 합니다. 우리 남로당에는 형님처럼 깨어 있는 인물이 필요합니다."

웅기는 김재계의 죽음과 양영학교에서 근무한 일로 인해 경찰서로 끌려가서 당한 일들을 생각했다. 김재계는 전기고문을 당하고 출옥한 지 한 달 만에 죽었던 것이다. 세상이 두 쪽으로 갈라져서 싸우게 되면 서로가 서로를 죽이려 할 것이다. 웅기에게는 현실적인 삶에 무능한 아버지와 사랑하는 아내와 어린 자식들이 있었다. 그는 고개를 저으며 단호하게 말했다.

"나는 남로당에도 들지 않을 것이지만 이승만 밑으로도 줄을 서지 않고 조용히 살아갈 참이네. 자네도 한쪽 편에 들어 앞장서지 말고 조용히 농사나 짓고 살든지 장사를 하든지 그러소. 자네한테서는 아무 말도 안 들은 것으로 하겠네."

새벽녘에 잠에서 깨어보니 박정로는 가고 없었는데, 미닫이 저쪽 방의 아버지 준일이 웅기를 불러 앉히고 말했다.

"정로하고 가까이하지 마라. 너는 그 어떠한 파당에도 들지 마라. 앞으로 세상이 상상할 수 없도록 어지러워질 것이다. 바로, 지금이 조심해야 할 때다. 남로당인가 무언가 하는 데 들어간 사람들은 다 곤욕을 치르거나 죽거나 할 것이다."

사위와 육촌동생

한밤중에 아랫골목 쪽에서 개 짖는 소리가 들려오더니, 오래지 않아 마당에 인기척이 있었다. 귀를 쫑그리고 들으니 남자의 낮은 목소리가 들렸다.

"장모님 저, 동주입니다."

점옹이 문을 열자 사위 윤동주가 들어왔다. 웅기의 전처소생인 평덕의 남편이었다.

점옹이 불을 밝히려고 하자 윗목에서 무릎을 꿇고 앉은 사위가 낮은 소리로 속삭이듯이 말렸다.

"불 켜지 마십시오. 제가 지금 쫓기고 있습니다. 저를 어디에 좀 숨겨주십시오."

웅기가 담배쌈지를 꺼내며 점옹에게 그를 부엌의 골방으로 데리고 가라고 말했다. 점옹은 창고로 쓰고 있는 골방 한쪽을 치우고 사위를 들어오게 했다.

점옹은 불안해 견딜 수 없었다. 사랑방 뒤편의 작은방에는 당숙 재근의 아들 한웅철이 자고 있었다. 웅철은 남로당 새터마을의 선전부장이었다. 경찰이 들이닥쳐 동주와 웅철을 잡아가면 어찌할까.

남쪽에는 이승만의 대한민국 정부가 들어서고, 북쪽에는 김일성의 조선인민공화국 정부가 들어섰다. 남한 땅의 지상에서는 우익 단체와 경찰들이 활동하고, 지하에서는 남로당원들이 활동했다. 남로당원들은 외딴집에 모여 모의를 하고, 은밀하게 노동자와 농민들을 선동했다. 사람들이 아침에 일어나 들에 나가면서 보면, 골목길의 집집들 바람벽에 삐라가 붙어 있었다. 조선인민공화국 만세, 미국 놈의 앞잡이 이승만 모리배를 타도하자, 친일 반동분자를 숙청하자, 위대한 영웅 김일성 만세 스탈린 만세……

웅기와 점옹 부부는 평덕을 장산리의 윤동주에게 시집보냈었다. 웅기와 점옹은 사돈집의 재산을 보지 않고, 사위 될 청년 동주의 야무지고 똑똑한 면만을 중시했다. 이 정도 똑똑하고 야무진 놈이면 딸을 굶기지 않겠다고 생각한 것이었다. 동주는 양영학교가 문을 닫던 해에 입학한 웅기의 제자였다.

그런데 그가 남로당 대덕면 선전부장 노릇을 한 것이었다. 곤란한 문제는 또하나 있었다. 밤이면 웅철이 그림자처럼 뒷방으로 숨어들어와서 잠을 자고 새벽에 나가곤 했다.

윤동주는 동료들이 하나둘 잡혀 들어가자, 경찰의 눈을 피해 나무꾼으로 변장하고 산으로 피신을 하기도 하고 낚시꾼 차림을 하고 배를 타고 바다로 피신하기도 했다. 그러다가 더이상 숨을 데가 없게 되자 처가로 숨어든 것이었다.

점옹은 골방 한쪽에 이부자리를 펴주고, 용변할 수 있는 요강을 들여주었다. 그녀는 안방에 들어와 잠자리에 들었지만 잠이 오지 않았다. 엎치락뒤치락하다가 곡간에서 나락을 퍼다 방아확에 넣고 디딜방아를 찧었다. 쿵쿵 하는 방앗소리가 집안을 울렸다.

이 무렵에 마을 젊은이들 사이에 유행하는 노래가 있었다.

"신대한 국방군을 뽑는다는 이 소식, 손꼽아 기다리던 이 소식이 꿈인가, 이 몸이 죽어서 나라가 선다면, 아아, 이슬같이 죽겠노라."

초등학생들도 이 노래를 부르고, 머슴들도 나무지게 짊어지고 산을 오르면서 이 노래를 불렀다. 도망을 다니다가 웅기의 사랑방 뒤편 방으로 숨어들곤 하던 한웅철은 어느 날 밤에 마을을 떠났다. 그는 갯마을의 김안길과 함께 여수에 창설되는 국방군 부대에 자원해 들어가버렸다.

윤동주를 잡아들이기 위해 장산마을 그의 집 앞에 잠복을 하던 경찰은 한밤중에 평덕이 혼자 자는 방으로 들어갔다. 놀라 부들부들 떠는 평덕에게, 남편이 어디에 숨어 있는지 이실직고하라고 다그쳤다. 손가락 사이에 연필을 찌르고 비틀어댔다. 밤 내내 비명을 질러대던 평덕은 새벽녘에 경찰이 돌아가자 한재고개를 넘어 친정으로 달려갔다.

의붓딸 평덕이 마당으로 들어섰을 때 부엌에서 아침밥을 짓고 있던 점옹은 가슴이 철렁했다. 마당으로 달려나가, 방으로 들어가려 하는 딸 평덕의 팔을 붙잡아 툇마루에 주저앉혔다. 평덕은 모로 쓰러지며 울어대기부터 했지만 점옹은 그 딸을 향해 냉정하게 소리쳐 말했다.

"너, 여기 무얼 하러 왔냐? 당장 돌아가거라."

점옹은 경찰이 딸의 뒤를 밟고 있을지 모른다고 직감했다. 그들이 가택수색을 하면 숨어 있는 윤동주를 잡아가게 될 것이다. 점옹은 다짜고짜 평덕을 일으키고 사립 밖으로 등을 떠밀었다. 방에서 나온 용기도 점옹에게 동조했다.

"친정에 온 것이 엊그저께인데 또 뭔 일로 보르르 달려왔냐!"

평덕은 점옹이 의붓어머니이기 때문에 밤새 경찰에게 당한 자기의 슬픈 사정을 한마디도 들어보지 않고 선걸음에 쫓아 보낸다고 생각하고 서럽게 울면서 한재고개를 넘어갔다. 다행히 경찰은 평덕의 뒤를 따라오지 않았으므로 동주는 무사했다.

그날 밤 점옹은 남편 웅기에게 사위 윤동주를 설득하여 자수시키고 그들 부부를 함께 낯선 어딘가로 보내버리자고 졸랐다.

웅기는 송아지 한 마리 값을 들고 한밤중에 윤동주를 데리고 장흥 읍내로 갔다. 한 식당에 사위를 숨겨놓고 경찰서장의 집을 수소문해서 찾아갔다. 서장에게 통사정을 하여 사위를 자수시킨 다음 그를 데리고 군산으로 갔다. 군산어협 조합장 김순칠을 찾아가 사위의 취직을 부탁했다. 김순칠은 해방 전에 한웅기와 함께 동무장사를 하여 많은 재산을 취득한 사람이었다. 김순칠은 마침 어판장의 서기를 구하던 참이라고 하며, 한웅기씨가 천거한 사람이라면 믿고 쓰겠다고 했다.

군산어협에 정착한 윤동주는 불러내는 사람이 없으므로 아내 평덕과 함께 안락하게 살면서 아들 하나를 낳아 키웠다. 어판장의 서기인 그는 팔뚝 같은 도미, 농어, 숭어 따위를 끊일 새 없이 들여다가 잘 먹으며 살았다.

여순반란사건 여파

그해 가을날 한밤중에 콩을 볶는 듯한 총소리가 피융피융 하는 여운과 함께 어둠에 잠긴 갯마을과 새터마을을 발칵 뒤집어놓았다. 새파란 불들이 마을의 밤하늘을 가로질러 날아다녔다. 남로당 청년들이 사장 마당에 운집하여 함성을 질러댔다. 민족 반역자 이승만을 타도하자, 위대한 영웅 김일성 만세. 조선인민공화국 만세, 스탈린 만세.

이날 밤 영웅 노릇을 한 것은 새터마을의 한웅철과 갯마을의 김안길이었다. 그들은 여수반란사건에 가담했다가 토벌군에게 쫓겨, 총과 실탄을 어깨와 허리에 걸치고 고향으로 돌아온 것이었다. 사장 마당에 운집한 남로당의 청년당원들은 그들을 옹위한 채 어깨동무를 하고 회진파출소로 몰려갔다. 파출소는 텅 비어 있었다. 경찰들이 총소리에 놀라 달아나버린 것이었다. 기세가 오른 그들은 덕도 안의 이 마을 저 마을을 돌면서 총을 쏘아대고 시위를 했다. 친일파나 반동분자라고 지목한 사람들의 집으로 쳐들어갔는데 그들은 이미 모두 피신을 하고 없었다.

뒤숭숭한 밤이 지나고 날이 밝자 세상은 조용해졌는데, 토벌군 한 개 중대가 들어와 새터마을과 갯마을을 포위했다. 마을 사람들을 모두 사장 마당에 모아놓고, 반란군 두 사람과 어울려 함성을 지르고 시위를 한 남로당 청년들을 잡아내서 무릎 꿇려 앉힌 다음 엉덩이와 허벅다리를 참나무 몽둥이로 두들겨 팼다. 한웅철의 아버지 한재근과 갯마을 김안길의 아버지는 토벌군들에게 두들겨맞고 반송장이 되었다.

그로부터 두 달 뒤의 한밤에, 똥물을 마시고 몸을 겨우 일으킨 재근이 웅기를 찾아왔다. 웅기는 걱정스러운 얼굴로 "당숙, 몸은 좀 어떠시오?" 하고 물었다. 얼굴이 창백해진 당숙은 부들부들 떨면서 웅기를 이끌고 방안으로 들어가서 마주앉은 다음 말했다.

"이 일을 어떻게 했으면 좋겄는가, 조카가 좀 나서주어야 하겄네."

당숙은 밭은 침을 삼키며 말을 이었다.

"강진에서 기별이 왔는디, 웅철이가 거기서 반벙어리 흉내를 내면서 머슴살이를 한다고 하네. 총은 밭둑머리에다가 헌 가마니로 싸 파묻어놓았다고 하고…… 나한테 누가 있는가. 그 새끼를 살려낼 사람은 웅기 조카뿐이네. 우리 소 팔라네, 그 돈 쥐고 가서 자수를 시켜주소."

나흘 뒤 한밤중에 허름한 농투성이 차림을 한 웅철이 왔다. 웅기 앞에 무릎을 꿇고 절을 했다. 웅기는 돈자루를 허리에 두르고 웅철과 함께 밤길을 쳐서 장흥읍으로 갔다. 한 식당 곁방에 웅철을 숨겨놓고, 사위 동주를 자수시킬 때 했듯이 경찰서장의 집을 찾아가서 통사정을 했다.

"철없이 반란군에 휩쓸려 들어갔다가 시방 근신하고 있는 육촌동생이 있습니다. 자수를 하겠다고 하니 받아주십시오."

소 한 마리 값을 바치고 집으로 돌아온 웅철은 겉으로 보기에 조용히 근신하는 체했다. 하얀 소복 차림을 한 채 나이 어린 문동들하고 함께 준일에게서 글공부를 했다. 나무지게를 짊어지고 산을 오르내리기도 하고 낚시질을 하러 다니기도 했다. 세상은 잠잠해졌고 뻐꾹새 우는 여름이 왔다.

뒤바뀐 세상

다음, 그다음해의 6월 하순, 북쪽에서 포성이 들리고, 장흥읍에서 중학교에 다니던 큰아들이 한밤중에 돌아왔고, 세상이 숨가쁘게 전혀 다른 모습으로 바뀌어갔다. 대처에서 들어와 머슴 노릇을 하던 이수

동이 이제는 노동자와 농민들의 세상이 왔다고 하면서 자기 고향 마을로 가버렸다.

경찰이 섬으로 퇴각하고 나자 인민군이 들어왔고, 마을회관의 깃대에는 태극기 대신 인공기가 펄럭거렸다. 인민위원회와 세포위원회와 여성동맹과 소년단이 조직되었다. 웅기의 본처였던 김순실의 친정 큰오빠는 인민위원장이 되고 머슴살이하던 작은오빠는 세포위원장이 되었다. 세포위원들은 풀색 옷을 지어 입고, 대장간에서 칼 한 자루씩을 만들어 차고 다녔다. 인민위원회와 세포위원회는 연일 연석회의를 했는데, 주요 안건은 반동분자들의 논과 밭을 몰수하여 가난한 자들에게 분배하는 것이었다.

새터마을 인민위원회에서는 반동분자 제1호로 한웅기를 점찍고, 2호로 윤기남, 3호로 박지균을 지목했다. 세포위원들은 첩자를 풀어 반동자들의 동태를 살펴 보고하게 했다. 집에 무슨 무기를 감추어놓고 있지 않는지, 어디로 도망가지 않는지 살피는 것은 그들의 집에서 품을 들며 살아온 자들이었다.

웅기는 세상이 바뀌자 하얀 바지저고리를 입고 집안에 칩거했다. 마을의 인민위원회에서는 마을의 반동자 명단을 보안서에 제출했다. 그런데 보안서에서는 한웅기를 비롯한 반동자들을 체포하러 나오지 않았다. 보안서 안에서 웅기를 감싸주는 서원이 둘 있었는데 윤동주와 한웅철이었다. 반동분자 1호인 한웅기가 무사하므로 윤기남, 박지균도 무사했다.

윤동주는 인민군이 내려오자, 군산어협 조합 어판장의 서기 자리를 박차버리고 고향으로 돌아와서 보안서원이 되었다. 소 풀 뜯기고 낚시질하던 한웅철도 보안서원이 되었다. 보안서원 윤동주와 한웅철은 새터마을의 한웅기를 잡아들이자는 보안서장에게 맞섰다.

그들은 새터마을로 찾아와서 인민위원장과 세포위원장에게 "한웅기는 우리가 책임지고 곧 자수를 시킬 테니 건드리지 마라" 하고 압력을 넣고 나서 웅기의 집으로 찾아왔다. 윤동주와 한웅철이 웅기와 점옹에게 엎드려 절을 하고 나서 말했다.

"아버님, 이제는 제가 아버님을 지켜드리겠습니다. 아버님께서 제 청을 들어주십시오. 보안서로 몸소 걸어나오셔서 자수하시고, 떳떳하게 사십시오."

덩달아 웅철이 거들었다.

"형님이 보안서에 나와서 자수하시는 문제는 저와 조카사위가 다 안전하게 처리하겠습니다. 다른 동네 반동자들은 다들 이미 보안서에 잡혀 들어와서 한차례씩 문초를 당하고 재산을 다 내놓겠다고 각서를 쓰고 풀려났습니다."

점옹은 술상을 차려 내놓으면서 "지금까지 우리가 아무 탈 없는 것이 다 보안서에 다니는 웅철이 아재하고 우리 사위 덕분인 줄 다 알고 있소. 둘이가 길을 잘 닦아놓으면 기회를 보아서……" 하고 말을 했는데, 웅기는 단호하게 "나는 보안서에 안 나간다" 하고 말했다.

"나는 거기에 나가 자수해야 할 그 어떠한 잘못도 저지른 바 없다. 남보다 더 많은 농토를 지니고 살기는 하지만, 떳떳하게 김 장사를 하고, 농사짓고 김 양식을 해서 돈을 벌어 산 것들이다. 나는 반동분자로 낙인찍혀야 할 하등의 이유가 없다. 내 논은 겨우 열 마지기일 뿐이고, 밭은 한 마지기당 팔십 평으로 쳐서, 스무 마지기이다. 내 재산은 이웃 부자 동네에다 비교하면 중에도 못 간다. 나는 너희들이 말하는 친일파도 아니고, 노동자와 농민의 피를 빨아먹은 악덕 지주도 아니고, 내 농토를 누구한테 소작으로 주고 소작료를 받은 바도 없다. 너희들이 잘 알다시피, 나는 근근이 내 식구들을 먹여 살리고 내 동생들과 딸을 시집 장가 보내면서 살아왔을 뿐이다. 머슴을 하나 데리고 살기는 했지만 새경을 제대로 주고 부렸다. 순하고 착한 백성인 내가 어째서 반동분자로 낙인이 찍혀야 하며, 왜 보안서에 나가서 자수를 한단 말이냐."

사위 윤동주가 통사정하듯이 말했다.

"아따, 아버님께서 무슨 큰 잘못이 있어서 자수를 하라는 것이 아니고, 세상이 바뀌었으니까 새 세상의 주역인 우리 젊은이들한테 잘 협조를 하겠다는 각서를 쓰는, 그야말로 형식적인 자수입니다. 말하자면 새 세상에 참여하겠다는 각서인 것입니다."

웅기는 얼굴을 일그러뜨리고 호통을 쳤다.

"새 세상이라고 했냐? 너희들, 내가 하는 말 잘 들어라. 우물 안 개구리처럼 세상을 보아서는 안 된다. 우리 한반도만 보지 말고 세계를 두루 넓게 보아라. 소련과 중국만 있는 것이 아니고, 미국도 있고 영국도 불란서도 있다. 세상이 바뀌었다고 너무 날뛰지 마라. 한사코 정직하게 순리에 따라 온순하게 정도를 걸어가거라. 이 마을 저 마을 괜한 사람들을 반동분자라고 해서 잡아들여 닦달하지 마라. 세상 사람들 눈 밖에 벗어나는 일 없게 해라. 인심이 천심이다. 부디 인심을 잃지 마라."

웅철이 통사정을 하듯이 말했다.

"형님, 보안서 다니는 우리 둘이의 처지가 아주 난처합니다. 지금 당장에 자수하러 가시자는 것이 아닌께 저희들이 가고 난 다음에 곰곰이 생각을 좀 해주십시오. 다른 동네 반동자들은 다 잡아들였는데, 우리 마을 형님만 지금 무사합니다. 우리가 가로막고 있는 것도 한계가 있습니다. 자수하시는 시늉이라도 해주시면 우리 둘이가 다 무사하게 처리하겠다는 것입니다. 그럼 우리 바쁜께 이만 가보겠습니다."

반동분자 숙청

9월 하순, 석 달 동안 남도 땅을 점령하고 있던 인민군이, 미군의 인천상륙작전으로 인해 갑자기 하룻밤 사이에 퇴각을 하면서 큰 사달이 생겼다. 인민군은 보안서원과 마을 인민위원회와 세포위원회에 자치적으로 통치를 하면서 반동분자를 숙청하라고 지령을 내리고 퇴각한 것이었다. 이때부터는 보안서원인 윤동주와 한웅철의 힘이 마을의 인민위원회와 세포위원회에 미치지 않았다.

반동분자 숙청을 결행하기로 한 이틀 전날, 인민위원회에서는 마을 사람들에게 키우는 개들을 모두 잡아먹어버리라고 명령했다. 인민들도 먹기 힘든 양식을 축내는 존재를 키워서는 안 된다는 것이 그 이유였다. 세포위원들은 개 키우는 집들을 일일이 방문해서 개를 없애라고 강요했다. 열다섯 살 내외의 소년단원들이 카추샤 노래를 부르면서 개 키우는 집을 찾아다니며 개를 없애라고 재촉했다. 마을 사람들은 명을 따르지 않을 수 없었다. 마을 여기저기에서는 개들의 비명소리가 들려왔고, 개울가에서는 개털 그슬리는 연기가 피어났고, 그날 밤부터 마을에는 개 짖는 소리가 없어졌다.

이튿날 아침나절, 여성동맹위원들이 점옹의 집으로 찾아와서 쌀 두 가마니를 내놓으라고 했다. 점옹은 그것을 웅기에게 말하고, 곡간 문을 활짝 열어젖히고 쌀 두 가마니를 퍼주었다. 그녀는 우둔거리면서 울화 끓는 가슴을 진정시키려고 대바구니를 옆에 끼고, 큰동네의 뒷등 수수밭으로 김칫거리를 뜯으러 갔다. 수숫대들 속에 무씨를 뿌렸는데, 무는 그늘 속에서 부드럽게 자랐다.

무를 뽑다가 인기척이 있어 소스라쳐 뒤를 돌아보았다. 머리에 수건을 쓴 한 아낙이 큰동네 쪽에서 잽싸게 걸어오더니 수숫대들을 헤치고 안으로 들어왔다. 그 아낙은 처녀 시절에 점옹과 함께 자란 순이였다. 순이는 되셉이하고 결혼해 살고 있었다.

"아이고, 순이야, 어쩐 일이냐!"

점옹은 순이의 손을 덥석 잡았는데, 순이는 부들부들 떨며 숨을 가쁘게 쉴 뿐 말을 하지 못했다. 주근깨 많은 얼굴은 딱딱하게 굳어져 있고 입술은 파랬다. 밭은 침을 꿀꺽 삼키고 난 순이가 떨리는 목소리로 겨우 말을 뱉어냈다.

"점옹아, 이 가시내야, 시방, 너 이렇게 김칫거리나 뜯고 있을 때가 아니다. 아이고, 어쩔거나! 우리 그 사람이 그런디 느그 서방을 오늘 밤에 죽이기로 했단다. 큰동네 반동자들은 새텃몰 세포들이 죽이고, 새텃몰 반동자들은 큰동네 세포들이 귀신도 모르게 죽이기로 했단다.

우리 그 사람이 너 밭에 오는지 지켜보고 있다가 귀띔해주라고 신신 당부했다. 누구 볼까 싶은께 나 간다, 점옹아, 이 말은 절대로 죽을 때까지 아무한테도 하지 마라. 오늘밤에 식구대로 다 집에서 자지 말고 어디로 피해라."

말을 마치자마자 순이는 뒤도 돌아보지 않고 도망치듯이 동네로 달려가버렸다.

점옹은 가슴이 쿵쿵 뛰고 눈앞이 어질어질했다. 김칫거리를 뜯는 둥 마는 둥 해가지고, 발이 땅에 닿는지 어쩌는지 모르게 집으로 허둥지둥 달려왔다. 사립을 들어서는데, 웅철의 아버지 한재근이 뒤따라 마당으로 들어섰다. 얼굴이 하얗게 질려 있었고, 담뱃대를 잡은 손이 하늘하늘 떨렸다.

"당숙이 어쩐 일이시오?"

웅기가 묻는데도 그는 말없이 웅기의 소매를 이끌고 사랑방 부엌으로 데리고 들어갔다. 점옹이 뒤따라가서 엿보았다. 당숙이 떨리는 목소리로 "조카야, 오늘밤 어디로 멀리 피해라. 세포위원들이 오늘밤 너를 죽이기로 했단다" 하고는 뒤도 돌아보지 않고 사립을 나갔다.

어둑어둑해질 무렵 웅기는 검은 오버코트를 입고 뒷산 숲속으로 피해 들어갔고, 점옹은 아이들을 뒷동산 기슭의 고추밭으로 데리고 가서 거적을 깔고 이불을 덮어 잠을 자게 했다. 그녀는 뒤란 언덕 위의 계단밭 가장자리 대밭 속에 쌓아놓은 깻단으로 사방을 가리고 그 속에 숨어 있었다.

한밤중이었는데 달은 중천에 떠 있었고 세상은 쥐죽은듯 교교했다. 집 앞의 골목에서 수상한 발소리들이 나고, 한 남자가 사립으로 들어서면서 "웅기 형님, 계십니까? ……형님, 톱을 좀 빌려주라고 왔습니다" 하고 말했다. 이웃집 사는 임대수의 목소리였다. 웅기의 집에 칼 같은 톱이 있다는 것을 동네에서 아는 사람들은 다 알고 있었다.

점옹의 가슴은 두방망이질을 했다. 깻단 틈으로 마당에 선 임대수의 동태를 살폈다. 마당에는 흰 달빛만 쏟아지고 있었다. 사립으로 검은 그림자 셋이 들어섰다. 아, 저기에 큰동네 되셉이가 들어 있을 것이다. 어린 시절, 꽃뱀의 꼬리를 잡아 휘돌리며 또래의 여자아이들을 희롱하고 쫓으면서도 자기를 보면 수줍어하던 되셉이의 모습과 수수밭 속에 잠시 들렀다가 도망치듯 사라지던 순이의 모습이 떠올랐다.

임대수가 톱을 이용해 웅기를 불러내면 그림자들이 웅기를 어디론가 끌고 가려고 그런 것이 분명했다. 집안의 동정을 살피던 임대수가 사립의 그림자들과 무어라고 수군거렸다. 그림자들이 마당 안으로 들어갔다. 한 그림자는 안채로 들어갔고, 이어 문 여닫히는 소리가 들렸다. 다른 그림자는 사랑방 부엌엘 들어갔다가 나오고, 또 한 그림자는 사랑방 문을 열고 뒤졌다. 사랑방 안에는 귀 어두운 시아버시와 어린 손자 둘이 자고 있을 뿐이었다. 자기들의 정보 유출을 확인한 그들은 골목길로 사라졌다. 깻단 속에 숨어 있는 점옹의 몸에서는 식은땀이 흘렀다. 만일 큰동네 순이와 재근 당숙이 귀를 불어주지 않고, 남편 웅기가 집에서 자고 있었으면 어찌되었을까.

비껴간 죽음

어린 펭귄처럼 쪼그리고 앉은 어머니는 흥분한 목소리로 말했다.

"그때 느그 아부지가 산으로 피하지 않고 집안에 있었으면 그것들한테 죽었어야. 느그 아부지가 죽었으면 나도 죽고, 느그들까지 다 죽었을 것이다. 대덕면 관내의 인민위원회 세포들이 그날 밤 안으로 모든 마을에서 반동자 숙청을 하기로 약조를 하고 결행했더란다. 그날 밤에 정암마을에서는 한 가족이 다 몰살당했는디, 그 죽은 사람이 나 처녀 때 청혼했던 이창석이, 그 집안 가족이 몰살을 당했다. 내가 그 집안으로 시집을 갔으면 나도 죽었겠지야. 느그 아부지하고 결의형제를 맺은 덕산마을 황의종이네 네 형제도 그날 밤에 다 죽었다. 오직 느그 아부지만 살아났느니라. 큰동네 순이하고 재근이 당숙이 귀를 불어준 덕분에…… 생각하면 아슬아슬하다."

그날 밤 열두 살 소년이던 나는 열여덟 살의 누님, 열다섯 살인 형과 함께 뒷등의 고추밭 한쪽 귀퉁이에 거적을 펴고 그 위에서 이불을 덮고 누운 채 자고 있다가 한밤중쯤에 깼었다. 달은 중천에 떠서 환했다. 눈앞에 펼쳐진 바다에는 달빛이 하얗게 반짝거리는 거울 조각들처럼 깔려 있었다. 어쩌면 수천억 마리의 흰 물고기들이 수면으로 나와 퍼덕거리는 듯싶기도 했다. 그것을 내려다보면서 자다 깨다를 반복하고 있었는데, 고흥반도와 완도 사이의 바다 쪽에서 구르릉거리는 군함의 엔진 소리가 들려왔다. 그 소리는 큰동네의 앞개를 지나 회진포구 쪽으로 갔는데, 오래지 않아 총소리가 들려왔다.

어머니는 말을 이었다.

"그날 밤에 경찰이 들어오지 않았으면 그 뒷날 밤에 우리들은 다 죽었을 것이다. 그날 새벽에 보안서원들 일부는 잡히고, 일부는 유치로 들어가서 빨치산이 되고…… 그랬는디, 느그 매형 동주하고 느그 재당숙 웅철이는 총에 맞아 죽었다. 그래도 그것들 둘이 땜에 느그 아부지는 보안서로 끌려가서 곤욕을 치르지는 않았다. 인민위원장, 세포위원장을 함서 나하고 느그 아부지를 죽일라고 한 순실이 오빠들 둘이는 경찰이 들어온 다음에 자수를 하고 대덕지서 유치장에 갇혔다. 그랬는디, 느그 아부지가 가서 말을 잘해주어서 살아나기는 했다마는 오래 못 살고 죽었다. 사람은 정직하고 착하게 살아야지 죄 없는 사람한테 해코지를 하려고 들면 자기가 죄를 받는 법이다. 큰동네 순이 서방 되셉이도 죽었다. 세포 노릇을 한 되셉이 그 사람, 큰동네 반동자 하나를 바닷가로 끌고 가서 패 죽였더란다. 되셉이가 경찰 들어오고 나서 총에 맞아 죽은께, 순이는 그 동네서 못 살고, 서울 어디로 나갔는디 진즉 죽었다고 하드라."

제3장

어머니는 알 수 없는 어떤 새로 환생을 하고 있는 것 아닐까. 그리하여 어느 날 문득 당신만 아는 어떤 세상으로인가 훨훨 날아가게 될지 모른다.

새

대학생인 딸 초하가 늙음으로 인해 체구 작아지고 머리털 하얗고, 흰 저고리와 치마를 입은 채 펭귄처럼 앉아 있곤 하는 제 외할머니의 손톱과 발톱에 선홍색의 매니큐어를 발라주면서 "우리 외할머니, 텔레비전에서 본, 알에서 나온 지 얼마 안 된 독수리 새끼를 영락없이 닮았어요" 하고 말해서 혼을 내주었다고, 여동생은 말했다.

'독수리 새끼를 닮았다'는 말에 대한 거부감을 어찌하지 못하면서도 나는 그렇게 본 초하의 안목에 동의했다. 어머니는 알 수 없는 어떤 새로 환생을 하고 있는 것 아닐까. 그리하여 어느 날 문득 당신만 아는 어떤 세상으로인가 훨훨 날아가게 될지 모른다.

나는 돌아올 때 어머니에게 큰절로 하직 인사를 했다. 그러면서 '부디 크게 앓으시지 말고 어느 순간에 알 수 없는 새가 되어 훨훨 당신

혼자만 아는 세상으로 날아가버리십시오' 하고 속으로 말씀드렸다.

내가 장흥으로 내려온 지 사흘째 되는 날 밤에 여동생에게서 전화가 걸려왔다.

"대상포진이 심해져서 끙끙 앓기에 근처 요양병원으로 모셨는데, 어머니가 잠꼬대하시는 것처럼 자꾸 '나, 승원이한테 가고 싶다……' 그러시네요."

가슴이 아리면서 뜨거운 것이 올라오고 코가 시큰해졌지만, 눈물 글썽이며 나는 당부의 말을 뱉기만 했다.

"네가 임종 잘 지켜드리고, 운명하시면 곧 모시고 장흥으로 오너라. 여기서 다른 형제들하고 함께 염해드리고 장례 치르자…… 어머니, 당신의 시할머니가 가 계시는 그 극락 세상으로 가실 것이다."

그런 다음 나는 냉혹하게 말했다.

"병원 사람들이 영양제 링거를 꽂아드리자고 하거나, 음식물을 호스를 통해 주입하자고 하거나, 산소마스크를 씌우자고 하면 모두 거부해라. 대상포진이 극심해진 지금의 처지에서 육체적인 생명을 억지로 연명하게 해드리는 것은 어머니를 더욱 욕되게 하는 것이다. 당신의 죽음을 당신이 혼자서 소화하시고 훨훨 날아가게 해드려라. 죽음은 어찌할 수 없는 당신 혼자만의 운명적인 문제이다."

날이 밝자마자 장흥의 한 장례식장을 예약해두었는데, 여동생이 전화로 "어머니 짚불 사그라지듯이 숨을 거두셨어요" 하고 말했고, 해질 무렵에 제 남편과 더불어 어머니의 시신을 앰뷸런스로 모시고 천리 길을 달려왔다.

어머니는 깸 없는 잠에 깊이 빠져들어 있었다. 여동생은 훗날 말했다.

“어머니가 죽음을 맞이하는 모습은 숭엄했어요. 죽음 앞에다 당신의 모든 것을 내주고 눈을 감고 인고하실 때, 저는 차마 보고 있을 수가 없어, 병원 마당으로 달려나가서 혼자 밤하늘에서 수런거리는 별들을 쳐다보며 울었어요.”

모든 형제들이 지켜보는 가운데 염을 했다. 태어남이 성스럽듯 죽음 또한 성스러운 통과의례였다. 흰 가운을 걸친 두 염부殮夫는 마포 수의를 입고 누운 어머니의 얼굴을 곱고 아름답게 화장했다. 볼에는 연지를 옅게 바르고, 눈썹을 검게 그리고, 입술에는 입술연지를 칠했다. 안면 근육의 마비로 인해 비틀어져 있던 입술은 원래대로 반듯하게 펴져 있었다. 죽음은 모든 것을 원형으로 돌려놓고 있었다.

다른 형제들은 소리내어 울지 않고, 다만 흐르는 눈물을 훔칠 뿐이었다. 그런데, 나는 “우리 어머니 아버지한테 새로이 시집가신다” 하고 말하고 나서 두 눈을 손바닥으로 가리고 어헉어헉 하고 소리내어 울었다. 살아오면서 늘 어머니의 광활한 품속으로 미끄러져 들어가곤 한, 여든을 눈앞에 둔 늙은 아들인 나 혼자만 어른답지 못하게 소리내어 운 것이었다. 나는 왜 철없는 아이처럼 그렇게 울었을까.

진보 어머니와 보수 아버지

어머니의 죽음 앞에 선 내 머리와 가슴속에는 만감이 교차했다.

내가 고등학교를 졸업하고, 교통사고 후유증으로 다리를 심하게 절뚝거리는 아버지를 대신해서 삼 년 동안 농사와 고기잡이와 겨울철 바다 김 양식을 머슴살이하듯이 하고 살 무렵에 어머니와 아버지는 수시로 다투었다.

책상물림인 스무 살의 내가 방앗간에서 찧은 쌀을 가마니에 담아 안간힘을 쓰며 지게로 짊어져 나르거나, 한겨울에 바다에서 물김 구럭을 짊어진 채 가파른 재를 넘고 골목길을 땀 뻘뻘 흘리며 오르곤 하는 것, 열 마지기의 논에 모내기를 하기 위하여, 이골이 나지 않는 쟁기질을 하거나 써레질을 하고, 고추알바람 몰아치는 바다의 거친 파도 속에서 무동력선인 목선을 노 저어 다니며 고달프게 김발 일을 하다가 몸살을 앓곤 하는 것을 어머니는 가슴 아파했었다.

바다에서 목선을 타고 다니며 김발을 옮길 때는 아름드리 말목을 들어올려 갯벌에 깊이 박기도 하고, 그것을 뽑아 배에 싣고 깊은 곳으로 옮기기도 해야 했다. 그 과정에서 노를 저어 드높은 파도를 헤치고 나아가야 하는 것이었다. 어머니는 몸살을 앓고 있는 나를 일으켜앉히고 억지로 밥을 먹이려고 들었다. “토하지만 않을 것 같으면 물에 말아 꿀꺽 삼켜봐라. 밥이 약이다” 하면서.

밤에 잠을 자다가 문득 깨보면, 어머니가 찬 물수건으로 내 머리를 식혀주고 있었다. 어떤 새벽녘에 깨어 들어보면 아버지와 어머니가 다투고 있곤 했다. 그 다툼은 언제든지 어머니의 쨍한 목소리, “……새끼들이 이 막막한 섬 구석에서 제대로 배우지도 못하고, 골병들어 골골거리며 살게 놔둘 것이오? 자라나는 아이들에게는 희망이 있어야 하는디, 우리 새끼들한테는 희망이 없어라우" 하는 말로부터 시작되었다.

어머니는 논밭과 산과 집과 어장을 모두 팔아가지고 광주나 서울로 이사를 가자고 주장하는 것이었다. 말 새끼는 제주로 보내고 사람 새끼는 서울로 보내라는 말이 있지 않냐고, 자식들을 큰물에서 놀게 해주어야 장래가 환히 트일 거 아니냐고 아버지를 들볶는 것이었다.

그렇지만, 아버지는 어머니의 주장을 묵살하려고 들었다.

"어디로 새삼스럽게 이사를 가서 뜨내기로 살자는 것이여? 나는 도시생활 자신이 없네. 속 모르는 곳으로 이사를 가서 사는 것도 젊었을 때 말이지, 늙어서 잘못 이사했다가는 성공 못하고 빌어먹네. 오히려 새끼들을 다 거지로 만든단 말이여."

아버지는 논 열 마지기와 밭 스무 마지기를 소유하고 아들 둘을 고등학교까지 보낸 것에 만족하고 있었다. 섬이기는 하지만, 선산 좋고 인심 좋은 조용한 곳에서, 관내의 유지 소리를 들으며 노후를 보내게 된 것을 다행으로 생각하고 있었다. 장차 둘째 아들인 나를 적당한 처녀에게 장가보내 분가시킬 계획을 오래전부터 세워놓고 있었다. 내가 겨울철에 김 양식을 하고 봄, 여름, 가을철에 농사를 웬만큼 잘 지어내자 김을 판 돈으로 논 두 마지기를 이미 사버렸다. 내가 장가간 다음 분가를 할 때 그 논을 나에게 채워주겠다는 것이었다.

아버지는 도시로 이사 가서 잘된 사람 이야기는 하지 않고, 살림살이 모두 팔아가지고 가져간 돈을 사기당하거나 장사를 잘못하여 망한 사람들의 이야기만 보기로 들면서 어머니의 주장을 일축했다. 어머니가 도시로 이사를 가자고 우기면 어머니 친정 편의 뜨내기 같은 삶을 들먹거리면서 "그래서 사람은 근본을 보고 결혼을 하는 것이여" 하고 공격했다.

어머니는 지지 않고 대들었다.

"그래 당신은, 섬놈 섬년 못 면하게 해준 당신네 조상님네 뼉다구만 모시고 살면서 어린 새끼들을 전부 이 비좁은 갯벌 속에 처박아놓고 죽을 것이오?"

어머니는 도시로 이사 가자는 주장을 하는 데 있어서는 처녀 시절에 스승이었던 아버지를 조금도 두려워하지 않았다.

그 싸움은 가끔 낮에도 일어났다. 논과 밭에서 고달프게 일을 하다가 들어온 어머니는 부엌에서 밥을 지으며 신세한탄을 했다. 어머니는 덕산리에서 살다가 서울로 이사 가서 잘사는 황송주 일가의 이야기를 어디선가 듣고 와서 부엌이 쩡쩡 울리도록 소리쳐댔다. 아궁이에 불을 지피면서는 부지깽이로 부엌 바닥을 치며 불평을 늘어놓았다.

"내가 치맛자락 걸치고 사는 여자가 아니고 불알 달고 나온 남자였으면 벌써 서울이나 광주로 나갔을 것이오."

방안에 앉아 점심 차려주기를 기다리던 아버지는 울화를 참지 못하고, 부엌으로 나가서 놋그릇 하나와 숟가락 하나를 들고 어머니의 귀에 대고 두들겨댔다.

오십대 후반으로 들어서면서 아버지는 시골의 보수적인 케케묵은 노인의 모습이 되어갔다. 양영학교 선생을 하면서 계몽운동을 하곤 하던 신지식인 청년의 모습은 어디론가 가고 없었다. 이승만과 이기

붕이 이끄는 자유당의 당원이 되어 면당 출입을 하였고, 밥상 앞에서는 자유당 정권의 장기 집권 획책을 비판하는 스물한 살의 나와 대립하곤 했다.

대통령 선거를 앞둔 어느 날 검은 테 안경을 낀 순경 한 사람이 아버지를 찾아와 마을의 유권자 명단을 꺼내놓고 비고란에 '○, ×, △' 표시를 하고 간 날 밤 나는 아버지와 그 선거의 부정에 대하여 다투었다. 아버지는 이승만 대통령을 국부라고 불렀고, 그가 죽을 때까지 대통령 노릇을 해야 한다고 말했다. 이승만 정권과 미국이 아니었다면 이 땅은 공산화되었으며, 당신은 진즉 조선인민공화국 세상에서 죽었을 거라는 것이었다.

그해 겨울철의 어느 날, 내가 바다에서 물김 한 구럭을 짊어지고 어둑어둑한 가파른 골목길을 힘들게 올라가는데, 아버지 어머니의 싸우는 소리가 들려왔다. 사립으로 들어가 짊어진 지게를 마당에 바치고, 지게 위의 물김을 내려놓았을 무렵 어머니와 아버지의 싸움은 이미 어떻게 뜯어말릴 수 없도록 치열해져 있었다.

아버지는 그 무렵 부쩍 심해진 어머니의 불평불만을 감당하지 못했다. 어머니는 부엌에서 소리쳐댔고, 아버지는 부엌으로 들어가 어머니의 머리채를 잡아끌고 마당으로 나왔다. 부엌문 앞에는 초롱불이 켜져 있었다. 툇마루에서는 어린 동생들이 두려워 떨며 울어대고 있었다.

나는 우두커니 선 채 어머니와 아버지의 싸움을 보고만 있었다. 내 속에서는 불덩이 하나가 솟구쳐올라왔고, 눈앞이 캄캄해졌다. 저 어른들의 싸움을 어떻게 해야 할까. 나는 초롱불을 주먹으로 내리쳐 깨뜨렸다. 마당은 캄캄한 어둠에 잠겼다. 동생들은 더욱 그악스럽게 울었다. 나는 얼크러져 있는 아버지와 어머니의 싸움판 옆으로 다가가서 아버지를 향해 외쳤다.

"아버지, 그렇게 머리채 휘감고 등허리를 때리기만 해서는 어머니 죽지 않아요. 아주 콱 밟아버리셔요."

나의 말에 충격을 받은 아버지는 어머니의 머리채를 놓고 나를 향해 "뭣이 어째야, 이 나쁜 자식 아부지한테 대드는 것 좀 보소!" 하고 가슴을 세차게 걷어 밀어버리고 절룩거리며 방으로 들어갔다. 나는 모로 넘어져 있는 어머니를 일으켰다. 어머니의 코에서는 피가 흐르고 있었다. 어머니는 옹달샘으로 가서 물을 퍼 얼굴을 씻고 부엌으로 들어가면서 소리쳐 말했다.

"서울로 이사 가서 사는 황송주 줄을 잡아 이사 간 채동수도 잘만 산다고 합니다. 우리 세간 정리하면 채동수 그 사람 백배는 될 것이오. 뭣이 무서워서 서울 못 가요? 서울 가면 다 사기당하고, 다 장사하다가 망해서 쪽박 찬다요? 서울로 가기만 하면 당신 방안에 가만히 앉혀놓고 멕여 살릴 자신 있응께 모두 정리해갖고 이사 갑시다. 나 어느 누구 못지않게 잘살아갈 자신 있소. 정 못하면 술장사라도 하고, 몸이라도 팔지 어째라우? 그래갖고 저 우글거리는 새끼들 다 가르쳐 놓을라요. 제발 이 섬 구석에서 선산 자랑하고, 그 잘난 자유당 당원 자랑, 유지 자랑만 하지 말고 큰 바닥으로 나갑시다."

방안에서는 아버지가 소리쳐 막말을 하여댔다.

"그렇게 도회지로 나가고 싶으면 어떤 젊은 놈 하나 얻어가지고 나가거라."

그때 어머니 나이 마흔일곱 살이고, 아버지 나이 쉰여섯 살이었다.

유향乳香

아버지와 어머니의 불화와 대립 속에서 나는 닭을 치고, 당근 재배를 하면서 밤이면 소설책이나 당시 유일한 종합잡지 『사상계』를 정독하고, 중학교 국어과 준교사 시험을 준비했다. 광주의 책방에서 국어교사 시험을 치르는 데 필요한 전공 서적들을 한가득 구입해가지고 와서 열심히 읽었다. 대학을 가지 않고 시인이나 소설가가 되기 위해서는 교사생활을 하는 것이 가장 유리하다고 판단되었다. 달걀을 팔아 『사상계』 잡지를 정기 구독하고, 틈틈이 소설을 써서 당시 유일한 현대문학지에 응모하였다. 낮에는 아버지가 시키는 농사와 바닷일을 하고 밤이면 공부를 했다.

그 무렵 한 사범학교에 다니는 여학생과 사귀고 있었는데 열흘에 한 번씩은 편지를 주고받았다. 사범학교를 마친 그녀가 초등학교 교사가 되면, 나는 시인이며 소설가인 중학교 교사가 되고 싶었다.

실존주의가 유행하고 있었는데, 나는 그에 관계되는 서적들을 구해다가 읽은 나머지 어설픈 실존주의자가 되어 있었다. 교회를 좋아하는 그녀에게 무신론적인 실존사상을 불어넣으려고 밤새워 편지를 쓰곤 했다. 바윗덩이를 굴리고 산꼭대기로 올라가는 시시포스의 형벌과 비극적인 운명을 역설하고, '반항한다, 그러므로 나는 존재한다'라는 의미를 체득하게 하려고 기나긴 편지를 쓰곤 했다.

한데, 사범학교를 졸업하면 곧 초등학교 선생님이 되는 그녀의 삶에 대한 현실적인 시각과 평생 시인이자 소설가로 살겠다는 나의 허공에 뜬 비현실적인 생각은 주고받는 편지 속에서 늘 부딪쳤다. 그녀의 눈에는 농사짓고 바다에서 김 양식하며 사는 내가 성공 아닌 실패를 향해 나아가는 실속 없는 반거들충이 문학청년으로 비친 것이었다.

아버지 또한 그러한 나를 못마땅해했다. 관존민비 사상에 젖어 있는 아버지는 나에게 법과 공부를 하라고 권했다.

"내가 양영학교에서 아이들을 가르칠 적에 도영욱이는 신문이 오면 제일 먼저 이광수 소설부터 읽었는데, 결국 술 마시고 아편하다가 죽었다. 문학 좋아하는 사람들은 다 말로가 안 좋더라."

나는 아버지의 권고를 아랑곳하지 않고 농사짓고 김 양식하면서, 고집스럽게 문학책들을 열심히 읽고 국어교사 시험 준비를 했다. 이른봄부터 닭을 모계부화 방법으로 불리면서 밭 한 자리에다가 당근을 재배했다. 혼자서 쟁기질하여 밭을 일구고, 광주에서 씨앗을 사다가 뿌린 다음, 해저물녘부터 황혼이 타올랐다가 지고 땅거미가 내린 다음 어둑어둑해질 때까지 꾸준히 물을 주었다.

내가 집착하는 일을 막으면 반항하고 대들 것이 두려운 아버지는 나의 장래를 부정적으로, 비관적인 눈으로 지켜보면서도 말리려 들지 않았다. 그렇지만 어머니는 나를 긍정적으로 보았다. 새로운 일을 해보려고 덤버드는 내가 언제인가는 성공을 할 거라고 기대하는 것이었다. 닭 치고 당근 재배하도록 허락한 것도 어머니였다.

그해 한여름에 두 가지의 일이 절망적으로 결판이 나고, 가을 들면서 다시 두 가지 일이 파탄 나고 말았다.

일흔일곱 마리까지 불어난 닭들이 급성 콜레라로 인해 열흘 만에 몰살되었다. 마당 가장자리에 우리를 지어 닭들을 관리해왔는데, 아침에 일어나 들여다보면 홰 아래에 예닐곱 마리의 닭이 죽어 떨어져 있었다. 그들의 사체 앞에서 나는 찢어지는 가슴을 주체할 수 없었다. 남새밭 가장자리에 무릎이 잠기는 구덩이를 파고 죽은 닭들을 모두 매장했다. 닭의 사체를 던져넣고 흙을 덮을 때, 나는 내 몸뚱이가 매장되는 듯 중치가 막히고 슬펐다.

거기다가 당근 재배마저도 낭패를 당했다. 여섯 마지기의 밭에 씨를 뿌리고 해저물녘이면 부지런히 물을 주었지만 당근 씨는 싹이 터 나오지 않았다. 씨가 나쁜 것일까, 재배 방법에 문제가 있었을까. 좌우간 그 두 가지의 실패로 인하여 나는 절망했다. 나는 사귀는 여학생에게 실패의 쓰라림과 절망과 허무 의식을 장문의 편지에 실어 보냈다.

그리고 '에라, 모르겠다' 하고 나는 중학교 준교사 시험 준비만 열심히 했다. 한여름에 광주 서중학교의 한 교실에 마련된 시험장에 들어가서 그 시험을 치렀는데, 나는 시험 답안지에 단 한 문제의 정답도 쓰지를 못했다. 향가와 고려가요 풀이, 어원 연구, 『삼국유사』『삼국사기』 우리말본 깊이 읽기, 달달 외운 고대 시조 풀이에서는 한 문제도 출제되지 않았다.

절망하고 집에 돌아온 나에게 사귀는 여학생의 편지 한 통이 배달되어 있었다. 사연은, 자기가 한 초등학교로 교생실습을 나가는데 자기의 길과 농부이자 어부이자 문학청년인 그대의 길은 달라도 너무 많이 다르다는 것이었다. 나에게 훌륭한 농사꾼 소설가가 되어 잘살라는 것이 편지의 마지막 결론이었고, 이후로는 편지질을 하지 말자는 부탁의 말이 끝에 붙어 있었다.

나는 그녀의 절교 편지에 오기와 복수심이 끓어올랐다. 이때껏 그녀에게서 온 모든 편지와 사진을 가지고 부엌으로 들어갔다. 어머니가 밥을 짓느라고 아궁이에 불을 지피고 있었다. 들고 간 것들을 모두 아궁이의 불속에 던져넣었는데, 놀란 어머니는 황급하게 그것들을 부지깽이로 끄집어냈다. 덜 탄 여학생의 사진을 펼쳐보고 난 어머니는 어색하게 웃으며 “이쁘기는 하다마는 너하고는 인연이 아니겄다. 그냥 잊어부러라. 너한테는 더 좋은 자리가 생길 것이다” 하고 말했다.

절망에 빠져 있는 나에게 아버지는 말했다.

“세상일이라는 것이 그렇게 호락호락한 것이 아니다. 다른 잡스러운 생각일랑은 다 버리고 봄여름에는 쌀농사, 보리농사나 잘 짓고 겨울에는 김 양식이나 열심히 해라. 니 앞길을 열어주는 것은 바다 김 양식뿐이다.”

아버지의 그 말은 나의 모든 실패를 당연한 것으로 여기고 있었다. 그 실패들로 인해 내가 딴생각을 하지 않게 되었다고 안심하고 있었다.

아버지는 하얀 두루마기를 걸친 채 대덕장엘 나가면서 나에게 소를 끌고 가서, 낭근 재배에 실패한 밭을 갈아엎으라고 명했다. 아버지는 모든 것에 실패한 내가 고개를 깊이 떨어뜨린 채 당신의 머슴처럼 고분고분 농사짓고 김 양식을 하곤 하자 안심하고 나들이를 했다.

나는 고개를 숙였다. 그 아버지를 제치고 나설 수 있는 묘책이 없었다. 왜 내가 하는 일은 모두 파탄이 나곤 하는 것일까. 그렇지만 어느 누구를 원망할 수 없었다. 모든 것은 내 문제일 뿐이었다. 나는 억울했지만 고개를 깊이 처박은 채 아버지가 시키는 일을 했다.

그런데 오후 해질 무렵에 당근 재배 실패의 한스러운 밭을 갈다가 큰 사달 하나가 터지고 말았다. 밭을 가는 도중에 잠시 쉬는데, 소가 갑자기 튀어 달아났다. 무서운 헛것을 보았을까. 아니면 벌에 쏘이기라도 한 것일까.

달려가 소를 붙잡으려고 들었지만 겁을 먹은 소는 달리고 또 달려 집으로 가버렸다. 그러는 과정에서 밭둑의 바위에 부딪친 쟁기가 부서졌다.

한동안 나는 갈아엎다가 만 밭 한가운데에 우두커니 서 있었다. 울화가 치밀어올랐고 눈앞이 캄캄해졌다. 거듭되는 실패와 실연의 슬픈 삶을 살고 있는 내가 미워 견딜 수 없는데, 소까지 나를 울화통 터지게 하고 있는 것이었다. 미욱한 나를 죽이고 싶었다.

아버지가 '고무 성질'이라고 말한 대로 외탁을 한 나는 평소에 우유부단했고, 참을성이 많았다. 그런데 그 고무 성질로 말없이 살아온 내 참을성이 파탄의 지경, 폭발, 혹은 발광의 임계점에 이르러 있었다.

나는 평상심을 갖고 집에 들어갈 수 없었다. 삼거리 주막으로 들어가 막걸리 한 되를 달라고 해서 모두 들이켜고 한 되를 더 달라고 해서 마셨다. 막걸리 맛은 씁쌀하고 독했다. 주막을 나와서 집으로 향하는 내 눈앞은 술기운으로 인해 어지러웠다. 나는 비틀거리며 골목길을 올라갔다.

세상은 야만스럽게 나를 한쪽 구석으로 몰아넣고 두들겨 패고 있었다. 나는 나를 공격하는 세상을 향해 발악하듯이 주먹을 휘둘러대고 싶었다. 그냥 팍 미쳐버리고 싶었다.

집에 들어서니 소는 외양간에 들어가 있었다. 어머니가 나를 향해 물었다.

"웬 소가 이렇게 벼락같이 달려들어온다냐? 쟁기질하다가 무슨 일 있었냐?"

나는 말없이 창고에서 굵은 철사와 집게를 찾아들고 외양간으로 들어갔다. 철사 일 미터쯤을 끊어 들고 소의 코뚜레를 잡았다. 소가 사력을 다해 몸부림치며 나댈 경우, 나무로 된 코뚜레가 부러질 수 있으므로, 그것을 대비하여 철사를 코뚜레에 곁들여 끼워 고삐에 달린 고리에 단단히 묶었다.

술에 취한 채 식식거리는 나의 험악하게 일그러진 얼굴과 살기 어린 눈과 부들부들 떠는 내 손을 살핀 어머니가 내 등뒤에 선 채 "악아, 짐승은 살살 달래가면서 부려야 한다. 짐승한테 화를 내는 사람은 짐승보다 더 미욱한 사람이란다" 하고 부드럽게 타일렀다.

나는 아랑곳하지 않고, 소의 코뚜레와 철사를 한데 합쳐 잡고 굵은 새끼줄로 감았다. 불안해진 소가 고개를 저으며 저항했지만, 나는 철사 코뚜레를 잡아당겨 소의 머리를 기둥에디가 바싹 조여 묶었다. 소가 요동치지 못하도록 한 것이었다. 내가 무슨 짓을 하려 한다는 것을 알아챈 어머니는 "악아, 너 왜 이러냐! 짐승은 아무것도 모른다, 참아라. 사람이 참아야 한다잉" 하고 애가 닳는 소리를 했다.

나의 속에서 뜨거운 불기둥이 치솟아오르고 있었다. 윗도리를 벗어 던졌다. 맨살 맨몸이 되었다. 굵은 고삐 줄을 채찍처럼 오른손에 말아

쥐었다. 왼손으로 철사 코뚜레를 잡아당기면서, 고삐 끝으로 소의 얼굴을 내리쳤다. 기둥에 묶인 소는 피하지 못하고 큰 눈을 껌벅거리면서 숨을 거칠게 내뿜고 고스란히 내 채찍을 맞았다. 나는 소의 얼굴을 왼쪽에서 치고 오른쪽에서 쳤다. 소의 코와 입가에서 피가 흘렀다. 소가 기다란 혀를 널름거리며 피를 핥았지만 피는 계속 흘렀다. 피를 보자 나는 더욱 화가 치밀어올랐으므로, 악을 쓰면서 후려쳤다. 소는 앞다리와 뒷다리와 꼬리를 양옆으로 흔들어대기도 하고 몸통을 외틀기도 하면서 바락바락 똥을 쌌다.

그때 집에 들어선 아버지가 내가 하는 짓을 보고 "이 자식아, 그만해!" 하고 소리쳤다. 아버지의 목소리를 듣자 나는 더욱 화가 치밀었고, 안간힘을 쓰며 소를 가격했다. 소가 고통스러워하면서 '으음' 하고 앓는 소리를 했고, 나는 눈앞이 캄캄해졌다. 나는 내가 무슨 짓을 하고 있는지 알지를 못했다.

아버지가 다시 한번 소리쳐 나를 꾸짖었다.

"이 멍청한 놈아, 그 소가 누구 소인디 니가 그렇게 두들겨 패냐, 소 때리는 놈이 세상에서 제일로 멍청한 놈이다. 그만하라면 그만해!"

아버지는 나에게 덤벼들어 고삐 움켜쥔 오른손 팔뚝을 잡았다. 나는 아버지를 힘껏 뿌리쳤고 아버지는 부엌바닥에 주저앉았다. 나는 고삐로 후려치는 것으로는 분이 풀리지 않았다. 소를 아주 도끼로 쳐 죽이고 싶었다. 그리고 나도 함께 죽어버리고 싶었다. 푸르뎅뎅한 어둠이 나를 둘러싸고 있었다. 나는 '아악!' 하고 악을 쓰면서 소를 후려치고 또 후려쳤다.

그때 누군가가 내 옆으로 다가서면서 나를 끌어안았다. 순간 어머니의 물큰한 유향이 내 코와 폐부로 밀려들었고, 나는 손에 휘감았던 고삐를 놓고, 젖가슴에 얼굴을 묻고 온몸에 힘을 풀어버린 채 '으헉으헉' 하고 울었다. 어머니는 나를 얼싸안은 채 방으로 들어갔고, 나는 방바닥에 퍼질러져 누운 채 울어댔다. 어머니는 나를 가슴으로 품어주면서 어린아이를 달래듯이 "오냐, 오냐, 니 쓰라린 속, 이 어메가 다 안다, 내가 다 안다. 울어야 풀리겄으면 얼마든지 실컷 울어버려라" 하고 말했다. 한밤중쯤에야 나는 울음을 그치고 잠이 들었다.

어머니가 그렇게 나를 품어 달래지 않았으면 어찌되었을까. 아버지의 지청구만 있었다면 나는 어떤 큰일인가를 저지르고 청송감호소에나 들어가 살게 되었을지도 모른다.

가출

그해 겨울에 소문 하나가 떠돌았다. 천관산 서남쪽 기슭의 산외동에서 스물한 살 먹은 청년이 뒷산 기슭에서 나뭇가지에 목을 매고 죽었나는 소문이었다. 그 청년은 광주에서 고등학교를 졸업하고 고향집에 내려와서 반거들충이 노릇을 하고 있었다. 그 청년의 아버지는 아들이 친구들과 어울려 술이나 마시고 건들거리고 다니는 것이 보기 싫어 꾸중을 했는데 아들이 자살을 한 거라고 했다.

나는 자살했다는 그 청년을 비웃었다. 내 사전에는 자살이란 말이 없었다. 나는 거듭 절망할지라도, 형벌을 받은 시시포스처럼 나의 운명을 산의 정상으로 굴리고 올라가야 한다고 생각하며 살았다. 겨울철 내내 김 양식을 열심히 했는데 김은 풍작이었다. 아버지는 김을 팔아넘긴 돈으로 논을 샀다.

아버지는 내가 문학하는 것을 극도로 싫어했다. 소설책을 가까이하는 나에게 아버지는 "문학 집어치우고 고등고시 공부를 하면 내가 빤쓰를 팔아서라도 뒤를 대주마" 하고 말했다.

그러한 아버지에게 나는 말했다.

"나를 머슴으로 데리고 산 셈 치고 새경을 목돈으로 주시면 그것으로 책장사를 하면서 공부를 할랍니다."

나는 방에 책을 쌓아놓고 읽는 것이 소원이었다. 낮이면 장바닥에 책을 펴놓고 장사를 하고 밤이면 책을 읽겠다는 것이고, 그리하여 시인이나 소설가가 되겠다는 것이었다. 그러한 나의 소망을 아버지는 무시했다.

"아뭇 소리 말고 엎드려 일이나 해라. 이쁜 처자한테 장가들면 이번에 산 논 두 마지기하고 밭 한 자리하고, 목선 한 척하고…… 번듯하게 새집 한 채 지어서 분가시켜주마."

이듬해 3월 초의 어느 날 밤, 바다 노동으로 피곤하여 깊이 잠이 들었는데 누군가가 문밖에 와서 나를 불렀다. 회진에 사는 친구였다. 한밤중이 가까워지고 있었다. 그 친구와 나는 큰동네 앞개의 주막으로 가서 술을 마셨다. 그 친구는 군대에 갔다가 탈영을 하여 잠행하면서 나를 찾아오곤 했다. 시와 유행가 가사 짓기를 즐기고 기타를 치고 그리고 술에 젖어 살았다.

나와 친구는 카뮈와 사르트르와 니체와 종교재판을 마치고 나와 "그래도 지구는 돈다"고 말한 갈릴레오 갈릴레이와 코페르니쿠스와 부조리의 영웅 시시포스를 안주로 고주망태가 되도록 술을 마시고, 바닷가 모래밭을 헤매며 〈군세어라 금순아〉를 목 터지게 불러댔다. 파도가 철썩거리는 모래밭에 앉은 채 나는 친구에게 "파도가 무어라고 소리치는 줄 아냐? 참을성, 참을성 하고 외친다" 하고 말했다.

친구는 나에게 대학에 진학하라고 권했다.

"다른 대학에는 가지 말고 서라벌예술대학 문예창작과로 가거라. 초급대학이니까 고학하면서 다닐 수도 있을 거다. 거기에 김동리, 황순원, 서정주, 박목월…… 다 나온다. 나 거기 가서 몇 차례 도강해봤다. 너 거기 들어가서 시인도 되고 소설가도 되고 그래라. 내가 예언하건대, 너는 할 수 있다."

새벽녘에 친구는 한재고개를 넘어 회진으로 돌아가고, 나는 집으로 들어가 잠이 들었다.

바야흐로 바다에서 김발을 뜯어다가 김을 훑어 쳐내야 하는 바쁜 마무리 시기였다. 아버지는 해가 떠올라 있는 때까지 늦잠을 자는 나를 깨웠다. 아버지는 간밤에 내가 탈영한 친구를 만나 술을 마셨다는 것을 짐작하고 있었다. 탈영으로 인해 인생이 이미 끝장난 친구를 깊이 사귀는 아들을 못마땅해하던 아버지는 툇마루에 앉아 미운 소리를 늘어놓았다. 나는 참지 못하고 벌떡 몸을 일으켰고, 방문을 열치고 나가면서 퉁명스럽게 말했다.

"김발 언제 쳐내든지 제가 쳐낼 텐께 간섭하지 마십시오."

아버지는 내 말을 아랑곳하지 않고 꾸짖었다.

"밤인지 낮인지 모르고, 싹수 노란 놈하고 어울려 다니면 너도 똑같은 사람이 된다. 정신 바짝 차려라. 모든 일에는 때가 있는 법이다. 날은 따뜻해지고 김은 하루가 다르게 썩어간다. 오늘 아침 물때를 또 놓칠 것이냐? 그 고무 성질 못 고치고 소설책이나 가까이하고…… 세월아 네월아 가거라…… 그렇게 살면 너도 느그 외삼촌들처럼 가난 못 면할 것이다."

그 말을 듣는 순간, 툇마루로 나와 있던 나는 방안으로 들어가면서 부서지는 소리가 나도록 문을 닫아버렸다. 아버지는 나의 아픈 부분을 후벼준 것이었다. 어린 시절부터 나는 외삼촌들처럼 고무 성질을 가지고 있다는 아버지의 말이 극도로 싫었다.

내가 열 살 무렵, 외출했다가 밤늦어 들어온 아버지는, 할아버지 방에서 잠든 나와 형을 앞에 두고, 할아버지에게 이렇게 말했었다.

"큰놈은 성질이 급하고, 눈방울 돌리는 것이 재빠른디 작은 놈은 외탁을 해가지고 고무 성질이라 키는 크고 얼굴은 번듯하지만 큰일을 해낼 재목은 아닌 듯싶습니다."

아버지의 그 말은 성장한 다음까지도 내 뇌리에 폭탄처럼 잠재해 있다가 불쑥 튀어나오곤 했다.

나는 문밖의 툇마루에 앉아 있는 아버지를 향해 "눈방울 돌리는 것 재빠른 큰아들 제대해 오면 그 큰아들하고 잘살아보시오" 하고 소리쳤다. 그 소리를 들은 아버지가 "이 건방진 놈이 아부지한테 대드는 버릇을 어디서 배워가지고 까불고 있다냐!" 하고 소리치며 나의 방안으로 달려들어왔다. 엄한데다 성질이 불같은 아버지였다.

"문학을 하는 놈들은 다 아버지한테 호로스럽게 대든다냐?"

아버지는 내 책상 위의 책꽂이에 꽂혀 있는 책들을 마당으로 내던졌다. 그 책들은 내가 아끼는 『한글큰사전』과 소설책들과 시집과 정기 구독하는 『사상계』 잡지들과 세계 고전문학 서적, 철학서적들이었다. 밖을 내다보니, 마당에는 내가 아끼는 책들이 갈피들을 아무렇게나 열어젖힌 채 하얗게 나뒹굴었다.

어머니가 뒤따라 들어와 "어째서 당신 성질대로 자식을 가르칠라고 하시오?" 하고 아버지의 등을 떠밀고 나갔다. 아버지는 어머니에게 밀려 나가면서 소리를 질렀다.

"해봐야 빌어묵을 게 뻔한 문학을 할라면 당장 나가라."

나는 치미는 울화를 감당할 수 없어 아무 말도 하지 않고 방바닥에 누워버렸다.

아버지는 나를 버려둔 채 셋째 아들을 앞장세우고 절름거리면서 바다로 나갔고, 어머니는 마당에 널려 있는 나의 책들을 주워 방으로 가져 날랐다. 맥 풀어버린 채 누워 있는 나의 얼굴을 쓰다듬기도 하고, 가슴을 다독여주기도 하면서 "악아, 네가 참아라. 아부지도 성질 가라앉으면 후회하실 것이다. 나 먼저 바다에 나갈 텐께 밥 한술 먹고 뒤따라 나와서 흠결 없이 부지런히 김발 쳐내버리자" 하고 말하고 방문 밖으로 나갔다.

얼마쯤 뒤 집안은 텅 비었다. 나는 나 혼자의 힘으로 돈을 벌어 장사를 하든지 진학을 하든지 하고 싶었다. 나를 찾지 말라는 장문의 편지를 써놓고 집을 나갔다.

내가 가출한 그날 해질 무렵 어머니는 내가 써놓고 간 편지를 읽고 또 읽다가, 어린 자식들을 데리고 뒷산으로 올라갔다고 했다. 뒷산에는 내가 운동을 하러 다니곤 하는 길이 있었다. 크고 작은 소나무들이 무성한 가파른 길이었다. 어머니는 혹시 아들이 소나무 가지에 목을 매고 죽어 있지 않을까 하고 살피었다.

집으로 돌아온 어머니는 아버지를 들볶기 시작했다.

"뭣하고 계시오? 얼른 그 아이 갔을 만한 데를 찾아다녀보시오. 회진 상수네 집에도 가보고, 장흥 남외리 동화네 집에도 좀 가보시오."

아버지는 흰 두루마기를 걸치고 지팡이를 짚고 집을 나섰고, 먼저 어머니가 들먹인 회진의 친구집과 남외리의 친구집엘 가보고, 다음에는 친척들의 집을 더듬었지만 그 어디에도 아들은 다녀가지 않았다 하므로 아버지는 어두운 얼굴로 돌아왔다고 했다.

어머니는 낮이고 밤이고 가출한 나를 들먹거리며 울어댔다고 했다. 어머니가 울면 어린 자식들이 따라 울었다. 집안은 늘 어머니의 푸념 어린 울음소리로 가득차 있곤 했다.

나흘 동안 나는 보성의 용문마을에서 남의집살이를 했다. 한 부잣집의 보리밭에 북을 주기도 하고, 논갈이를 해주기도 하고 그 집 마당을 쓸어주기도 했다. 한 해 동안 머슴살이를 한 다음 새경을 받아가지고 책장사를 하며 문학 공부를 하자는 것이었다. 한데 그 한 해 동안은 너무 멀고 아득했다. 나는 내가 지난 삼 년 동안 머슴살이하듯 김 양식하고 농사를 지은 끝에 그 돈으로 아버지가 샀다는 논 두 마지기를 팔아달라고 하여 그것으로 책장사를 하든지 진학을 하자고 생각하고 집으로 돌아갔다.

바야흐로 땅거미가 내릴 무렵 나는 집으로 들어갔는데, 어머니는 부엌에서 설거지를 하면서 "아이고, 날이 저무는디 우리 새끼는 오늘도 안 돌아올 모양이다" 하며 푸념하며 울고 있었다. 내가 부엌 안을 들여다보며 서 있는데, 들에 나갔다가 바야흐로 들어온 동생이 "어머니, 작은성 왔네" 하고 말했고, 어머니는 달려나와 나를 얼싸안고 펄쩍펄쩍 뛰며 울었다. 방안에 있던 어린 동생들이 모두 달려나와 어머니를 따라 울어댔다. 집안은 초상집처럼 울음소리로 가득찼다.

내가 방으로 들어갔을 때, 아버지는 나를 외면하고 돌아앉았다. 가출한 무정한 아들에 대한 원망스러움의 표현인지, 아들에게 흐르는 눈물을 보이지 않으려는 것인지 알 수 없었다. 나는 외면한 아버지를 향해 큰절을 하고 무릎을 꿇었다.

아버지가 나를 향해 돌아앉았을 때 어머니가 밥상을 차려 들고 들어왔다. 아버지는 목울음 섞인 소리로 말했다.

"논 두 마지기 산 것 다시 팔아주마. 책장사를 하면서 너 좋아하는 문학을 하든지 어쩌든지 너 알아서 해라. 나 이제부터는 니 살아가는 것에 관여 안 할 테다."

그때 어머니가 "아니다" 하고 말했다. "서울 그 대학 들어가거라. 돈이랑 논이랑 다 쓸데없다, 사람이 제일로 중한 것이다. 니가 늘 노래 부른 김동리 선생, 서정주, 박목월 선생들이 있다는 그 대학에 가거라. 니가 골병들게 머슴살이하듯이 해서 번 돈으로 산 논인께 그 논 팔아가지고 가거라."

나는 그리하여 그해 봄 서울 미아리고개 옆에 있는 서라벌예술대학 문예창작과의 문을 두드렸다.

어머니의 바다

형제들은 모두 어머니를 화장시켜 아버지의 무덤에 합장시키자는 데에 합의했다. 어머니의 관이 화장장의 불속으로 들어갈 때 나는 "어머니, 아버지하고 함께 극락세상에 가서 잘사십시오" 하고 말했다. 동생들은 합장을 한 채 목놓아 어머니를 불러댔다.

유골이 나오기를 기다리며 매점에서 소주를 한 병 마셨다. 어릿어릿 취한 상태에서 유골 담긴 오동나무 상자를 보듬었다. 아버지의 무덤으로 향하는 장의차 안에서 나는 눈을 감은 채 차체가 흔드는 대로 몸을 맡겼다. 아버지의 무덤 한쪽 면을 세로로 가르고 어머니의 유골을 넣은 다음 봉합하고 잔디를 덮었다. 하직의 술잔을 올리고, 어머니의 영정을 보듬고 집으로 돌아왔다.

이튿날 택시를 타고 어머니의 바다 앞개로 갔다. 어머니가 처녀 시절에 낙지와 문어와 해삼과 숭어와 베도라치와 조개를 잡던 바다를 바라보며 모래밭에 내내 앉아 있었다. 먼바다에서 달려온 파도들이 철썩거리며 하얗게 부서졌다.

모래밭은 어머니가 처녀 시절에 은색의 혼령 같은 달랑게를 잡아가지고 놀거나 두꺼비집을 지으며 놀던 곳이었다. 모래언덕에는 해당화 한 송이가 피어 있었다. 그 옆에는 방울토마토처럼 생긴 노란 열매들이 열려 있었다.

쪽색 치마에 하얀 저고리를 입고 까만 머리를 쪼록쪼록 땋고 갑사댕기를 드린 열다섯 살의 처녀가 머리에 은색 초롱꽃과 주황색의 산나리꽃을 꽂고, 저고리섶에 갯메꽃을 달고 있었다. 물에 젖은 모래밭에서 한 손을 모래 속에 묻고 다른 한 손으로 모래를 덮고 두들기며, '새야 새야 집 지어라 꿩아 꿩아 물 길러라' 하고 노래하고 있었다. 철썩거리는 파도 앞에 서서 양영학교 아담 선생이 써준 원고대로 연설 연습을 하고 있었다.

죽으면 혼령이 있을까. 극락이나 천국은 있는 것일까. 그것들은 모두 허상이고, 세상은 덧없기만 한 것일까. 한 개의 파도가 모래톱에서 재주를 넘으며 부서지면, 뒤따라 달려온 파도가 그 부서진 자리에서 다시 부서졌다. 늙을 줄도, 죽을 줄도 모르고 영원을 사는 신의 또다른 모습인 바다 앞에서 유한한 생명체인 나는 어머니의 시간을 생각했다. 진홍색의 해당화 앞에 코를 댔다. 향긋한 향기가 내 가슴속으로 스며들었다. 고개를 들고 하늘을 쳐다보니 인도의 흰 코끼리 같은 구름 한 장이 어디론가 떠가고 있었다.

| 작가의 말 |

어머니,
우주의 뿌리 혹은 천칭天秤 같은 구원의 여신

열네댓 살의 중학생 소년은 장흥읍에서 자취를 하며 학교에 다니는 한 주일 동안 내내 어머니를 그리워하다가, 토요일이면 오전 수업을 마치자마자 책가방을 들고 산을 넘고 신작로를 달리고, 들과 바다를 건너 팔십 리나 떨어진 섬마을의 집으로 달려가곤 했다. 별 총총한 한밤중에 집에 들어서면서 "어메!" 하고 부르면 어머니가 맨발로 달려나와 소년을 얼싸안으면서 "워따, 어메, 내 새끼야, 거기서 여그가 어디라고 또 걸어서 왔냐!" 하고 방으로 데리고 들어갔다. 그 소년이 지금의 나이다. 소년인 나를 팔십 리 밖에서 끌어당긴 강한 자성 같은 어머니는 대관절 어떤 존재일까.

이 세상에 존재하는 사람치고, 어머니의 뱃속에서 열 달 동안 헤엄치다가 밖으로 나와 어머니의 하얀 피(젖)를 먹고 자라나지 않은 자가 있으랴. 모든 존재하는 것들은 어머니에게 평생 갚아도 다 갚을 수 없는 빚을 지고 있다. 나는 이때껏 어머니에게 빚을 갚기 위해 살아왔고, 지금 이 글을 쓰는 것도 그 빚 갚기의 일환이다.

나는 어린 시절에 어머니를 '어메'라고 불렀는데, 지금도 그 말을 입에 담기만 하면 가슴과 목이 메고 눈물이 나온다.

어머니란 무엇일까.

'곡신谷神'은 현빈玄牝(그윽한 암컷)이고 현빈의 문(자궁)은 천지근天地根(우주적인 뿌리)이라고 노자는 말했는데, 나는 곡신을 '어머니'라고 푼다. 감히 말한다면, 이 소설은 어머니의 의미와 가치와 성스러움을 나 나름으로 더듬어보는 것이다. 어머니는 나를 있게 한 우주적인 뿌리이자, 나를 구원하고 위안하고 아픔을 치유해주는 여신이다.

산수傘壽의 나이를 눈앞에 둔 내가 쓴 이 자전적인 소설은 이때껏 써온 소설들의 총체적인 것일 수 있을 터이다. 단편소설 「홀엄씨」 「석유등잔불」 「안개바다」와 장편소설 『원효』 『사랑』 『보리 닷 되』 『아버지와 아들』 『동학제』 『해산 가는 길』 속의 일화 한 토막씩을 끌어다 쓰지 않을 수 없었다.

어머니를 통해 들은 외할머니의 쪽물 들이기를 형상화하기 위해 한광석 명인의 책 『쪽물 들이기』(대원사, 1997)를 찬조했다.

어려서 외가 편을 닮았다는 말을 많이 듣고 자랐는데, 나는 그게 싫었었다. 그렇지만 철이 들면서 그 말이 자랑스러워졌다.

외할머니는 강진군 칠량면의 한 마을에서 태어났는데, 열일곱 살 되는 해(1894)에 일어난 동학혁명의 소용돌이 속에서 하나뿐인 오빠를 장흥 석대들 전투에서 잃었다고 했다. 관군과 민보군들의 동학 탄압이 심해지자 당신의 어머니 덕도댁을 따라 덕도로 피해 가서 살다가 외할아버지를 만나 내 어머니를 낳은 것이다. 내 어머니는 일제 강점기와 해방 전후의 어지러운 시공을 신산하게 살아오면서 나를 낳아 키웠는데, 의지력이 약한 내가 앓거나 절망하고 방황할 때마다 나를 위안하고 희망을 가지도록 부추기면서 오늘의 나를 있게 하셨다.

우리 민족의 가족제도에서는 한 집안에 들어온 며느리가 그 집안의 체질을 바꾸어놓는 우주적인 밭이지 않는가.

나의 문단 등단 오십 주년인 올해에 이 책을 출간해준 문학동네 여러분께 감사한다.

2016년 10월

해산토굴 주인 한승원

문학동네 장편소설
달개비꽃 엄마

1판 1쇄 2016년 10월 12일
1판 3쇄 2024년 10월 25일

지은이 한승원
책임편집 이성근 | 편집 정은진 김내리 황예인
디자인 김현우 유현아 | 저작권 박지영 형소진 최은진 오서영
마케팅 정민호 서지화 한민아 이민경 왕지경 정경주 김수인 김혜원 김하연 김예진
브랜딩 함유지 함근아 박민재 김희숙 이송이 박다솔 조다현 정승민 배진성
제작 강신은 김동욱 이순호 | 제작처 영신사

펴낸곳 (주)문학동네 | 펴낸이 김소영
출판등록 1993년 10월 22일 제2003-000045호
주소 10881 경기도 파주시 회동길 210
전자우편 editor@munhak.com | 대표전화 031) 955-8888 | 팩스 031) 955-8855
문의전화 031) 955-2696(마케팅) 031) 955-8864(편집)
문학동네카페 http://cafe.naver.com/mhdn
인스타그램 @munhakdongne | 트위터 @munhakdongne
북클럽문학동네 http://bookclubmunhak.com

ISBN 978-89-546-4255-2 03810

잘못된 책은 구입하신 서점에서 교환해드립니다.
기타 교환 문의 031) 955-2661, 3580

www.munhak.com